千帆过尽

鄱阳湖别传

赵青◎著

中国文史出版社

图书在版编目（CIP）数据

千帆过尽 ：鄱阳湖别传 / 赵青著 ． -- 北京 ：中国
文史出版社， 2023.11
ISBN 978-7-5205-4414-6

Ⅰ．①千… Ⅱ．①赵… Ⅲ．①散文集－中国－当代
Ⅳ．① I267

中国国家版本馆 CIP 数据核字（2023）第 205850 号

责任编辑：全秋生

出版发行：中国文史出版社
地　　址：北京市海淀区西八里庄路 69 号　　　　邮编：100142
电　　话：010 － 81136602　　81136603　　81136606 （发行部）
传　　真：010 － 81136655
印　　装：廊坊市海涛印刷有限公司
经　　销：全国新华书店
开　　本：787 毫米 ×1092 毫米　　　1/16
印　　张：16.75
字　　数：268 千字
版　　次：2024 年 2 月北京第 1 版
印　　次：2024 年 2 月第 1 次印刷
定　　价：58.00 元

历史是在河边长大的，是水孕育了人类文明……

——题记

（宋小勇　摄）

为故乡立传

——《千帆过尽：鄱阳湖别传》代序

二〇二三年暑假，完成《未来的雨都已落在未来》的首发，我自南昌返浔，上庐山，下鄱阳湖，会旧友新朋，在九江小住数日。其间与当地几位诗人和作家经常往来。有天晚上几个人准备在江边就餐，丁伯刚兄特别唤来一位老者，那是我多年来时常会想起的故人。

久别重逢，饭后我邀老人一起沿江散步。若不是因为天黑，按丁伯刚兄的意思，几人本可以跨过大桥走到长江对面的湖北黄梅去。据说他俩经常信马由缰，结伴而行，听得我好不羡慕。那种散漫、无拘又有友情缠绕的生活，随着我中学时代的结束已经难得一见。

借着这一次的重逢，此后的若干天里我和老人经常见面，听他讲述人生的大起大落以及芳湖滩的男人和女人……而此前我对那些经历与见闻几乎一无所知。丁伯刚兄曾经特别谈到自己的这位伯乐，嘲笑他当年出门都带个梳子，是个过于精致的人。如今虽然上了一定年纪，老人给我的印象仍是目光炯炯。

与此同时，挥之不去的是他经常发出卢梭式"人生而自由，却又无往不在枷锁之中"的不自由的叹息。所谓"读书人一生长叹"，这样的叹息并没有让我反感，相反它会给我带来某种亲近感——说不定是"十年饮冰，难凉热血"呢！更何况，不自由本是人类永恒的境遇，而人最难做的也是如何在自由与戒律之间担起人生的责任。

老人说他每天早上都练半小时站桩，所以看上去并不显老。之后的某个清晨，我还在梦里，他趁着晨练的间隙给我送来一本书。不得不说，打开信封的瞬间我被书名击中了。至于书里究竟写了什么，倒不是我急着要知道的。

"在下沉的世界上升"——相信这八个字也是许多读者内心的写照吧。"书名能通过不容易！"老人后来和我说。而我首先想到的是《约翰·克利斯朵夫》第九章的结尾。那只穿出林间的飞鸟会暂时沉落，但决不会忘记向高处不断地攀升，继续以其滴沥婉转的歌声向地上的同伴呼唤天国的光明。

翻开书，老人特别在扉页上为我题了几行字——"年轻时，什么都不信；年老了，信什么都不行。四十年前，我粉碎一切；四十年后，一切粉碎我。"

后面是他的署名——赵青。虽然此前只有一面之缘，这个名字我一直未忘。和他带过的编辑饶丽华女士一样，我喜欢叫连名带姓叫他赵青老师，这样显得更具体。赵青老师生在都昌，我生在永修，两家隔着鄱阳湖，都隶属九江。用他的话来说，鄱阳湖涨水时我们的村子就都属于鄱阳湖了。此话不假，记忆中一九八三年的那场大水，鄱阳湖里的大鱼是可能游到我家厨房的。

时光倒流三十年，认识赵青老师是上世纪八十年代末的事情。当时我还只是云居山脚下的一位高中生，终日游游荡荡，时而逃学上山。由于热爱文学的缘故，在一个阳光明媚的清晨，我背着一部手写的诗稿和两个从食堂买来的馒头，独自去近百公里外的九江日报社投稿。大概是刚上高中的时候，我在学校创办了只有自己参加的一个人的文学社。所谓初生牛犊不怕虎，刚学会如何把"踽踽独行"之类的词语写进日记，我便开始胆大妄为地刻印蜡纸、油印社刊，并在全校各个班级赠阅我的诗歌与小说连载。

小巴在一〇五国道上摇摇晃晃，两个小时后当我终于在甘棠湖边下了车，耳畔忽然响起齐秦的《外面的世界》。至今未忘，那悠扬而且熟悉到穿透肺腑的歌声是从波光粼粼的湖水对岸传来的。的确，此时的九江城于我而言是不折不扣的外面的世界，或者说是世界开始的地方。如今当我周游了大半个世界，白居易笔下的那个"相逢何必曾相识"的天涯早已经变成了我故乡的一角。生活就是这样，当你走得远了，经历的人事物多了，故乡的半径也必定随之扩大。而九江，这一座矗立在我的村庄与世界之间的古老城池，无论在我的记忆还是现实之中，它更像是镶嵌在乌云与天空之间的那道金边。

如果没有记错，那是我第一次出远门。之所以对此念念不忘，实则因为那是我早期生命中最重要的一次精神性事件，每分每秒不可谓不刻骨铭心。大学毕业后羁旅北方，无论是重回还是路过九江，我总会情不自禁地想起当年的那次远行，包括在九江日报社遇到的那两位编辑——一位是青年画家兼美术编辑阳小毛，另一位就是最近与我久别重逢的赵青老师。

过去那些年，我曾动过念头再去报社找二位叙旧。不过困于生活的芜杂，又因为我离文学世界越来越远，年少时的那点心事慢慢地也像是老爷庙外的沉船，最后都杳无踪迹。

说回那个遥远的夏日，我们仨在编辑部聊了好一会儿，具体内容早已模糊不清，不过有个细节却一直记得。那是在临走的时候，赵青老师将我送到编辑部大门外，在说了几句鼓励的话后，又转过脸对身旁的阳小毛说，"现在的年轻人比我们那时候还沉重啊！"

和无数从那个清贫年代出来的人一样，我时常怀念八十年代。那不仅是一个在路上的美好年代，也是理性与心灵的花朵并蒂绽放的年代。更重要的是，那时候的我少不更事，心上没有尘埃，眼里没有泪水。还记得有一天沿着一〇五国道去周田镇上学，半路上内心突然涌起了苏芮的《跟着感觉走》。一时情不自禁，我竟独自在路上边唱边转着圈跳起舞来。在记忆中虽赤手空拳，身无分文，但我曾经走过的也是一个个无比风和日丽的白天啊！

为什么像我这样的年轻后生当年给赵青老师留下的印象首先是"沉重"二字呢？而在中学同学眼里我幽默、开朗，壮志凌云。可赵青老师是对的，因为他直接接触到的是我的文字，里面不仅潜藏着我与生俱来的某种气质，同样沾染了八十年代文学特有的忧郁。在那个年代，虽然人心向上，翅膀却仍然是沉重的。至于我自己，除了"太阳跛着脚走远了，箭伤的鹰伴着乌云翻滚"，就是"泉眼干涸已久，死水里荡着绿泥"……这种不成形的忧郁的气质或许还可上接到"昔我往矣，杨柳依依。今我来思，雨雪霏霏。""知我者谓我心忧，不知我者谓我何求？"

我是何其有幸，和这次在浔阳江畔遇到的许多朋友一样，因为对文字或文学的一点点热爱，可以在灵魂上对接那个古老而沉重的传统。若非有此传统，陶渊明、白居易与苏东坡等人也不会在浔阳江畔留下无数不朽的诗篇。

一个有说有笑的灵魂，一旦切换到文字的圣境，人生便像是换了天气，刚才的风和日丽不见了，而我也仿佛跌落至某个迷雾森林，甚至有望藉此脱胎换骨。在那里，我会遇到一个精神上的绝然的我，由他引领我向着心中理想前行。简单说，是沉重，不是沉沦；是忧郁，不是抑郁。因了对大地山川与芸芸众生的热爱，我多么希望自己有一颗忧郁且赤诚明亮的灵魂。后来我也这样认为，人文知识分子理应成为人类命运的守望者，既有自己超拔于人群之上的忧愁，又不止步于忧愁。就像是赵青老师此前在文章中特别谈到的，在沙丁鱼与鳟鱼之间，大多数人会像沙丁鱼一样成群结队，沉迷于主流的幻象，而每一条鳟鱼只会走自己的路，甚至为了达到源头必须学会逆流而上。

有些沉重来自现实。虽然八十年代高歌"我们的生活充满阳光"，但对于农家子弟来说，有些阳光是用来告别的。就像张雨生在《我的未来不是梦》里唱到的"你是不是像我在太阳下低头，流着汗水默默辛苦地工作"，须知夏日之酷暑难当正是无数农人及其后代逃离乡村的理由。赵青老师曾经提到他十五岁那年带着个篾箱第一次来九江城，从独轮车到渡船，一百公里的路足足花了三天三夜。

需要说明的是，当年我去九江日报投稿时并没想过要离开农村。我最初的忧愁是希望遇到一个姑娘和我一起在乡下读书、写诗，后来时过境迁才是必须考上大学担负起贫寒家庭的命运。赵青老师大概会同意我说的"没有故乡的人寻找天堂，有故乡的人回到故乡"，而一个人如果爱上了文字的世界，故乡与天堂其实就都在其中了。

至今我没有追问过赵青老师是否选刊了我的某篇沉重的诗稿，其实他也早已忘了我这个芸芸众生中的投稿者。我的最大收获在于那是我第一次出远门，并且从一位素昧平生的长辈那里听到我有一种深藏于内心的忧郁气质。因为文学的缘故，我没有因此感到沮丧或懊恼，相反这样的评价在我的内心引起了共鸣。事实也证明，始于当年的激情与忧愁，如同我对文字的热爱本身，将对我的一生影响深远。

这一切，几十年后我在赵青老师身上也看到了。他的口头禅是能像沈从文一样，以此一生造一间希腊小庙，在里面供奉人性。而他的幸运在于年轻时没有彻底走上仕途，而是借着一次次落难，如王一民先生说的一样，热爱文学的他"像一片落叶一样飘到了湖口"。

我们常说时光如矢，一去不返，可生活有时又像是一个个轮回。几十年前，赵青老师在一个乡村少年身上看到某种沉重的东西。几十年后，那个长大的少年同样在前者身上看到了久违的沉重。这种遥远的呼应解释了为什么几十年间我一直对当年的那次远行与相遇念念不忘。如今当赵青老师感叹"生活在恶的时代人们会发现没有一样东西名副其实"时，我也仿佛从中听到了自己的心声。无论我们处在怎样的年纪与境遇，赵青老师当时无意间对我特别提及的"沉重"，本质上说也是无数追求精神生活的人长有的生命之底色与徽章。

接下来言归正传。当赵青老师邀我为《千帆过尽：鄱阳湖别传》写序，我自知这实非我之所长，任何简单赞美或批评对我都是艰难的。在九江的日子，从茶馆、寺庙到风景，许多事物着实让我印象深刻，而最让我感动的就是生活在那里的人们对我的呵护以及对本乡本土的热爱。赵青老师这些年来的写作多与这片土地有关，而这次有关鄱阳湖及其周边风土人情与地理、历史的梳理，虽然书中更在意的是资料性而非文学性，同样清晰可见的是其在"为故乡立传"方面所做的巨大努力。

在书中作者特别谈到一种在野的状态，而鄱阳湖及其周边无疑有着不负盛名的江湖之远。在写到洪范时，有段话读来感人至深：

> 一个人，来到世间，就像一片树叶挂在寒风里，独自构成一个存在空间。谈论他的时候，他已经从树叶上飘下来，追随寒风而去。曾经见过他的人，偶尔会想起他。这种想起，因为是虚拟的，并不代表真的是那么回事。很多的时候，人们会想起某首已经消失的诗或者某幅已经消失的壁画，但你永远不知道那首诗的语言，那幅壁画的真实面貌，树叶被尘土掩埋了，新的植物长了出来，世界被新的生命替代，逝去的人给世界一个永久沉默的空间。

想象此刻在鄱阳湖边仰望星空，我们整个人类在浩瀚宇宙又何尝不是处于一个在野的状态呢？然而，人还是会一边想象自己是宇宙的中心，一边寻找若有还无的家园。就像"出埃及记"的本质是"还乡记"，一个人远走天涯也许只是为了抵达各自的伊萨卡岛。和大多数人一样，我也总在故乡与天涯之间拉锯。一个我说"走不出去的地方是人生的滑铁卢"，另一个我则永远想着回到故乡的山坡上。

回想年少时背负诗稿来此江城，这里是我的天涯，世界的开端。此后一次次回来，面对大好河山与故人，又不忍离去。如果我从外面的世界归来，决定在九江度过我的余生，那这里又似乎变成了我世界的终点。几十年前，泉水叮咚，随大江东去，而今时空倒转，似有海水正在变回山泉。

没人知道自己从哪来，却总是要问自己到哪里去。《西藏生死书》说我们害怕死亡的最大理由是不知道自己到底是谁。人们常常会讴歌子宫里的生活，并将分娩视作人生的第一次失乐园。可我并不这样认为，毕竟对于母体而言，那也意味着寄生的残酷。与此同时，作为胎儿，除了活着也并未获得真正意义上的存在。此后生而为人，作为宇宙中原本无名无识的一个生命体，我们会借助各种或真或假的事物与幻象来标记自己。比如各自的姓名、房屋、传略、人物关系以及所处的地理名称等等。其实，既然文明是人之造物，故乡这一概念同为人类的发明。重要的是基于以上有关存在的诘问，故乡之发明不止于乡土，更具有形而上的意义。我们之所以需要故乡是因为故乡总是以一种最省力的方式告诉我们从哪里来，到哪里去，直至吾心安处。

而这也是包括作家、诗人和艺术家们在内的无数游子不断讲述的结果。若是没有世世代代在这些方面的努力，大自然留给人类的就只有风景。我时常会想，像我这样的人之所以眷恋故土可能与年少时的两大幸运有关：一是生来贫穷，二是长于自然。前者给了我生命的起点与必要的勇敢，自知本来就一无所有，所以就算遇到大风大浪也不怕从头再来。后者为我准备了来自远古的大地山川、日月星辰的美育，就像美学家宗白华先生谈到的魏晋士人之大美就在于同时发现了对自我与自然的深情。举凡为故乡立传者，必定有这样的深情。

还记得那天我和赵青老师坐在长江边上聊天，对岸的黄梅正下着暴雨，九江这边也顺势刮起了狂风，而我们并排坐在风里都不忍离去。当时我在想，在这片被称为"吴头楚尾"的地方，如果我不曾远走他乡，而是一直在本地生活，我会以哪种方式记录脚下的土地与河流。回想此前在庐山遇到的一些朋友，我们不仅一起拜谒陈寅恪先生夫妇的墓园，还同在山间尽情感受在夏天吹着春天的风。之后又去了鄱阳湖畔一边赏月一边听附近渔民回忆湖边往事。此外也和不同的朋友访问了一些住持与僧人。唯一遗憾的是，在与庐山图书馆李朝勇兄同游东林寺时再也没找到藏经楼外的对联——自修自持莫道此间非彼岸，即心即佛须知东土是西天。印象中那副对联是十几年前我回九江做讲座路过时偶然见到的。因为比较符合自己的心境，从此一直念念不忘，不知何故今已不知所踪。

感恩于年少时的一段机缘以及后来的重逢，所以有了以上这些文字，起身回顾时始觉不知所云。今日世界变动不居，无数人都在同时感叹"故乡之沦陷"与"彼岸之沉沦"，所幸同样有无数人在借助文字和思想的力量默默守卫乡土与世界。而我们最终走向何方，的确需要用一生的光阴来回答。常言道一方水土养育一方人，在这颗孤独的蓝星上，相信我们终此一生的所有努力也都是在为自己精神之故乡立传吧。至于将来如何，就像作家埃利亚斯·卡内蒂所感叹的，人真的是什么也做不了，除了抱怨，除了变得更好。

熊培云

2023 年 10 月 21 日

目　录

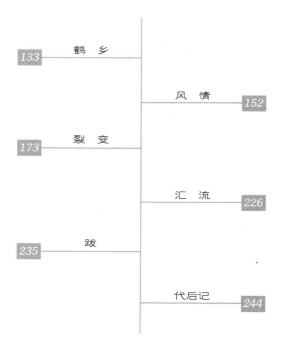

源　头

开天辟地真对真，人留后世草留根。

人留后世防备老，草留后世等来春。

——《鄱湖谣》

在地球的北半球，北回归线附近，有几片浩瀚的沙漠：西亚的阿拉伯、北非的撒哈拉……但位于同一纬线上中国的东南地区，却因为拥有得天独厚的东南季风温湿气候，密布着大大小小的湖泊群，中国最大的淡水湖——鄱阳湖就在其中。

鄱阳湖，这茫茫水的世界，动荡的水域、候鸟般的人群、兴衰的城镇，商船帆影、渔火俗情，从古到今，一直不断……

八百里烟波，上千年浩渺，积淀下来的就是卫星照片上那镍币般的一孔靛蓝么？不，那不是真正的鄱阳湖！虽然鄱阳湖占尽空灵水秀，但它的历史同黄河一样浑浊，与长江一般凝重！

因了这片蓝色的水域，南来北往的船家、商客、文人墨客，常来这里避风消夜，落帆上岸，推销生意。仅吴城一镇，就有数以百计的渔行、盐行、茶行、油行、板行，以及几十座省内外各地的会馆。

鄱阳湖还是我国著名的鱼米之乡和粮食基地，南朝的三大粮仓就有豫章仓和钓矶仓两处设在鄱阳湖区。从宋代至民国的上千年内，鄱阳湖一直是江南唯一的鱼苗产地。这里物产丰富，这里城镇林立，核心湖区有十一个县市，环鄱阳湖流域四十二个县市，平均每年向国家提供粮食七十亿公斤，占全国五分之一，江西由此成为全国两个净调出粮食的省份之一。平均每年产鱼两万四千四百吨，有二十一科一百二十二种鱼。

鄱阳湖更是一处观光游览的天籁之地。秋水、长天、落霞、孤鹜、草滩、牛车、会馆、渔村、芦花、千眼桥和中国的"百慕大"，组成一道道靓丽而诱人的风景线。在这湖的周围，卓尔不群地隆起两座世界级的名山：一座是世界文化景观庐山；一座是世界自然遗产三清山。人文与自然在这里高度融合；山江湖在这里得到和谐共处。这种名山名江名湖交相辉映珠联璧合的现象，不仅在中国就是世界也不多见。

有两个古代人，带着自己的千古绝唱，一前一后出现在鄱阳湖上空。一个王勃，一个苏轼。不同朝代的脚步踏在鄱阳湖上，溅起的是同一束浪花，那浪花灿若星辰，乃至照耀到了今天。王勃在赣江即将融入鄱阳湖大合唱的入口处，凭栏远眺，纵情吟唱《滕王阁序》，从此"落霞与孤鹜齐飞，秋水共长天一色"久久响彻彭蠡之滨。三百多年后，苏轼又站在鄱阳湖与长江的交汇处湖口，写出声若洪钟的《石钟山记》，成为中国古代文学史上广为流传的动人佳话。

熟悉地理的人都知道，江西简称为赣。而赣江是由章河和贡河之水交汇而成。所以，后人用一条河流的名字来作为一个省的简称，是颇有意味的。

由它延伸开来并绵延六百余里，从南到北流过江西全境的赣江，自然是打开鄱阳湖密码的一个重要符号。但是，当我们溯赣江而上去寻找鄱阳湖源头时，大大小小的溪流却像掌纹一样密密匝匝向我们展开。

别看这小小的源头，它就像眼前的小男孩，从赣南山岽中蹿出，一头扎进了章江和贡江，然后在赣州这座被叫作"江西南大门"的历史名城亲昵一会后，纳禾水、袁水、锦江等数十条支流，经赣州、吉安、樟树、南昌一路北上，在永修县吴城镇望湖亭下与修河挽起手来，流向了烟波浩渺的鄱阳湖。

这仅仅是鄱阳湖的一个源头。除了赣江，还有抚河、信江、饶河、修河等五条河流同时流向鄱阳湖。

人说一条河流应该有一个源头，而一座大湖更应有众多的源头。鄱阳湖就这样集五河之水，组成了一个完整的鄱阳湖水系。

数千年光阴的沧海桑田，造就一个鄱阳湖。今天的鄱阳湖来源于古时的鄱阳湖，那么，古时的鄱阳湖又是怎样演变过来的呢。

在生命远未诞生的地质年代，地球经历了十分壮观和惊心动魄的演化。鄱阳湖和许许多多的湖泊一样，也饱受了历史沧桑。经地质学家的科学考证，古鄱阳湖形成于一亿三千万年前左右的中生代晚白垩纪，那时正是恐龙繁盛时期，古鄱阳湖比现代鄱阳湖大得多，面积约一万两千平方公里。

早在燕山运动时期，由于时断时续、不等量的升降运动，使得这片桑田大块大块断陷，造成北面湖口至星子断裂带，南面宜丰至景德镇、宜春至乐平两条断裂带。断裂之间构成巨大凹地，这就是鄱阳盆地，也就是鄱阳湖最早的雏形。

进入第四纪地质构造以来，由于湖盆边缘的活动性断裂变化，使赣江大断裂发生，形成古赣江陷道而逐渐发育成赣江水流。

由于赣江水流的发育，在湖盆区形成了两个较大的湖沼，又在现九江、湖口、星子一带形成了一个湖。这个时期的湖盆区域是以小河流、短河流和山涧河流为主的水系构造。

后来，又一次大规模的地质构造运动，使得这些小河流与湖沼等水系随着湖盆区的抬升而消失，先后形成由于断陷道构成的五河水位。

鄱阳湖的前身叫彭蠡泽。但这里所说的彭蠡，不是湖，而是沼泽。因为古籍《周礼》中记述了中国长江中下游各地有名的湖泊如云梦泽（今洞庭）和震泽（太湖），却没有彭蠡泽，这显然不是疏漏。《禹贡》与《周礼》是同时期的作品（战国中期）。在春秋战国时期，《尚书·禹贡》提到的彭蠡泽是一片辽阔的湿地与沼泽，是古长江（好几条大江）的泄洪盆地，数条大江穿泽而过，大水时一片汪洋，枯水时半是陆地，半是沼泽，"陆水相间，水流纵横，草木丛生，候鸟栖居"。地质勘探表明。"禹贡彭蠡"的南端在今天的湖口，也就是今天的鄱阳湖北部。

秦汉时期，长江主泓形成，原来散漫流淌的几条大河"皆东合于大江"。彭蠡泽被长江分为南北两个部分，北彭蠡泽由于没有大江大河补充，渐渐萎缩成一个一个小湖（如龙感湖、黄湖、泊湖等）。南彭蠡泽则有赣、修、饶、信、抚等大河补充，湖水向南扩张，面积越来越大。

到三国时，湖水扩张到今天的星子县城附近，因为城北部有一座有名的庙叫宫亭庙，所以彭蠡湖此时又叫宫亭湖。

南北朝时，湖水南扩至松门山，因湖中有一个小岛叫落星岛，所以彭蠡湖又称落星湖。

那时松门山以南是广阔的湖汊平原（又叫鄡阳平原），汉初在湖东设鄡阳县（县治在今都昌周溪附近），湖西设海昏县（县治在今永修吴城芦潭村）。

随着湖水继续南漫，渐渐越过松门山，淹没了松门山南的海昏县和鄡阳县。这两个县不得不在公元四百二十一年和公元四百二十五年撤销。民间传说"沉海昏，起吴城""沉鄡阳，起都昌"说的就是这件事。

清朝著名学者魏源在《书古微例言》一文中说，彭蠡之在江北，而不在江南，为今太湖望江等县之诸湖荡，以至皖江上游，为汉水之大螺旋，故有彭蠡之名，又音转为大雷池之名。

《太平御览》雷水曰"《孝子传》云：孟宗为雷池监，作鲊一器以遗母，母不纳"，记述在华阳、宿松、泊湖设雷池监，表明北侧的河漫湖已被称为"雷池"。

古彭蠡以南是今星子南面的婴子口。彭蠡以北则过长江囊括鄂东的源湖，皖西的龙感湖、大官湖等诸湖。长江出武穴后，分成数条水系。《禹贡》概谓之"九江"。传说中的禹疏九江，对这些分汊河道进行整治，使其汇注于彭蠡泽。西汉后期分叉水系"皆东合为大江"。长江以北脱离水道的彭蠡泽，随着泥沙沉积而日益萎缩，分割成大小不一的坡地，六朝时期称之为"雷池"或"雷水"，后来演变成今天的太白、龙感湖、大官湖等滨江诸湖。东晋庾亮《报温峤书》"足下无过雷池一步"的典故，就说彭蠡湖。

据当地村民回忆，这里发过地震，一夜工夫就没有了。我们当地人叫"鳌鱼眨眼""铁船翻身"。听说当时有个瞎子，边敲盘子边说：边盘呐边盘。活见鬼？半边盘子哪个买？哪想到，那是叫我们赶快搬东西逃命呢。一九六八年搞水利时，我们村在附近发现一箩筐汉五铢钱。据说这里沉了一条"打金街"，不少人在这上面捡到金子。一九四五年至一九四六年的退水季节，每天来这里捡金子的人很多，有时多达二千余人。这些金屑，有剪斫痕迹，有的两头尖如鼠粪状，有的大如算盘子。在城址处还有人挖到铜盆。曾经在靠近城址附近的村子中就收集到有西汉"五铢"、王莽时的"贷泉"、四乳蟠螭镜、昭月镜等，这些铜镜都是西汉时代。镇上有位姓邱的老师，几乎每个星期都要到鄡阳城头山来看看，现在退休了，来得少一些，但是一直没有中断。

很久以前，有一个经常往来于鄱阳湖的生意人，在一次回

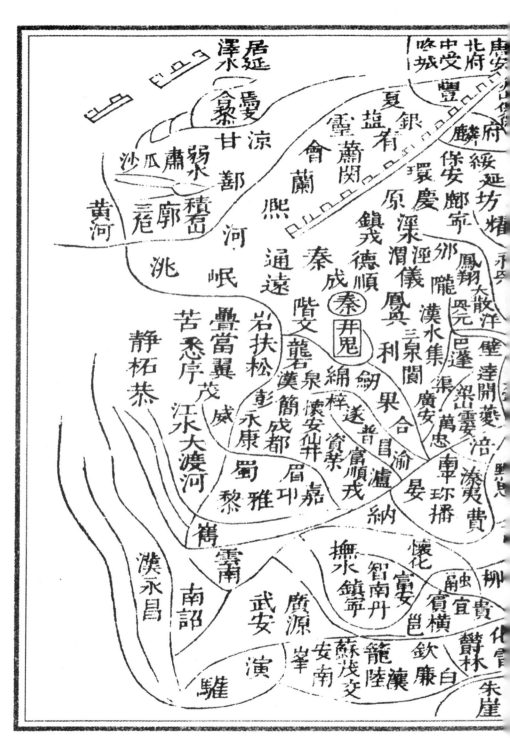

注：引自王逸明编著《1609中国古地图集——三才图会·地理卷导读》，首都师范大学出版社，2010年版。

天象分野圖

遼水

營平 順保順安廣儒易
檀薊 燕霾 保雄霸莫安深趙洺磁 直定 趙 平定 威勝 寧化 朔應代 雲憲

营平 薊 燕 瀛永 高陽 乾寧 滄濱瀕棣 登萊 濰 密 海

興博 静 德 齐 平清 兗沂 利國 曹單胶 楚 海

衛 澶 京開 濮 濟 宋 徐宿 泗 淮陽 泰 通

周西京 鄭 曹南京 亳壽 颍光蘄 濠滁和 真揚 潤 常蘇 江陰 秀越 明

韓 許 蔡 汝 唐鄧 隨復 黄信陽 舒 巢湖 無為 池 舒宣 李廣德 兩浙 湖杭 台温

楚 襄輯 文陵 澧邵 岳袁 潭 郴 吉南 江南康 歙 饒 吳 信 衢建 南劍 泉漳 興化

瀘鼎辰 衡 連 桂陽 梅 惠 潮 汀

永道昭 賀封 康 端 新 南恩 循廣 雄韶英贛

梧越 萬安 瓊

魏 晋 澤潞懷相 忻 太原 汾絳 解 河中谷號 均荊門峽錦夔元 洛

家途中，遇上了一伙强盗。强盗们拦截了他的货船，要强卖一批抢来的香油。生意人苦心经营的血本便悉数落入强盗的腰包。岂知上天有眼，高价买来的香油缸里居然暗藏了许多金子。于是，生意人在大发横财之余，愁思也与日俱增——这些杀人越货的家伙还留下了一缸香油自己用。因此，是携着巨财远走？还是将黄金拱手奉还？一直在生意人心中挣扎。几经熬煎的生意人终于做出了一个非凡决定，要用这笔不义之财，在家乡的无名河上建一座造福桑梓的石桥。只因这批香油刚好一十八缸，桥也就唤作了十八高桥。然而，桥成之日，也就是生意人的大限之时。在一个暗寂如锅的夜里，凶残的强盗绑走了他。末了，就将他在荒草萋萋的湖中孤洲点了天灯。

永修县吴城镇芦潭村村民熊虎元说，我祖先在这里生活十八代了，我还是小孩时，那些木桩就在那里。我婆婆死了六十年，她说那里是积谷仓，也就是粮仓。我曾经在那里看到过谷粒，用手一摸就化了。我孙子从那里捡到了很多铜钱。那天有个省电视台的记者也捡到了铜钱。去年北京一家电影制片厂在这里拍电影，用蛇皮袋装着，捡走了很多碗底。那时的河面没有这么宽，仅是现在的五分之一，地震之后才成了现在这样的规模。芦潭有人在草洲上放牛时看见过古城墙，便再次带人去找时，怎么也找不到。芦潭往西到公司墩，传说沿河岸有四十八砧肉铺。芦潭北部至今还有跑马场遗址，相传为古代的练马场。

在鄱阳湖边有一座名叫青山的古镇，镇上如今只有一户居民，那户居民就住在青山古街上。古街已不复存在，宋金山老人却近乎固执地陪伴着眼前这个不老的湖。老伴和五个女儿都搬到山那边去了，其间距离要走四五十分钟的山路。

这位老人质朴而又率真。他以收藏鄱阳湖奇石而渐为世人所知，人称"奇石老人"。在他的院子里，厅堂下、厢房边、厨房内到处都摆放着从鄱阳湖边捡来的石头。老人舀了一瓢水，往大石头上一浇，化石立刻显出"真面目"，那上面竟密密麻麻镶嵌着大大小小的管状、螺帽状物，构成了奇异的纹饰。像金属，也像螺贝及某些海洋生物的骨骼，也许它就是鄱阳湖生成的见证？

一个长年在湖边以捡石为生的人说，我今年六十八岁，一生都住在湖边，我喜欢每天到湖边去捡石头，这石头有人出这个数，我都没有卖，五万啊，我都没有卖，我舍不得。

鄱阳湖原是一个由南向北倾斜的古赣江下游河谷盆地。汉晋以前鄱阳湖乃是赣江下游平原的繁华所在。仅在湖口地堑内长年积水，属古彭蠡泽的尾端。大约在南朝时期，由于长江主洪道南移至湖口一带，滔滔江水阻碍了赣江、修水、信江、鄱江和抚河的泄水，使彭蠡泽尾端迅速向南扩张，古鄡阳县城、昌邑王和海昏侯的故邑相继没入水中。随着湖口附近的梅家洲和张家洲的形成和伸长，湖口处的泄水断面不断缩小，到了唐初湖面扩大至六千余平方公里，遂形成鄱阳湖。以后鄱阳湖面积的伸缩与长江在湖口处的水位息息相关。

历史上洞庭湖曾是中国第一大淡水湖。范仲淹从鄱阳湖印象中得到灵感写就的《岳阳楼记》形容洞庭湖"衔远山，吞长江，浩浩荡荡，横无际涯"，将其波澜壮阔、雄浑博大的气势写得惟妙惟肖。然而时过境迁，洞庭湖却不能永远保持我国第一大湖的称号。新中国成立后，它每年缩小约八十八点六平方公里。到了一九八三年，洞庭湖面积骤减到两千六百二十五平方公里，被鄱阳湖大大超过而退居为中国第二大淡水湖。

赣江、抚河、信江、饶河、修河统称为江西五大河流，它们的河口口门采用鄱阳湖历年来的最高水位（即一九九八年七月三十一日湖口水位站吴淞高程水位二十二点五九米）重新确定为江西五大河流之口。

具体而言，赣江乃因章、贡两江汇合赣州市八境台下而名。源出江西省瑞金市与福建省长汀县交界的武夷山脉中段的赣源峡，源河为石寮河，纳上洞河后称日东河，进入日东水库后称绵江，在会昌县城纳湘江称贡江，流经赣州八境台下纳章江后始称赣江。赣江的流域面积涉及全省八个设区市和五十一个县（市、区），于永修县吴城镇望湖亭下纳修河入鄱阳湖。

抚河则以流经抚州地区得名。它发源于江西省广昌、宁都、石城三县交界的灵华峰东侧。源河为龙井水，东出龙井水库大坝后称驿前水；北流至广昌县赤水镇石咀头，纳塘坊水称旴江；到南城县接纳黎滩河始称抚河。抚河于南昌县幽兰镇南山村与塔城乡湾里村之间入青岚湖。

信江是以水发广信府而名。它发源于江西省玉山县与德兴市交界的大岗山脉信源山南侧。源河为金沙溪，穿越三清湖（七一水库），至玉山县城附近纳大桥溪沧溪称玉山水（又称冰溪），至十里山接纳玉琊溪后始称信江。流经广丰、上饶、铅山、贵溪、鹰潭、余江等县（市、区），于余干县瑞洪镇附近的张家湾与进贤县三里乡爱国村章家之间入鄱阳湖。

饶河，原名鄱江，因鄱阳曾为饶州府治而得名。它的主流发源于江西省婺源县与安徽省休宁县交界的莲花顶西侧。源河为段莘水，至秋口镇王村纳古坦水称乐安河；流经德兴、乐平、万年等县（市），至鄱阳县姚公渡接纳昌江后，始称饶河。饶河于鄱阳且莲湖乡龙口入鄱阳湖。

修河则"因水流长远，故名修水，又称修江，群众惯称修河"。它发源于江西省铜鼓县境内的修源尖东南侧。源河为金沙河，流入修水县境内称东津水，流经修水县马坳镇寒水村附近接纳渣津

赣江进入滨湖地区　　　　　（李海燕　摄）

水始称修河。修河于永修县吴城镇望湖亭下汇赣江入鄱阳湖。

曾经参加过庐山申报世界文化景观的地质学家马长信在谈到鄱阳湖的成因时说：

这里所说的鄱阳湖，当然不是八千二百至七千万年前的古鄱阳湖，而是现代水域所占据的鄱阳湖。这个全国第一大淡水湖是在一千八百年前的东汉末期才形成的。湖水由西向东扩展，正是"沉了海昏县，浮起吴城洲"，汉代的海昏县城及鄡阳县城均已被湖水淹没，公元五百八十五年湖水淹至鄱阳山一带，隋代以后才称为鄱阳湖。

鄱阳湖是个过水性湖泊，最大特点是"洪期一片，枯期一线"，湖水面积变化巨大。

鄱阳湖形成之前，这里在汉代还是一个近一万平方公里的巨大冲积平原。在冲积平原内由信江、昌江、饶河、赣江、修河五大水系汇合成了古赣江流入长江。在二千年前产生过一次海浸，由于海水对长江水的顶托，使其流速减慢，在湖口与九江之间形成了江洲、梅家洲。使古赣江流入长江时受到顶托，同时由于长江不断地向南迁移，流速又快，也必然会对古赣江产生顶托。有人认为正是由于这种顶托作用才使古赣江排泄不畅，而形成了鄱阳湖。长江对支流的顶托是一种正常现象，但为什么仅在古赣江下段会形成巨大的湖泊呢？也有人认为二千年前的海侵作用导致了鄱阳湖的形成。在七千年前产生过一次更大的海侵，四千至三千四百年前也产生过一次规模较大的海侵，为什么没有形成鄱阳湖呢？

鄱阳湖的成因，关键是由于湖区的地壳下沉引起的。为什么这里的地壳下沉的幅度会这么大，面积这么大？不少地质学家都进行过调查研究，提出了各种科学推断。

有人根据卫星照片的图像进行地质构造解释，划分出了三组断层。一组呈北北东－南南西走向，一组呈北东－南西走向，另一组是北西－南东走向。这三组断层临湖一盘下降引起地壳下沉，恰好在一千八百年前地壳下降到湖水面之下而形成巨大的鄱阳湖。

鄱阳湖下地壳内有一个巨大的正重力异常，说明其地壳内有一个比较重大的巨大地质体。总的形态呈三叉形，由三支组成，一支呈北西向，由武汉沿长江至湖口；另一支呈北东向，由湖口至芜湖，另一支呈近南向北，由湖口至南昌、新淦。大多数学者认为这是由于上地幔的隆起引起的，三叉形的上地幔隆起，在地壳浅部形成了陆内三叉裂谷系，不但形成了鄱阳湖，也形成了湖口至武汉、湖口至芜湖的长江断陷。世界上最深的湖泊是贝加尔湖，平均深度为七百七十米，全球五分之一的淡水储存在这个湖内。贝加尔湖形成于二千五百年前，是一个典型的狭长形大陆裂谷湖泊。鄱阳湖与贝加尔湖不同，形态不同，成因也不同，湖水深度浅，而且从生成到现代都无明显变化，也不再下陷。不可能是个大陆裂谷湖泊。也可能鄱阳湖下的上地幔隆起，不是裂谷形的，而且已达到重力均衡，所以鄱阳湖不会进一步下沉。

也有人认为湖下这个比重大的地质体不是上地幔隆起，而是天上掉下来的陨石撞入地壳内部引起的重力异常，鄱阳湖是个陨石坑。古代的传说，流星山、落星石、落星湖都是有一定科学根据的。当前大多数学者认为，鄱阳湖还是由于上地幔的隆起，导致地壳上层拆离减薄形成了湖盆地。

鄱阳湖在波澜起伏的风雨行程中，兼容并蓄了五大支流上的不同文化不同文明，浓缩了华夏文化的诸多恢宏历史。在这条终日流淌的大湖上，出过许许多多中国传统文化的领军人物。如唐宋八大家就有欧阳修、王安石、曾巩三个生活在这条河流上。更早以前，还有田园诗人陶渊明、净土宗开山法师慧远、中国理学鼻祖周敦颐、北宋大书法家、杰出诗人黄庭坚等，也都把自己的灵魂和身躯安顿在这条河流上，一时成为当时中国传统文化的标志性人物。还有初唐四杰王勃在鄱阳湖边写下的"落霞与孤鹜齐飞，秋水共长天一色"的诗句，影响了一代又一代的鄱阳湖人。这里孕育了人类的文明，催生了各个时代的天之骄子，充满了农业文明所特有的诗意和温馨。随着地理与人文在鄱阳湖交相辉映，自然与生态在鄱阳湖相生相伴，使得这块湖泊这片水域变得如同天镜。

大水来时，鄱阳湖满满荡荡，浑黄的水渐渐膨胀起来，波浪滔滔地滚上来，又嘭嘭地打上去，好似融化的雪一样。大水退下，干涸的河床龟裂了，一条大湖瞬间变成了无数条小港通向四面八方。这时，远望湖滩，除了虚虚晃晃的人影，少有声音；而一走近港湾，河沿上笑语喧喧，尽是渔人语。大雾弥漫时，什么也看不见，常常是闻其声而不见其人。渔人织网，船舱升烟，满世界都是人间烟火味。风平浪静的黄昏，鄱阳湖平和庄严至极。夕阳西下，鄱阳湖上的落日顾盼着行将离别的世界，从容不迫悠悠落下。此时，光明消逝，滩头无声，只留下苍苍茫茫茫茫苍苍，让人想到大湖的永恒和逝者如斯。

通　道

陆上关隘大庾岭，水上赣江十八滩。

——《鄱湖谣》

这座桥已经很有些年头了。

在鄱阳湖丰水时，这座桥一直深深地藏在湖中。近几年，鄱阳湖入江水道过来的水少了许多。到了冬天，鄱阳湖几近裸湖，这桥也就跟着裸露出来。是谁在鄱阳湖的两端建起一座这么长的跨湖古石桥呢？

传说明代有位姓钱的知县，见冬天鄱阳湖水退后，两岸百姓过河不便，他就用自己的俸禄修起这座石桥。整个桥有五公里长，上千个桥孔，人们管它叫"千眼桥"。为纪念这位建桥的知县，也有人称它为"钱公桥"。平时这座桥一般不会干，架桥的松木浸在水里，几百年竟然不衰。如今，走的人多了，石桥就像岁数大了老人的牙齿，有点松动和参差不齐，但修一修还能过。

话说从北宋时期，都昌就隶属南康军（府），那时由都昌至府治所在地星子县城，翻越蒋公岭、跨过鄱阳湖是人们的必经之路。涨水时可泛舟而渡；涸水时则需赤脚踩水而行，此时朔风劲吹，冻泥没胫，给行人带来极大不便。明代崇祯四年（1631）秋，南康府推官钱启忠代署都昌县事。他捐俸集资，庀材鸠工，在黄沙滩筑桥。以花岗石为主要材料，有的地方用铁链勾连，在泥水漫漫的洲滩上修起了长达两千九百三十米、宽约一点七米的中国最长的湖中古石桥。建桥费时一年，至明崇祯五年（1632）冬竣工。因石桥地处黄沙滩，俗称黄沙滩桥；桥面很长，桥眼很多，又呼之为千眼桥；因系钱启忠带头所建，亦称之为钱公桥。明崇祯朝兵部侍郎、三边总督余应桂写有《钱公桥碑记》。他在记中盛赞此桥建成后，"昔日流水堕指之区，翻而为砥为矢，歌诵载路，不啻登之衽席也。"今天，此桥保存基本完好。秋冬时节，它露出水面不仅仍然方便都昌、星子两县百姓往来，而且在这一卧波式的长桥上，人们还可以饱览鄱阳湖的湖光山色。

它历经四百七十多年风浪的冲撞，时隐时现，扑朔迷离，神龙见首不见尾。春夏水涨，它隐匿于浩瀚的绿波上，远眺沙山起伏，近听流水淙淙，风生雾起，混沌一片，使人宛若巨龙穿越洪荒时代，成为"魔鬼湖区"一个奇特的景观。

这大概就是鄱阳湖至今能够看到的最早的一座跨湖石桥吧！

在未进入现代社会之前。水路是人类交通

（周传荣 摄）

的主要途径。在铁路和海运开通之前，鄱阳湖是沟通中国南北交通的主要水道。

据有关历史记载，早在上古商周时代，干越人就是通过水路进入中原的。其入中原的路线，就是乘船从现在的信江顺流而下，经过今都昌、永修一带进入鄱阳湖，然后在九江一带进入长江，溯江西上，入汉水而达中原。可见，处于鄱阳湖与长江交汇处的九江，早在先民南北交流的活动中就是十分重要的交通要道。

传说秦始皇、汉武帝都来过九江庐山。他们所走的路线，也是由汉水而长江，由长江而鄱阳湖。

晋代之前经济尚未发达，物资运输量还不大，鄱阳湖作为"吴楚襟喉，江右要冲"，其水道主要用于军事活动。在春秋战国时吴楚之间的多次战争中，鄱阳湖水路每次都成为他们运输兵员和粮草的重要通道。三国时，东吴水军的主力主要活动在长江中下游，九江一带的柴桑和鄱阳湖（当时称宫亭湖），一直是吴军水军主要基地和水运交通的必经之路。

进入晋代之后，由于中国社会经济重心从黄河流域向长江流域南移，长江中下游地区经济随之发展起来。随着经济的发展繁荣，长江中下游出现了一批商业都会与港口城市。据《隋书·地道记》记载，"浔阳南开六道，途通五岭，北至长江，远行岷汉，来商纳贾，亦一都会也"。这表明，九江当时在南北交通干线中具有重要的位置，已发展成长江中下游闻名的商业重镇和繁荣的港埠，是南北交通干线上的重要港口，不仅是军事活动的交通要道，同时也是商品转运，特别是粮食转运的交通要道。

隋唐之际，在中国南北交通方面出现了两件大事：一是隋开凿南北大运河，大大改变了中国东部南北交通不便的状况；二是唐开凿大庾岭路，密切了珠江、长江两大水系之间的联系。这两件事的客观效果是促使由中原至岭南地区交通大动脉的形成，同时也为江西航路的进一步发展创造了南连北接的良好条件。

　　大运河为江西航运的发展揭开了新的序幕，至此，江西的船只可以通过长江与大运河相接，进而与北方水道相联系，于是地位显得特别重要。

　　唐代全国内河主要的通航路线，大体可分为东南、西路、中路三线。其中东南路线的具体走向是自长安出东都洛阳，经汴河、淮河、江南运河至杭州。西行上溯钱塘江至常山，经一段陆程，再由玉山入信江至鄱阳湖，转入赣江，越大庾岭，沿浈水入北江至广州，这样就形成了北到北京（或长安），南达广州，长达数千里的一条南北水上通道，这条水上通道在南北物资交流上起了重要作用。

　　大庾岭路位于广东省南雄县和江西省大余县之间。该处自秦代辟为道路后，即成为江西、广东两地间水陆运输的中转通道，唐宋时更是中原至岭南驿道的襟喉地带，地理位置十分重要。

　　大庾岭路不仅在唐代由国家大规模地进行整修，后世也多次不惜重金予以修整。如"宋嘉祐八年（1063），蔡挺详刑江西，弟抗漕广东，乃商度工，用陶土为甓，各甃其境，北路广八尺，长一百〇九丈，南路广一丈二尺，长三百一十有五丈，仍复夹道种松，以休行旅，遂成车马之途"。

　　大庾岭路整修后，商贾重驿而至，货物通流无阻。唐给事中苏诜在《开凿大庾岭路序》中说："……于是镂耳贯胸之类，珠琛绝赆之人，有宿有息，如坻如京。宁欤夫！越裳白雉之时，尉伦翠鸟之献，语重九译，数上千双……"就是对当时来往繁荣情况的真实描述。

　　大庾岭路开凿后，南北交通畅达，又为传播中原文化和促进岭南地区的开发创造了条件。

　　历史的进步，总是诸种因素相互作用的结果。南北水上通道的形成有赖于纵贯江西全境的赣江水道，同样赣江航运的发展也有赖于南北通道的广泛联系。而大庾岭路和大运河的开凿，则是唐宋时南北航运和江西航运走向繁荣的两大因素。

长江流域经济迅速发展，全国经济重心进一步南移，江南经济发展超过北方。不仅国内南北物资交流量增多，而且"海外诸国"亦与中国"日以通商"。这更增加了南北交通的需求。为此，隋代开通南北大运河，以运河沟通江淮水系。这样由运河而长江，经九江，过鄱阳湖、赣江，达大庾岭驿道，以纵贯中国南北的水上运输线为主干形成南北大通道。商旅货物抵九江后，分两路北上。一路从九江出发，沿江东下，经扬州进入运河，沿途再经江苏淮安、安徽宿州、河南开封等地而进入黄河，过洛阳而至京城（长安）。另一路则由九江沿江而上，经湖北蕲春、武昌而入汉江，过湖北安陆、随州、襄樊，再经陕西商州等地而抵长安。很显然，九江在这个大交通网络中，所处的枢纽地位十分重要。所以，史籍称九江"襟带中流"，为"舟车冲要"。正是因赣江和鄱阳湖水系汇集于九江并与长江相通，使九江早在隋唐时期就成为南北交通的重要枢纽。

唐宋以后一直到明清时期，江西的茶叶、瓷器也是以水路为主运输。九江因处在长江与鄱阳湖交汇处，与通向江西腹地的赣江（包括景德镇昌江在内的）水系紧紧相连，是浮梁茶叶、景德镇瓷器、江西腹地漕粮进入长江转输北方或运销日本和高丽的必经之路。

秦汉时期，鄱阳湖区的造船手工业已相当发达。当时鄱阳湖区（时称彭蠡湖）粮食生产和渔业兴旺，水运繁忙，余干、寻阳是重要的港口造船基地，"越人欲为变，必先由馀汗界中，积食粮乃入"。但是闽越、南越还没有彻底归顺中央王朝，秦汉中央政府必须长期屯军于此，将楼船贮在寻阳，一旦越人有变，秦汉军队便在余干"伐林治船"，积粮进军闽、粤。而闽、粤越人为抗拒秦汉军队的进攻，常"阴计奇策，入燔寻阳楼船"。从西汉初期至东汉末期，豫章郡一直是长江流域重要的造船业中心之一，所造船只不仅满足朝廷水师作战之需，而且供应民间航运之用。汉代江西所造木船已有浅水船和深水船之别。浅水船适合于信江等河道航行。汉武帝曾命人在长安昆明湖"治楼船，高十余丈""可载万人"的大船，并以"豫章"命名，也许是采用了豫章造船技术或模仿了豫章所造舟船外观形式的缘故。正是由于具备这一优越条件，东汉末年时东吴大将周瑜才决定以江西九江作为操练水师和造船的基地。

据历史文献记载，当时的造船技术已比同期罗马造船工业先进得多，不仅船舶的体量和载重量大，而且品类多，船舶的功能和设备也较为完善齐备。以军用船只而言，就有戈船、楼船、冒突、先登、艨冲、赤马、斗舰、斥候等不同功用的类型；木构帆船的帆、舱、橹、锚等主要设备齐全。可见，船舶制造业最先源于江南水乡生活交通的实际需要，但其造作技术的提高则是受到战争推动。

（吴东双　摄）

在鄱阳湖流域，曾经以"木行""瓷行""纸行""药行"著称于世的江西"四大名镇"吴城镇、景德镇、河口镇和樟树镇。在以水为主要交通工具的年代，这些古镇先后出现过少见的辉煌。景德镇同时又被位列百年前的"中国四大名镇"。四大名镇中的朱仙镇早已衰落，其余的汉口镇作为湖广粮米集散地，佛山镇作为手工业中心，迄今虽然影响甚广，但这两座规模巨大城市的影响力皆囿于国内区域。唯有景德镇这个中国内陆山区的城镇偏僻却不闭塞，面积狭小却视野宏大。至少在五百年前，也就是在西方文艺复兴和大航海时代启动的时候，这里的产品便开始行销全球，世界甚至将我们的国名 china 赋予这种产品。巧合的是，这里的地名和产品名都来自别处。区别在于，第一次命名（宋真宗将年号景德镇赐予）是体现这座城市对于帝国的重要性；而第二次命名（西方人将单词 ch+ina 命名瓷器）却体现这个狭小区域对世界的影响力。所谓"装不尽的吴城，卸不完的汉口"，还有吴城众多的万寿宫，几十家全国各地的会馆，都是那段历史的重要见证。还有姑塘海关，利用鄱阳湖出口水域紧缩的要冲特殊地理位置，于雍正元年公元一七二三年设立海关，收取经由鄱阳湖出入口商船的关税。这样，九江姑塘两榷关汇集七省商船，数量之多，范围之广，均超过明代关税收入，居全国首位。一时，姑塘十里河湾商号林立，店铺千余，人口近二万，呈现"日对千人作揖，夜有万盏明灯"的繁华景象。一九〇一年，姑塘海关被洋人接管，海关洋员、外国商人、传教士经姑塘上庐山度假避暑，姑塘更加喧闹起来。南来北往的商客，上水下水的船只，登岸嫖妓、酗酒的外轮水手、游人，使姑塘处于全盛状态。民国时，姑塘闹市还很兴旺，风行一时的"蛤蟆尿"酒成为姑塘的一大品牌。随着铁路公路的开通，商运货物多由陆运出入，水运明显衰落了！姑塘和"四大名镇"一样，渐渐丧失了货物集散要地的历史地位。加上日本侵略军的狂轰滥炸，吴城镇和姑塘镇都在一夜之间沦为废墟。

　　对于江西的地形地势，有一首《江西好》的歌谣这样表述："长江北枕，五岭南傍；武夷罗霄，东西屏障"，具体道出江西东南西三个方向都是山，唯独北面是一个敞开的"豁口"，这个口子就是鄱阳湖。江西境内的所有河流都流进鄱阳湖，大

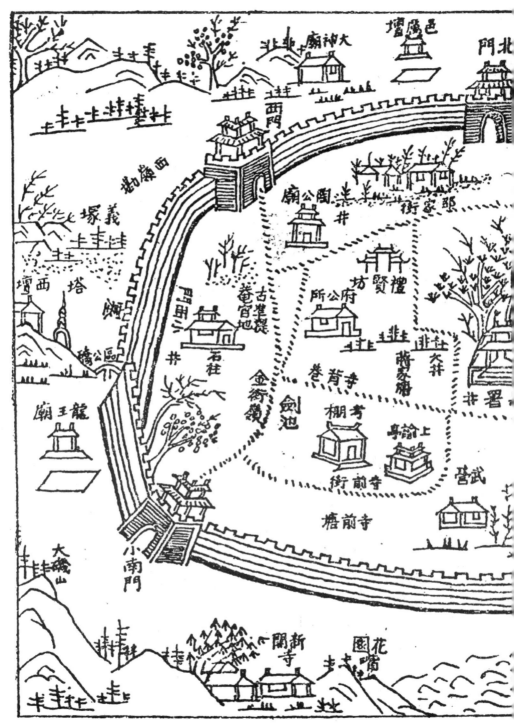

注：引自王逸明编著《1609 中国古地图集——三才图会·地理卷导读》，首都师范大学出版社，2010 年版。

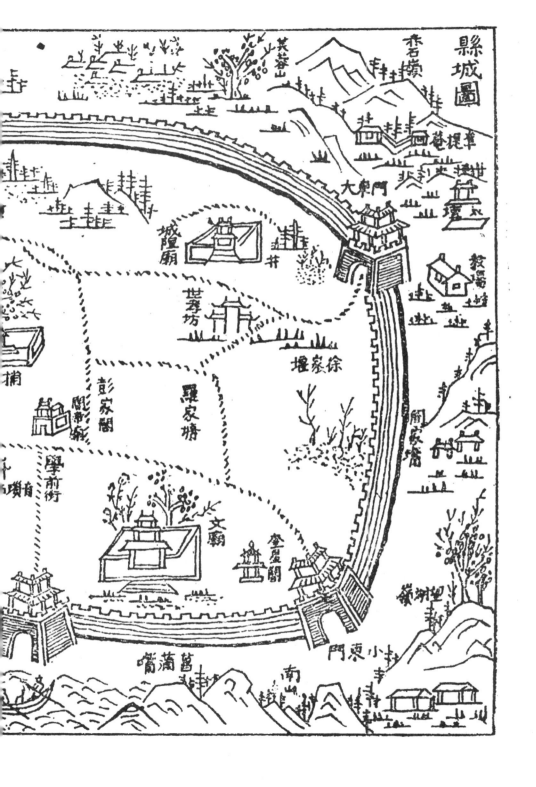

縣城圖

的河有五条，赣江、修河、信江、饶河、昌江，百川归湖，只有一个出口湖口。这几条河上面都有一个镇，昌江有景德镇、赣江有樟树镇、饶河有河口镇、修江下游有吴城镇。景德镇自从西晋赵慨制瓷起始，逐渐名满天下，元朝出青花上了一个台阶，到了明朝形成了中国的瓷都。河口镇在上饶铅山，铅山在明清时候是闽、浙、赣、皖、湘、鄂、苏、粤八省的货物集散地。河口沿江有十几个码头，史载来往船只上千艘，舟楫夜泊，绕岸灯辉。这条河上的船只也要经过鄱阳湖走湖口再进长江，最后转去外省。

樟树镇是我国著名的药都，有药店二百多家，樟树本地产多种药材，陈皮、白术、枳壳。广东、广西运来藿香、山萘、八角、茴香，湖北的党参、湖南的雄黄，北方的黄芪、熟地，海外的西洋参等都到这里交易。樟树是全国的药都，因为繁荣，出现了专职采购人员，四川的茯苓客、湖南的雄黄客、福建的泽泻客、广东的陈皮客、浙江的白术客专职采买这些东西。吴城镇当时是个很大的水运码头。这个地方非常繁荣。有几十个会馆。什么叫会馆呢？就是各个地方做生意的人，为了囤积货物、住宿安身就建起了一栋栋房子。外地各个省的会馆共有全楚会馆、山西会馆、广东会馆、岭南会馆、浙宁会馆、福建会馆、湖南会馆、徽州会馆、潮州会馆、麻城会馆。属本省的有江西会馆、武宁会馆、吉安会馆、安义会馆、丰城会馆、靖安会馆、抚州会馆、建昌会馆、都昌会馆等四十八家，货物多船只也多。因为商业繁茂，运输发达，鄱阳湖上有各种各样的人走船，结成许多帮派。如粮船帮、盐船帮、渔船帮、瓷船帮、茶叶船帮、柴炭船帮、木材船帮、岸帮，也称码头帮；湖盗帮，即强盗。所谓"一镇六坊八码头九垅十八巷"：六坊是济川坊、里仁坊、来苏坊、福民坊、前里坊、后里坊；八码头是大码头、中码头、下码头、全楚码头、杨泗码头、五显码头、司前码头、水浒码头；九垅为汤家垅、百叶垅、樊家垅、骆家垅、香菇垅、烂泥垅、鲤鱼垅、东垅、西垅；十八巷为丁家巷、宋家巷、邹家巷、赵家巷、杨家巷、朱家巷、陶家巷、老丁家巷、陈家巷、打狗巷、石头巷、筷子巷、井市巷、挑水巷、芭茅巷、摸乳巷、胭脂巷和二八巷。著名的街道有上街头、下街头、豆豉街、后河街、万寿宫等，其中以豆豉街最繁荣，人比南昌的"洗马池"。南来北往的客商会集吴城，构成了吴城的繁荣和奢华。本地居民加流动人口高达十二三万。日日船行如梭，夜夜渔火笙歌。镇上的茶馆、酒店、戏院、青楼人头攒动，觥筹交错，浪声笑语弥漫夜空。

由于都昌县的水域广阔，水上的交通运输工具主要是木船。

如罗滩船，俗称八舱子船，船身较长，大小有八个舱口，容量一般五百担左右，两头尖翘，有鸡公头，大船竖有两支桅杆，舱边悬挂腰舵，中间笼罩两雨篷，装卸货物上下便利，有利于航行在宽阔的江湖水面，遇到逆风，可以倾斜着船身抢风，走"之"字航线前进，此船在周溪、万户、芗溪等地制造最多，约占船的总量百分之八十。当地船民说："首尾尖翘身又长，航速既快又破浪，船低肚阔吃水浅，东南西北风可航。"

巴斗船，头方尾大，舱口较高，大船也能竖两支桅杆，舱外安有腰舵，布帆比船身宽到一倍以上，以便借助风力。舱容量大的可装五百吨，适用于江湖辽阔的水域。雨篷笼罩在船身的中部和后部，船速不及罗滩船，但也有它的特点，船民称："方头大尾船身高，后半舵位两篷罩，在舱掌舵保安全，男女驾船安居好。"

鸦尾船，又叫荇驳船，中舱遮着雨篷，露头露尾，没有桅杆和布帆，也没梢有舵，腰舵、尾上驾着追梢橹，一人或二人驾一船，全靠摇橹、撑篙、拉纤、推着船身前进，只能适应短途运输，或者在滩头驳运、中转。该船约占木船总数百分之三。船民说："尖尖鸦尾肚如弓，航行搁浅易推动。船低仓浅装卸便，滩河驳运很适用。"

每次船开头，船主都要请船工吃酒，叫"打牙祭"。先敬神，保佑平安。吃酒时，头把子吃鸡头，以示领头意思，吃完后，船才开头。开头时由头把子将船篙在船头一顿，领唱："日出东方一呀一点红啊！"众水手各自到达岗位齐接唱："三国英雄呀赵子龙啊，咿呀哩子来，喂呀喂！"头把子又领唱："日头出来呀节节高啊！……"众水手接唱："三国英雄有马超啊，咿呀嘿子来，喂呀喂！"船在歌唱声中慢慢开头。开船歌，在什么地方，聪明的头把子就唱出什么地方的特点，如在汉口开头，把头就唱："蛇山头来龟山腰，汉口对面黄鹤楼"；在南京开头就唱："南京宝塔高又高，紫金山上宿英豪"；在本县开头就唱："鄱阳湖上都昌县，灯火楼台一万家"等等。

俗话说："鄱阳湖里八面风。"许多天灾人祸给船民心理上的巨大压力，因此只好把希望寄托于神祇。凡经过水域畏途，如老爷庙等，都要在船头鸣放鞭炮，祈求神灵保佑。如船上吃饭的筷子，只能叫"顺风"，更不能说"翻滚沉覆"等不吉祥字音。

过去船民组织叫"船帮"，船帮按地区划分，如矶山、周溪、和合、芗溪、万户等沿湖地区都有船帮，船帮头目叫"把头"。民国时期，都昌县的港口甚多，较大的如县城的南门港、周溪港、南峰港，一年四季舟楫畅通。发水季节，有土塘、三汊港、徐家埠、汪墩、大沙等十多处都是繁忙的港口，足见水运颇为兴盛。

船民在长期的水运生活中，把通过的水道、城镇关卡、有无土匪和险滩暗礁编成"行船歌"一路传唱：

> 上齐浮梁景德镇，下齐鄱阳并乐平。
>
> 饶州下来十八湾，借问团转弯不弯？
>
> 双鸡把守饶河口，鄱阳湖上是康山。
>
> 周溪三山并泗山，猪婆山落水中间。
>
> 鄱阳湖上都昌县，眼观大矶小矶山。

抬头扬澜并左蠡，南康府里闹洋洋。

星子侯公并闪光，铁树矶下不惊慌。

土目头下把橹摇，屏峰采茶闹洋洋。

青山底下抬头望，明天清早到沽塘。

姑山有个女儿港，大小老板把关闯。

鞋山湖里波浪里，顺风相送白虎塘。

湖口县里多热闹，忠臣庙里来烧香。

石山对面扁担港，拓鸡底下八里江。

脚踏三省经港兆，好比小姑配彭郎。

马当跳过金鸡嘴，华阳底下是东流。

……

《水经注》记："赣川石岨，水急行难"，就是描述赣江自赣州郡治至万安县这一段航道。该段计长一百二十公里，两岸重山连绵，河中礁滩遍布，昔人曾形容这段河道为"赣石三百里"，有人称之为"小三峡"。赣江这一段滩险众多，比较著名的则为十八滩，当地民谣唱道："十八滩，鬼门关，十船经过九船翻。"十八滩分布于赣县和万安县境。赣县境内的储滩、鳖滩、横弦、天柱、小湖、铜盆、阴滩、阳滩、会神诸滩，其在万安县内的有梁滩、昆仑、晓滩、武索、小蓼、大蓼、绵滩、漂神、黄公诸滩。这一带河道险要，或礁峰林立、暗伏中流，或层崖紧束、湾流九转，或石矶突兀、波横浪急。在诸多滩险中，尤以天柱滩最著。

明代江西景德镇已发展成为全国的瓷业中心。"四方商贾，贩瓷器者，萃集于斯"，瓷器的运输数量已超过了以前任何时期。

明代景德镇的瓷窑，分官窑和民窑两种。洪武年间，景德镇有御器厂一所，辖窑二十三座，宣德年间有五十八座。据《明会典》载：宣德时，饶州运造的瓷器一次达四万四千余件。嘉靖时，每年三万件。隆庆时增至十余万件。到万历十九年（1591）更增到十五万九千

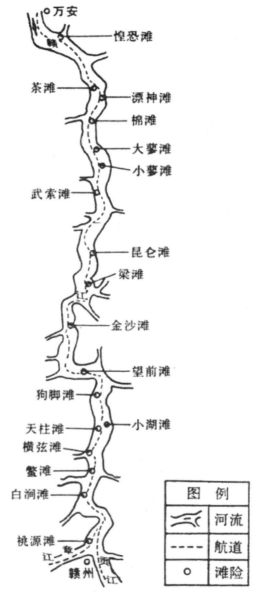

图例

图	例
〰	河流
----	航道
○	滩险

图为赣江十八滩

件，后又增加八万件，共计二十三万余件。清代每年都要从景德镇运送御用瓷器，记载说："厂器陶成，每岁秋冬二季，伊觅船只，夫役解送圆琢器皿六百余桶。岁例，盘、碗、钟、碟等上色圆器，由一两寸口面以至两三尺口面者，一万六七千件。其选落之次色尚有六七千件，一并装桶解京，以备赏用。"因此说，明清时期官瓷运输的数量很大，而且绝大多数都是通过水运至北京。

景德镇除官窑外，还有更多的民窑。明永乐年间，该镇仅有九万人，嘉靖时增至十万余人，清乾隆时骤增至二十万人左右。人口的增加与瓷器生产的增长是同步的。据记载：正统元年（1436），浮梁县民陆子顺一次就向北京朝廷进贡瓷器五万余件，受到赏赐。而陆仅是一个民窑主。据《浮梁县志》记载，隆庆、万历年间，有民窑九百座，年生产瓷十八万担。崔公窑、周窑、壶公窑、小南窑等，均为当地民间名窑，"窑火即歇，商争取售"。商贾购瓷后即行装船，通过昌江水路运往全国各地。随着瓷器产量增加，瓷的原料、燃料的运输需要有更大发展空间。昌江河边载运烧窑用薪柴的船只接连不断。

景德镇瓷器不仅走出江西销往全国，而且走出中国销往世界。外销世界的运量也很大。所谓"昌南镇陶瓷行于九域，施及外洋，事陶之人，动以数万计，海樽山俎咸萃于斯"，就是对景德镇瓷器远销国外情况的真实描述。

钞关是明代创设的征税机关，以商船为特定的征税范围。因此，钞关与内河水运有着密切的关系。钞关设立的本身就是水上运输发达的产物。九江钞关设立于明景泰元年（1405），关址在九江府（今九江市）西门外的湓浦坊。是专门征收过往商船船舶税的税关，隶属于户部，故称为户部关。

清初，九江钞关已是全国税收额较多的税关之一，自雍正增设姑塘分关以后，税额的增长速度急剧上升。九江钞关每年所征税银列居全国第一。

清时九江钞关成为全国征收船税的大关，集中停泊在港口候验纳税的各类船舶为数众多。据《江西通志》记载，九江钞关在征收商船税时，要将进出税关的大小木帆船先进行调查统计分类，再按照各类船舶的宽、深、长度进行丈量，然后定出多少种和若干号，按号征收税金。据统计，经常过往九江、姑塘两税关的长江各省船舶共有四十个种类三二六六号。

鄱阳湖的出入咽喉——老爷庙港口位于现今多宝乡西山下（古称左蠡山），与星子县城隔河相望，古代此地又称为"扬澜江"。明初御史中丞刘基有诗云："山头出云山下雨，扬澜左蠡何时平。"老爷庙春秋时地属楚国，因此地古为左蠡湖水系，东晋时卢循占据在左里筑左里城反叛，并在水边筑栅防守，于晋义熙六年（410）被大将刘裕攻破水栅，大败卢循。五代十国时为吴国边境（九百二十三至九百二十九），又在湖边筑栅，备水寨防守。一三六八年朱元璋与陈友谅大战鄱阳湖，老爷庙曾建兵营，庙后有朱元璋"点将台""插剑池"遗迹，庙东岩石上刻有朱元璋手迹"水面天心"四字，至今保存完好。清朝时，南康府（即星子县）把总设兵防守。

老爷庙是鄱阳湖的惊险水域，民国时期的地方志书描绘云："老爷庙上通饶南、下接浔皖，两河相激，百里无边，风当八面之威，浪矗千寻之势，是处遍山皆沙，黄金濯濯，无蔽风之林，乏凝聚之灾，风卷黄沙，沙飞迷雾，风助巨浪，浪击波腾，赣江总汇，河流水急，波撼匡庐，行舟过艇，覆没时闻，视如虎背……"说明该地形势之险要。这片水域，风大浪猛，自古以来翻船覆舟事故频频发生，人们呼之为鄱阳湖上的"魔鬼三角洲"。远在宋代，侍郎苏辙就在这里遇险，几乎丧失生命。诗云："杕舟未及深，飞沙忽狂走。暗空转车毂，渌水起冈阜。众帆落高涨，断缆已不救。"有歌谣云："船到老爷庙，

十船就有九船愁。翻船遭殃命难逃，阎王殿里转回头。"因此产生
"小龙颠舟""湖怪""大头鼋"等等传说，使老爷庙水域蒙上一
层神秘色彩。明朝初年，朱元璋在这里封神建庙，过往船民每到这
里，都要杀鸡鸣鞭炮敬"老爷"，以求平安无事。但船舶经过这里，
依然常常翻沉，民国期间，每年发生数十起沉船事件。

老爷庙前原来有一突出湖中名为"将军道"的沙山，水面劲风，
为山所挡，又折回湖上，形成强大的无定向旋风，称为"王爷风"，
帆船一遇此风，往往舟覆人亡。加上航道弯曲，有的地方流沙淤塞，
深浅不一，水底地形复杂，也是造成翻船的原因。

老爷庙水域以"庙"而得名。《都昌县志》记载，元明时，朱元
璋战败，逃至湖边，遇一渔翁将他渡过对岸，得以脱险，朱氏赐以
金环作为酬谢，渔翁不受，变为大头鼋踏波而去，矢氏即帝位后，
加封为"元将军庙"并重修庙宇。清代又多次扩建，嘉庆十五年，
加封为"显庆元将军庙"，光绪七年（1881）更名为"定江王庙"。
当地习惯将"王爷"称作"老爷"，因此"老爷庙"得以留名。

新中国成立前，老爷庙香火旺盛，烧香祈拜，矢往不绝，阴历
六月十二为王爷菩萨生日，六月十九、二月十九、九月十九为观音
生日和出家、登仙日，逢菩萨生日老爷庙当地请戏班做戏，兼开集
市贸易，有时用红船接多宝、左里的乡绅过来看戏吃酒，隔河星子
县也来赶集，热闹非常。老爷庙因是水上交通要道，上溯武汉、重
庆，下控南京、无锡、上海等地，过往的帆船、轮船，每晚有六十
多艘船停泊于此，船民客商有一百多人。这里曾有陈、宋、吴、郭
等二十多户杂姓人家，渔商结合，有五六家常设店铺，如较大的店
有段飞光家的三老板娘子开的杂货店，又下湖放钩挂鱼，又开后，
销售对象主要是船民，还有两家旅店，两幢大八间房，宿客兼卖酒食，
商品多从对岸星子购来。在江边还有好几家茶栅，每逢竹木排、"洋船"
一停，叫卖香烟（主要是大单刀、小单刀、大前门牌香烟）、五香

花生米、糕点等。入夜，茶棚挑灯夜市，有肉炒米粉、煮鱼等小吃。有的船老板和客商在晚上还宿"暗娼"、赌钱等等。

二〇〇六年六月九日，时任国家主席胡锦涛在瑞典同瑞典国王卡尔十六世·古斯塔夫一同出席了隆重盛大的"哥德堡"号仿古船返航仪式。

这则新闻不长，但立即在中国、在鄱阳湖流域引起巨大反响。二百六十五年前，当清国海关官员高喊一声"顺风顺水"以示放行之后，莫伦船长便指挥着他的"哥德堡"号商船缓缓驶进广州黄埔港。那一刻莫伦船长激动心情可想而知：在他面前的广州是当时全球第四大商业城市，那座城市里堆满了让欧洲人神往的奢侈品瓷器。当"哥德堡"号的船身再度感受南中国那温暖的海水时，它的国家已经从一个落后的农业小国发展成为世界第二大工业国。所以，这一天，无论对中国还是对瑞典哥德堡来说，都是一个永载史册的日子。承

（吴东双　摄）

载着友谊、梦想和勇气的"哥德堡"号在瑞典国王卡尔十六世·古斯塔夫陛下的率领下，跨越了二百六十多年的历史和四万海里的时空，成功到达古代海上丝绸之路发祥地广州，续写了中瑞友谊的新篇章。

　　唐宋以后，瓷器逐渐成为中国对外输出的大宗货物，瓷器在中西文化交流中发挥出日益重要的作用，因此，有学者把海上丝绸之路又称为陶瓷之路。china（瓷器）从古至今被西方用来代称五千年灿烂文明的中国。china曾作为文明的种子播向世界，深刻地影响着人类文明。当一船一船的中国瓷器在异国他乡深海长眠，当世界各地喊出"china中国·中国china"时，瓷器成了古老东方的国礼，架起了中世纪东西方两个世界文化交流的桥梁。许多西方人认识中国，正是从认识瓷器开始的！

　　现在很多人都不知道，瓷都景德镇的兴衰竟然与鄱阳湖息息相关。具体年份已经无法查考，反正不是神话——那条从鄱阳湖与长江的汇合处向南绵亘起伏的山峦之中，静卧着一条练蛇般的古道。这条古道通向一个神秘的地方——景德镇。

　　在那条古驿道上，忽然走来一群满身鱼腥的鄱阳湖人。他们背着鱼篓，操着渔叉，杀了九九八十一窝土匪，并用这些土匪的脑壳做成装酒的罐，一路喝到昌南，喝进一个火的世界。

　　这情景很有点像哥伦布发现新大陆，在蔚蓝色湖水里泡大的这群打鱼仔，立刻被这火的世界吸引住了。他们不敢相信：自家在船上用的盆壶碗罐，一件件竟是从火里烧出来的。对他们来说，这简直是个奇迹，是个谜。也许正是为了解开这个谜，这群打鱼仔留下了，留在了景德镇，对瓷都进行了一次漫长的、蔚蓝色的陶冶。

尤其到明代，手工业和商业在宋元的基础上急速发展起来。特别是明代后期的一百多年中，随着时间的推移，一些自由商人和小业主的原始资本逐日增多，于是就出现了出资自备工具和原料、雇佣专靠出卖劳动力过活的劳动者进行生产的手工工场。景德镇的民窑也是到了明代才开始与农业分离，从分散的四山八坞向市区集中，逐渐地形成工场，形成街市，形成全国的制瓷中心。

清代，资本主义继续缓慢地萌芽。康熙五十一年（1712）还宣布：丁银以康熙五十年的赋额为准，以后额外添丁，不再多征，叫作"圣世滋丁，永不加赋"。雍正时，又进一步采取了地丁合一、摊丁入亩的办法，把原已固定的丁银平均摊入各地田赋银中，一体征收。这样，无地的农民和市民的丁银便一律免除了。城市工商业者也不再有丁银的负担。此举大大减弱了封建国家对农民的人身束缚，也为工商业者提供了更好的发展条件，从而使清代的手工业和商业的发展水平超过了明代，景德镇的人口也是从这时起开始迅速增长。正是从这时起，景德镇的瓷业获得了空前的发展。这里面，一定包含了都昌人蜂拥而至的因素。

都昌冯、余、江、曹等姓的族谱，他们是旅景人数最多者。据一九二四年重修的南峰冯氏族谱称：冯氏始祖是冯致中，他是在南宋隆兴年间（1163）迁至南峰定居的。一九二八年重修的芎溪金山余氏族谱称：余氏始祖是余杰一，他是在南宋淳熙甲午年（1185）迁至芎溪定居的，比冯氏祖始定居都昌时间还要晚二十二年。一九三七年统修的江氏大成宗道称：江氏始祖为江本茂、江本仁、江本直，他们三人由鄱阳迁都昌，定居时间也在宋。只有曹氏始祖定居都昌的时间在唐，但旅景最早的都昌人为二十四姓，曹氏较晚，不在二十四姓之列。既然冯、余、江姓的始祖定居都昌的时间都在宋，那么，他们旅景业瓷的时间就决不会远过宋。调查组还根据冯、余、江、曹等部分都邑族谱，对历代殁于景德镇的人数做了一次统计。其中：明代有曹姓一人、吴姓八人共九人，而业瓷者未见一人。明末清初有江姓四人、吴姓一人共五人，业瓷者仍未见一人。直到康熙、雍正年间，殁葬于景德镇的人才猛然增长，总数有四百多人，但经商的仅有一人，尚不能确定其是否业瓷。在族谱上写明经营窑业的，始见于乾隆年间，有冯姓一人、余姓一人、江姓一人，人数依然寥寥。

不论是从宏观上看中国，还是从微观上看都昌，都昌人旅景业瓷的时间，比较可靠的结论应该是始于明，盛于清。

都昌地处鄱阳湖畔，人多地少，水患连年。风调雨顺时，倒可安居乐业；一遇天灾人祸，老百姓苦不堪言。论其地利，尚不及鄱阳、乐平、浮梁，这就逼得都昌人不得不眼睛向外，远走他乡。景德镇距都昌仅百里之遥，水陆均可达到，若走陆路，循漳田渡，经油墩街、田坂街，可以朝发夕至。交通如此迅速，火光炸天的四时雷电镇对都昌人来说，自然具有巨大吸引力。

初到景德镇的都昌人，除少数富商外，大多是破产的农民，以卖苦力为生。有手艺的就在景德镇做手艺，比如木匠、桶匠、泥匠、皮匠和裁缝等。没手艺的，他们就推车、挑担、撑船。景德镇的东、南、西、北河，都昌人的船帮无所不至。他们为景德镇装瓷土，运窑柴，并把精美的瓷器送出鄱阳湖。还有的干小商小贩，卖鱼卖虾。不过，都昌人梦寐以求的还是跻身瓷业。但是，自古以来，景德镇瓷业的各行各业，都是世代相传的，尤其是在技术方面，只传子、不传女，外乡人就更难插足。

据老辈人说，都昌人旅景业瓷最早有两批，第一批未站住脚，被本地人排挤了。第二批从干白土等劳动活做起才站住了。某兮，又遇一天赐良机，那时未设御窑厂，宫廷要瓷器，都由民窑包做包解，一些民窑负担不起，叫苦不迭，有的竟卷款归田，破产的都昌农民无田可归，这个天赐良机岂肯放过？本地人不愿干，都昌人便取而代之了。都昌人还摸索着干补窑。补窑原为本地魏姓专业，魏姓带了两个徒弟，但徒弟没学会，师傅就早逝了，技术失了传，于是都昌人就试着干起来了，进而由补窑而孪窑。康熙年间，都昌人又挤进了满窑行，满窑原为乐平人专业，后来，带了鄱阳人为徒，鄱阳人又带外甥的都昌人为徒，从此，都昌人就渐渐地控制了满窑行。都昌人还分别插足匣砖行、画作行、成型行乃至窑厂行。御窑厂恢复后，也有很多都昌人在御窑厂做坯，都昌人进入景德镇后，发现这里是一个广阔的谋生天地，老的可以磨料，女的可以画坯，小的可以学徒，男女老少，都能赚钱，于是，他们亲帮亲，邻带邻，旅景的都昌人便以几何级数剧增。

从乾隆年间起，殁葬于景德镇的都昌人，仅冯、余、江、曹等七姓就达千人以上，而殁葬于都昌本土的旅景者，其人数定比殁葬景德镇的为多。再推论下去，旅景的都昌人先来为四姓，继来二十四姓，再来四十八姓，计有七十余姓之广，可以想见，明清时代，特别是清代，景德镇的都昌人是何等的人多势众！

都昌人在景德镇站稳脚跟后，即效法先人，也组织起自己的金

（赵青 摄）

兰社，兴建书院，制定约章，同盟对抗异己，同盟保卫自己。到后来，发展为三窑九会、四窑九会，聚集着都昌大中小窑户千余家，控制了整个烧窑业和圆器业，在瓷业上实行了前所未有的大垄断。

三窑九会、四窑九会，实际上是厂主和小业主的组织，绝大多数会员是都昌人。它是怎样实行垄断的呢？一是囤积居奇。他们统一提高瓷价，以此牟取高额利润。二是挂扁担。当外来瓷商在瓷价上有异议或质检过严时，便实行集体制裁，不准与之交易，即使收到预付货款，也不准产品出厂，直至对方答应条件、赔礼道歉方休。三是禁春窑。每年从春节到清明，全镇瓷窑停烧，大批窑柴涌到时也实行临时性禁窑，用减产来维护和抬高瓷价。四是扩大窑身，以便多容瓷坯，多收烧费，倒、爽、黄、黑等弊全不顾，损害小业主，大鱼吃小鱼。三窑九会还采取统一行动对付普通工人，包括都昌本籍的工人。最残酷的是镇压工人"打派头"（罢工）。他们勾结官府，出动武装，勒令复工；或者收买工头，分化工人；甚至制造内讧，强迫复工。接下来便是"砍草鞋"，利用"街师傅"制造借口加害为首罢工者，开除工作，永不雇用，直到其被驯服为止。三窑九会的这种封建性和垄断性，一直维持到一九二六年北伐。北伐后，在国共合作下，虽然进行了一些政治改革，成立了各产业工会，三窑九会也改组成了各同业公会；但"四·一二"政变后，三窑九会又悄悄卷土重来，在其同业公会名称上又冠上陶成、允成、裕成（三窑）字样，它的封建性和垄断性依然如故。

都昌人在景德镇瓷业上的垄断地位，在清代就已形成。一九一〇年景德镇首设商务总会时，商会的会员、议董和总协理都是按都、徽、杂三帮来分配的。都帮为瓷业，徽帮为商业，杂帮有瓷有商。在首批四十一名会员中，都帮（一县）便瓜分了三分之一强，有十四名；而徽帮（六县）才瓜分到十五名；杂帮（包括鄱阳、浮梁、丰城、东乡、乐平、临川、新余、宜黄及外省各县）更少，仅分得十二名。一九二一年，都昌人陈仲西还出任了第三任商会会长，任职到一九三○年止，再加上他担任副会长的时间，长达三十年之久。由此观之，清末民初景德镇工商各界已被都、徽、杂三帮所把持，而本地浮梁人的势力已跌落成杂帮内的一分子了。

一九二六年，北洋军阀刘宝提败军过镇时，曾向商会勒索银圆一百万，经讨价还价为八十万，商会召开紧急会议，按不动产多寡摊派。摊派最多的前三名被后人称为"三尊大佛"，都昌人占其二；四至七名为"四大金刚"，都昌人亦占其二；八至二十五名为"十八罗汉"，都昌人占其九。在上述二十五个富户中，都昌人就占了十三户，而徽帮人仅占八户，杂帮人仅占四户，这也显示出都帮的经济实力是占压倒优势的。

都昌人的到来，促使了景德镇人口剧增。明末清初，浮梁县的总人口为十万左右，到了乾隆年间，人口猛增到二十五万，道光年间又增至二十九万，清末民初更跃至四十余万，成了一个商贾云集的"十八省大码头"。

都昌会馆是都昌籍人进入景德镇的产物，它是封建时代带有浓厚地方色彩的帮会组织。相传那里原是荒郊，商业住户很少，后面是连接安徽黄山的山脉。景德镇的莲花塘，先后改了三次名，初称和尚坞，陈安任县知事时改名佛印湖，后来才叫莲花镇。宋朝时有雪峰寺，相传佛印和尚住在雪峰寺，东、西、北等四港水经会馆门前方往上流，旧时很讲究风水，人们认为都昌人在景德镇能够生存发展，是因为会馆的位置坐落得好。都昌人自汉代始，便从事陶器生产，开初来景德镇也只是从事陶器业，后来由粗而精，由工而商，由陶器演变到瓷器由生产瓷器发展到经营瓷器业。都昌来镇最早的是甲字团（即今县东南峰、芗溪一带）的人，他们靠近鄱阳湖滨，人多土少，十年九淹，谋生不易，又离景德镇较近，百里旱路，一日即到。率先来镇谋生的是冯姓人，他们来这里做工谋生，人越聚

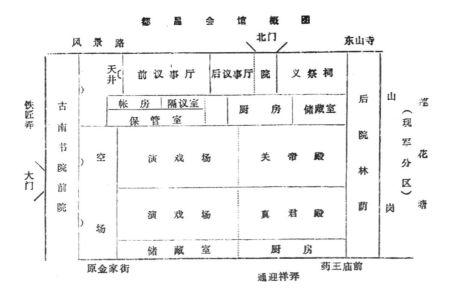

越多，对内对外难免出现一些矛盾，产生争执，因此就有必要建立一个地方性的团体。当时并没有什么会馆，只有一块比较大的空荡地方，人们常到这里席地而坐，露天集会，久而久之，形成习惯，外地人也不大注意。

　　那里当时有座药王庙，有位都昌籍姓邵的先生在那里设馆教书，药王庙自然也便成了都昌人来往活动的中心，后来经过大家提议，便把这块空地圈起来，建些草棚，作为集会的场所，这就形成了都昌会馆的最初雏形。

　　都昌会馆同古南书院、芳信社三位一体。会馆定置一盏灯笼，上写有"古南书院"和会首姓氏，作为会首的一种荣誉。过年前由脚夫分送至各家。当时，要是提着"古南书院"标志的灯笼过街，街上人见了都很羡慕。都昌人在景德镇崛起，既是历史的偶然，更是历史的必然。

　　历史上景德镇向称"草鞋码头"。一代代鄱阳湖人，以自己的灵气和"一口痰辨火候"的精准技艺，使景德镇逐渐成为世界瓷业的圣地。在这里，一都昌二抚州三鄱阳四余干，鄱阳湖人成了这里的一统天下。大中小千余家窑户，百分之八十都是都昌帮。景德镇历史上按资产排出的"三尊大佛""四大金刚""十八罗汉"和"半折观音"都是都昌人。鄱阳湖对景德镇的陶冶是成功的！都昌人、抚州人、波阳人、余干人等，在向景德镇迁徙的漫长岁月里，同时带来了鄱阳湖的全部灵气和活力，使水与火血肉交融，把拙雅古朴的陶瓷器具变成了精美绝伦的艺术。正是这一飞跃，才使景德镇成了世界陶瓷的圣地。

距离景德镇东南约八十公里，是鄱阳湖畔的鉴玉村，村民几乎都姓于，村中于氏祠堂内供奉着一尊身材魁梧的塑像，这个人名为于光。于光，派名叙五，又号文炳，出生于元泰定四年（1327）八月，都昌狮山八都人。他自幼饱读诗书，深明大义，磊落有大志，能作文赋诗，会弹琴，通岐黄（中医），还练就了一身好武艺。于光使的是一柄方天画戟，英勇无敌。每逢节日或初一、十五，都有人前来祭奠。

元代末年农民纷纷起来革命，都昌人于光带领当地农民占据了景德镇附近各县，并把景德镇珠山作为大本营。后来，朱元璋将于光调往西北，军队留在景德镇原地驻守。于光留下的这支部队也许未曾料到，他们此后再也无法离开。

当时，这里荒凉偏僻，几十户人家零星地分布在河岸上。河水清澈见底，舟船三三两两，唯一能打破这片宁静的，只有滑动的船桨和戏水的野鸭。然而就是这里，在接下来的千年里完成了自己的涅槃。

这里地处偏僻，但视野宏大；与宗教无关，但信徒遍布四方，享用无上的荣耀；她用举世无双的智慧，诱惑着人们的感官世界，将中国的形象和名字遍传全球。她见证了皇家权贵的生死幻灭，记录世界的重大变迁。

有人说，人类对瓷器的狂热也是一种信仰，景德镇在某种意义上是一个宗教圣地。不过，与宗教圣地截然不同的是，这里没有偶像、没有大规模的祈祷，甚至找不到统一的朝觐场所，但这个地方却有一种看不见的力量，吸引着全球无以计数的信徒，这是全球瓷器信徒的精神中心。

世事如棋，荣耀与毁灭在景德镇轮番登场，这个在全球享有巨大声誉和庞大拥趸的小城，深不可测。

牛水龙，七十三岁，祖籍和于光一样也是都昌县，他在景德镇和瓷器打了一辈子交道。

这是都昌县的一个村，是他父亲的出生地，也是一个伤心地。在父亲仅仅几岁的时候，村子爆发了一场瘟疫，父亲是当时唯一留下的生命。此后，牛水龙的父亲便开始离乡背井，他的落脚处是景德镇。

景德镇自宋代开始，便逐渐形成一个外地人的聚居地。此地山清水秀，自然资源，而且几乎没有发生过大的战乱和自然灾难，因此成为一个适宜生存之地。加上身边的鄱阳湖不定期泛滥，当地人大量外出寻找生活，邻近的景德镇便是都昌人的首选。

当年于光部队的战士，可以说是有记载最早大规模进入景德镇从事瓷业的都昌人，凭借人数和军队的优势，他们开始进入制瓷的各个工序中。他们开启了都昌人大量前往景德镇的大门。

今天的景德镇，大约超过百分之六十的居民祖籍可追溯到都昌，于是景德镇从此有"十里长街半窑户，迎来随路唤都昌"的盛景。

对于年逾古稀的牛水龙，他的母亲是一个最近又最遥远的记忆。尽管从未离开母亲，但他却形容自己没有彻底得到过母爱，他从没体会过母乳的味道。因为在窑厂工作的母亲有另一个身份，就是有钱人家孩子的奶妈，以此补贴家用。生活艰难，陶工的报酬难以将孩子抚养成人。

一九二〇年十一月，《美国国家地理》杂志上刊出一组景德镇瓷工的照片。这组照片第一次向世界完整呈现瓷器之都的生动影像。照片记录的正是牛水龙母亲生活的那个时代，拍摄者是时任美国驻华官员 Frank B·Len。据他记载，一九二〇年的景德镇拥有约三十万人口，却没有一份报纸，更让 Frank 觉得不可思议的是，景德镇似乎是一座没有失业的城市，即便是身有残疾的人都可以找到工作。不过这并不是天堂，陶工们的工作环境极差，长时间的超负工作、没有充足的食物，没有假期的工作，最终只得到低廉的报酬。据统计，当时景德镇低级陶工每天的薪酬约在十美分至一美元之间，即使是高级陶工每天的报酬也只有十二美分至三美元。牛水龙回忆，当时即便是拥有窑的客户老板，在光鲜的长袍马褂之下，也是破烂不堪的内衣和夹衣。

这些如同军功章的奖牌，被陈设在家中最显眼的位置，它们在安静地总结主人的一生。牛水龙说，作为窑工，他在景德镇经历了从奴隶到将军的过程。景德镇的历史是由无数窑工艰难的生活堆积起来，二十世纪初的 Frank 惊叹，这与西方资本主义原始积累时期的景象极其相似。

九十年前的 Frank，把景德镇与资本主义工业生产联系在一起并非没有道理。早在宋元时期，景德镇的瓷业已经具备了最初的商业逻辑，分工清晰、权责分明。此时，景德镇的制瓷业愈加成熟，除了青白瓷，元青花和卵白釉都已经被创烧出来。浮梁瓷局的设立，更在某种程度上赋予这个小镇鹤立鸡群的政治地位。于是，聚集效应产生了。除了因军队留下的都昌人，邻近的抚州人、丰城人、南昌人和乐平人开始大量向景德镇聚集，竞争愈发激烈。

一三六九年，被调任西北的明军将领——都昌人于光在一场与蒙古人的战役中被捕，最终死于兰州城下。

在景德镇，于光留下那支由都昌人组成的军队，从此彻底在景德镇扎下根来，完全融入制瓷业，后人将这支军队经营的窑口称为"军窑"。不过，尽管在权利和人数上都占优势，但也得服从业已形成的商业逻辑。抚州人、丰城人、南昌人、乐平人的势力也在逐

（周传荣　摄）

渐扩大，想要在景德镇立足，有人看到了其中的玄机。

"近百年来，景德镇挛窑行业一直被我们都昌籍余姓人垄断。"七十二岁的余云山骄傲地说。

挛窑，是指传统柴窑的建造和修补。千年以来，挛窑技艺历代被视为秘密，因为这是景德镇烧陶制瓷最关键的一步。没有柴窑，瓷器将不可能完成。

早在明中期，景德镇形成"匠从八方来"的格局之后，都昌人看到了"挛窑"这个风险极大但位于制瓷产业链顶端的工序。

挛窑全部用手工操作，又脏又累且具备危险性。挛窑工终年与黄泥和砖块为伴，夏天在烈日下工作，汗流浃背；冬天严寒却只能穿单衣。手在热水里泡暖之后，再用带有余温的手去取冰冷的黄泥涂抹窑壁。每天弯无数次腰，砌砖数千块。

不仅如此，在建造拱形顶部和窑头的时候，如果计算不精确或操作失误，窑炉就有倒塌的可能。一个成熟的挛窑工大约需要十年才能练成。

"工作艰难，但总会有所回报。"这是都昌人的信条。面临残酷竞争的他们，最晚在明朝初期，便开始有计划地进入挛窑行当。不仅如此，一旦掌握这门技术之后，只在家族血亲关系中相传，且传男不传女。这样，从事挛窑的人越来越少，渐渐地被血缘关系连接在一起。而都昌人，又是这些亲缘网络的唯一身份。他们甚至成立修建窑炉的行帮组织，形成强大的势力和严苛的传艺规矩。从此，景德镇的挛窑业被都昌人紧紧掌控。随着宋元明清制瓷业在景德镇的壮大发展，挛窑，在景德镇成为最挣钱的行业之一。

大明文化，深深影响了陶瓷发展。朱元璋二十四岁时，作为皇觉寺的一个和尚投奔义军，很快拉起一支队伍。二十八岁时，他率领水陆大军攻占集庆（今江苏省南京市），改名为应天府，设官建政。

而后，朱元璋以应天府为基地，逐鹿群雄，生死搏斗。三十五岁时，朱元璋与陈友谅大战鄱阳湖。时陈友谅率领号称六十万军队，旗舰高十余丈，联结巨舰为阵，绵亘长数十里，气势浩大，望之如山。朱元璋军二十万，处于劣势。朱元璋亲自督阵，虽斩退缩者，士兵仍畏缩不进。据民间传说，这一时期朱元璋与浮梁县和景德镇结下缘分。浮梁县衙旁有一座古塔。因建塔使用红土，年深月久，风雨剥蚀，塔身呈红色，俗称"红塔"。一天，朱元璋在鄱阳湖吃了败仗后，被陈友谅军队追到塔前，急中生智，躲进塔内。当时红塔门洞结满蜘蛛网，朱元璋进塔后，蜘蛛竟然重新织好网。追兵见蜘蛛网完好，就没进塔搜查，朱元璋躲过一劫。朱元璋从此得到神助，取得鄱阳湖大捷。

事实是，朱元璋在军事失利时，一个叫郭兴的人进谏：勇士不拼命，就看不到胜利。他建议"火攻"，被朱元璋采纳。朱元璋命敢死队，乘小船，载芦苇，装火药，到上风头，靠近敌舰，燃炮纵火。风急火燎，刹那之间，数百敌舰，一片火海，敌兵落水，湖水尽赤。陈友谅被箭矢贯穿头颅而亡。经过三十七天激战，朱元璋取得鄱阳湖大战胜利。第二年，朱元璋即吴王位；三年后，在应天称帝。

这个故事说明，朱元璋熟悉浮梁县和景德镇，为明初在景德镇设立御器厂创造了机缘。

更何况挛窑即用窑砖砌卷窑篷，挛窑店专事结砌窑篷的行业干这一行，是独行独艺。新中国成立前，景德镇挛窑店只有都昌多宝乡花门楼和仁义嘴两个村的余姓人专营。花门楼村六十四户，在挛窑店里做事的占百分之四十左右。

　　　余姓都昌人独占这一行业，从老一辈传下来已七代，即从我村"启"字辈开始，上六代之前则难以追溯。早先，景德镇是没有柴窑的，且窑身很小，不集中在市区之内，而是分散在"四山八坞"的郊外，烧瓷窑炉均是"槎窑"。所谓"槎窑"，就是用松树枝丫和榔箕等毛柴做燃料，即同现今农村烧砖瓦的柴一样。

用松柴烧窑，火焰更旺，温度更高，可达一千三百度。其中马尾松油脂多、火焰长、燃点高、耐久燃、数量大。宋代诗人苏轼就有"夜烧松明火，照室红龙鸾"的诗句。景德镇的窑柴就是将松树砍伐后，锯成七八寸长的木段，再劈开成块，阴晾干燥，以备烧用。此外，窑场和坯房、料桶和料板、桌案和堆架，也都需要大量木材。松木、杉木、杂木、灌木等正是景德镇窑业发展的重要因素。

景德镇，土既宜瓷，水亦宜瓷，成为景德镇瓷器生产、贸易、运输的生命线。景德镇濒临一条江，叫昌江。昌江是景德镇的母亲河，因镇在昌江以南，古称昌南镇。昌江发源于安徽祁门，穿过景德镇西南流经二百里，合乐安江，汇鄱江（饶江），入鄱阳湖，连通长江。景德镇还有南河环绕于东南，西河贯穿于西面，形成三水环城之势。

景德镇瓷工充分利用天然水流落差做动力，在一些支流上安装起水轮车和水碓，用以粉碎瓷石。这种水轮车，大的最多装水碓十六支，小的最多装水碓四支。每当春夏发水，车轮旋转，水碓翻腾，数里相接，响声隆隆，真是"重重水碓夹江开，未雨殷传数里雷"。这种粉碎瓷石加工制瓷原料的方式，省人、省事、省时、省钱，显示出中国古代科技的神奇。

"造瓷首需泥土，淘炼尤在精纯。"景德镇烧造瓷器，澄清瓷土，泥料淘洗，制造瓷胎，用水量大。烧瓷炼灰，调配色釉，也要用水。昌江下游，河水平缓，河床稳定，水量充沛，泥沙甚微，水质优良，制瓷需水，最为合用。

一方水土养一方人，一方水土产一方器。这里的天，指的是纬度、温度、湿度、气候、光照和降雨量等。景德镇地处东经一百一十七度十五分，北纬二十九度十分，属于亚热带季风，温和湿润，四季分明，无霜期长。年均气温十七度左右，跟岭南比，不算太热；跟塞北比，不算太冷。可以说是不冷不热，而且温差变化小，所以烧瓷器的坯胎不容易胀缩。年均降水量约为一千七百六十毫米，总量适中，且很少有梅雨季节，坯胎不易因潮湿变形。

这里的地，适合烧造精美瓷器。景德镇不仅地理区位距元、明、清都城不算太远，也不太偏僻，而且拥有储量丰富的瓷石和瓷土——高岭土。所谓高岭土，指在高岭村发现的瓷土。我去那里看过，挖出来的高岭土是雪白的，后来被世界公认是烧造瓷器最好的原材料。

这里更适合水运。旱路运瓷，容易破损。志书《陶政》记载："查明初陶厂皆自水运达京"。这是御瓷的运输。民间用瓷，则因木船载量大、较安全、运费低，所以更是靠水运。昌江之上，运输繁忙，渡口码头，热闹非常。古人作歌，记其盛况：

坯房挑得白釉去，匣厂装将黄土来。

上下纷争中渡口，柴船才拢槎船开。

很早以前，挛槎窑是浮梁县魏姓人专营，有时事情多，魏姓人手少，就请都昌人临时帮工。时间一长，都昌人便掌握了一些挛窑的技术，慢慢地这一行业便由都昌多宝乡花门楼和仁义村余家人所垄断。

新中国成立前夕，景德镇挛窑店有两家，一家在彭家上弄，有挛窑师傅二人，老板余昭清、余式蛟；一家在龙缸弄，老板余式新、余昭荣，有师傅十八人。挛窑店老板是在技术师傅中轮流推选的，即一年一轮换。所谓老板，任务是收钱、管钱、分账、派工，挛窑店的工资分配方法也是独特的，要到年终统计了总收入和总分数，才能算出每分多少钱。每挛一座窑是四十块银圆工资。挛窑时间多数在农历正月到三月份，挛窑工人的工资等级划分叫"四爪一股"，"四爪"好比猪的蹄，"一股"好比猪的正身。挛窑学徒是三年，每年十块银圆工资。在学徒三年中，每年的正月要请本店的所有师傅喝一次酒，目的是希望各位师傅技术上多加指教。三年满后升为一爪，六年满后升为二爪，九年满后升为三爪，满十二年就升到四爪，又叫半股。在满十二年时又要请一次酒，请各位师傅评议技术好坏。升到半股，再过三年又请师傅评议升为一股。从学徒到一股，一般要十五六年时间。要掌握挛窑技术，成为一名真正的挛窑师傅是不容易的，从十一二岁开始学徒到一股师傅，至少也有二十五六岁。

挛一座窑，一般需要四五天时间，人数六至八人，挛窑师傅受到特别尊崇，也享受一些特殊待遇。窑户老板请挛窑师傅每天三餐一点，好烟好酒招待。早饭一般在餐馆里吃，四盘炒菜，饭和面食尽量吃饱，还要在楼上吃在餐厅里吃，四盘炒菜，饭和面食尽量吃饭，还要在楼上吃雅座。中午和晚上则在窑户老板家里设宴，请高级厨师，弄出上等鱼、肉、鸡、香菇、海味等十多个菜肴。不过，在姓冯的窑户老板家挛窑却例外，吃黄花、木耳等十碗头酒，原因是饮水不忘挖井人。

挛窑行业的技术传授很保守，传子不传女，更不传女婿。公开场合根本不谈技术问题，有时父子两人在家谈技术，如果发现外人进来，马上就停止谈话，生怕别人听去。挛窑师傅和窑厂把庄师傅要紧密配合，挛窑时，把庄师傅寸步不离挛窑师傅，有什么问题及时提出，窑挛得再好，满不好或者烧得不好也是不行的。以前有句老话，就是"窑弄不天光"，意思是千变万化。"水往低处流，火往空处钻"，根据这个原理，学徒得处处观察师傅的操作。挛窑店学徒的前三年，第一步为搭泥巴、压砖；第二步砌前头的扇面，到五六年之后，就砌前面的脚篷，最多砌到大肚为止，只有到第九年时才让砌正篷，也就是升到三爪时，有毛病师傅就修一下，升到了半股，便成了中等的挛窑师傅。一个半股的工人，如果瓷业生意好，窑挛得多，一年工资约计一百担稻谷。一股比半股的又要高百分之五十，一爪为百分之二十五，二爪为百分之五十，三爪为百分之七十五，四爪为半股，也就是一百。

窑的大小和高低是有统一规格的，相差只是几寸的问题。民国三十年，杜重运以"上江家窑"为规范窑，规造柴窑的窑弄统一标准，即前头高一丈五尺三寸，中高一丈一尺一寸，后高六尺二寸，全长五丈二尺。窑篷上共有四只眼，最前头一只眼，为发火眼，其作用是冷窑。窑篷中间左右各一只眼，作用是望表；望表时脚必须站在一个固定点上，才能看得准确，看窑表是否歪斜。紧靠窑囱一只眼，叫作分析眼，看窑是否烧熟了，把庄师傅在这里吐痰下去，全凭经验分析痰色。烟囱前后各一只眼，侧边一只望火眼。新中国成立后，窑篷中间增加了一只眼，目的是加速冷窑。窑上眼的安排有它特定的作用。早先挛窑一无设计图纸，二无高超的仪器设备，全凭代代相传的特殊技术，而每座窑又有各自的特点和技术上的一些要求。

挛窑店主要任务是砌窑篷，而烟囱多为窑厂工人砌，少数请挛窑店师傅砌，工资另给，即每根烟囱每人两担米，窑厂工人砌囱是把庄、驮坯、加表、收兜脚的四个人，并有固定分工，即把庄砌起手，驮坯砌落手，加表砌篷上，收兜脚砌背后。

一九五〇年，由瓷业工会联合会出面，召集两个挛窑店开会，合并为一个店。同时有槎窑的补窑店四个人也合并到一起，这几个人就是现陶瓷建筑安装公司的起源人。一九五一年，市工会又提出打破旧的行帮，要求带外县外姓人为徒弟。从此，就带了两个外县徒弟。随着科学事业不断发展，老式的柴窑在景德镇仅存古窑和建国瓷厂两座，其余全由煤窑、油窑、煤气窑代替了。挛窑工人大部分已成为故人。健在的只有七人，其中在职的四人。而这四人中最年轻的也有四十七岁了，其余的均年近花甲。

今天的余云山可谓不负祖宗的托付，余姓的都昌人在景德镇开设挛窑店，技艺历代相传。然而，这种传承方式也带来巨大的问题。今天，景德镇仅剩三位挛窑工，除了余云山之外，还有他的儿子余祖兴和一位六十七岁的本家——余和柱。因为政策禁止民间烧柴窑，

049

现在挛窑的生意很少，即便有的柴窑也不会大规模生产，修补的需要也不多。挛窑技艺，在今天的瓷都景德镇，也几乎丧失了用武之地。

> "父亲余和柱师傅年事已高，挛窑技艺的传承重担落在我肩上，但我很担心会失传，因为传统柴窑建造几乎没有市场。"余祖兴表示，以挛窑为职业无法保障一家温饱，为了维持生计，他靠水电安装、空调维修、店面招牌制作等多项工作来补贴家用。多年苦练才学会这祖宗流传下来的技艺，以后却难有机会施展，或许承载千年瓷都辉煌的挛窑之术已成屠龙之技。

陶瓷实业家余英泾是都昌南峰乡余晃村人，生于同治甲戌年（1874）正月十五，幼时在乡读私塾三年辍学，上镇随父做针匙搭窑烧。后生意越做越大，以至发展到拥有家屋、窑屋、坯房、店铺五十余幢的工商业巨头。

余英泾的鼎盛时期，正是景德镇瓷业日渐衰落的时期，洋瓷纷纷涌进国内市场，日本瓷迅速打入景德镇。"余英泾的钱全部存入钱庄，如果取出，则钱庄非得关门""余财神跺三脚，全镇就要摇三摇""余英泾的财势盖江西"这些话也许有点言过其实，他被全镇工商界推为"三尊大佛"之首。按当时财富排名，前三名首富为"三尊大佛"，后依次排位"四大金刚""十八罗汉"。

余英泾的父亲余寿显，生于道光廿五年（1845），出身贫寒，幼时罹上"五更泻"。因打鱼多在半夜出船，他又频繁拉稀，十二岁时，只好离家上镇学徒，后逐渐开始做点针匙。为有个帮手，让读了几年私塾的余英泾辍学，上镇随父打工。这时，余英泾仅十三岁，白天学做坯，晚上在家练算盘，一字不认的余寿显自有他的道理：练算盘会练出灵性，头脑会精明，练好了算盘，会做账，往后做生意不吃亏。余英泾的父亲余寿显为人耿直、善良，但有些怪癖，大小便从不上厕所，店间里挖了个洞，权当粪坑，第二天清早扫一下即可，他抽的是长烟筒，抽烟时，如果发现屋梁上、墙旮里有蜘蛛，就设法抓到塞进烟斗，然后再在上面填满烟丝点火再抽。余英泾从起家到成为名噪全镇的富豪，从没住过一幢像样的房屋，开始住在抚州弄二十八号，后搬迁到江家坞二十九号。民国十七年，一个姓李的广东人来景德镇建太白园，因钱不凑手，想在景德镇的富绅中借些，听人说，余英泾有万贯家财，广东人乘轿登门拜访。到了余英泾屋门口，发现房屋破烂不堪，还以为走错了门。再细打听，果然是余英泾的家。正巧碰上余英泾在家干活，便衣短褂，腰际还扎了一条蓝布巾，加上余英泾身高体壮，溜光的头皮，来人还以为他是余家的长工。

余英泾家中长年点的是菜油灯，这对一个首富家令人费解。当时，电灯在镇上还不普及，但少数有钱人家还是有的，而首富余英泾家中的菜油灯平常只用一根灯芯，有客来时，才增加一根，送客出门，他立即将另一根灯芯灭熄。余英泾从起家到发家，公正地说，是父亲余寿显奠定了一定的基础，但起主要作用的还是其本人。

余英泾从事陶瓷几十年，既不与政界、军界有瓜葛，更不同任何帮派纠缠。余英泾出生于南峰乡余晃村，余晃村向来号称"千烟"大村。余姓在都昌属大姓，在镇上开窑，打长工的人也很多，人多势众，里面也不乏好斗之人。

那时，都昌县距离景德镇一百多公里，在交通不发达的时候，坐船的少，步行的多。经过长山坳，梨巴树下无人烟时，常遭土匪打劫，也就是碰到所谓的"罗汉"。英泾既不得罪，怕人家说有了钱翻脸不认人，又怕这些"罗汉"惹出是非，对自己不利，平时没钱，只要开口，他照给不误。时间一久，旁人不知底细，就说余英泾家中养出了一班"泼皮罗汉"。

余英泾一直在镇上生活，但他具有浓厚的家乡观念和宗亲情结，拿出不少的钱给余晃村建了三个凉亭，让过路行人有个歇脚、遮雨、乘凉之处，村里修的两条共约六里长的麻石路，他出钱最多。余英泾的厅堂挂有"黎明即起，洒扫清除"的条幅。他家规极严，女眷若无事决不能在厅堂里随便走动；他同客人讲话，女人不能在眼前出现。但他能自觉适应新潮流，接受新思想，辛亥革命后，他第一个把长辫剪掉，以后一直是剃光头，并允许家中女眷"放脚"。

旧时代的景德镇有个习俗，老人死后，亲属千方百计请几个头面人物胸挂白花站在送葬队伍，以显耀门庭。余英泾有求必应，送葬完毕，他并不提前离场，还同旁人一样入座吃个便饭。他常对后辈人说："人生在世，要积德行善，自己吃，抠一方；大家吃，肥四方。"

余英泾所遗下的家财，在抗日战争结束不久，就基本上灯残油尽。余英泾在世时，去他家拜年，红纸包的是四块大洋，而到儿子手里，拜年时，只有一块大洋。

景德镇市委余科长（芗溪人）告诉我：

长年往来于这条路上的人，很少有人没被抢过。一九四八年腊月二十八，父亲余忠源（画红的）回乡过年，把自己一年来积攒的二十块银圆一块块用纸包好（怕擦响），缠在腰里。走到梨巴树下，三个蒙面人突然蹿过来，先用麻袋罩在父亲身上，然后反绑双手，带上山去，全身搜光。钱拿走了，人还不放。直到太阳西斜，父亲才慢慢地松开了手，甩掉了头上的麻袋，一看，周围还绑着五六个人，头被蒙得紧紧的，还是父亲一个个给松了绑。大家相对哭泣，悲愤欲绝。第二天，太阳落山时，别人家响起了鞭炮，过年了，父亲才没精打采地回到了家。父母一见面，相互抱头大哭。这一年，没有买爆竹，没有买一斤猪肉，全家冷冰冰地过了个年。

那时，走旱路是那样地艰险，走水路更是艰苦，更不安全。

先说搭小水吧，为什么要搭小水呢？主要是漳田渡两岸十五华里地，地势较低，遇到大水年头，一片汪洋，没有船渡，交通阻断。上镇下乡，只好搭小水。搭小水，就是两头步行，中间坐船，而且是夜晚行船。搭小水还有一定的据点。上镇去，芗溪、南峰、万户、周溪等地是据点；下乡来，波阳的江家桥等地是据点。只要你当天太阳下山前赶到了据点，就可以上船。搭小水在船上没有茶水喝，没有被子睡，大家蜷缩在一个舱里。如果遇上顺风，天气好，第二天一早，就可以达目的地；要是碰上气候恶劣，可能要在据点等一两天；假如开船后，中途遇到大风暴，那就有翻船的危险。

　　一九三九年，我在浮梁师资训练所学习，放暑假时，搭小水回家。上船时，天气很好，船到中途，乌云翻卷，风雷大作，船"边樯"走（半顺风、半不顺风时，船朝风斜着走），忽上忽下，左右摇晃，浪头打来，船板淌水。大家吓得魂不附体，喊娘的喊娘，呼天的呼天。船夫却有把握似的一再安慰我们："不要怕，莫乱

（赵青　摄）

动。大家沉着，不会出事。"真的，第二天早饭时，总算平安到了南峰。大家回头望着湖中，个个异口同声地说："真危险啊！我们算是拣了一条命。"

再说说坐船上下吧，曾流传着这样四句话："坐船上下好是好，就怕强山出强盗。又怕饶州把风坐（就是风不顺，开不了船，等风好转），更怕湖里打风暴。"

谭成章在回忆旧时上镇下乡一路遭遇时说：

一九四八年腊月十九，我和爱人巴如月带了个刚满周岁的女儿回乡过年。早晨在饶州开船时，天阴沉沉的，北风还不大。船到桑港，风渐渐大起来，开始飘雪花了。行到强山湖，风越刮越猛，雪也越下越大，船颠簸得更厉害。它往左侧，烧饭的鼎罐也往左滚；它往右侧，鼎罐又向右滚。浪头一个压一个打到船上，舱里的被子衣服都湿了。女儿不断地哭，爱人一再埋怨，个个脸上吓得灰白。船夫看看大家，看看远方，果断地说："我们在泗山靠吧。"大家欣然同意。船慢慢地艰难地靠上了泗山。

旅镇的都昌建筑公司曹建良讲到父亲遭遇时不寒而栗：

旧社会都昌人上镇下乡真作孽，既担风险，又受罪。那是一九四五年元宵节后的一天，父亲装了三十多个都昌旅镇的瓷业工人，从周溪出发。船行驶到猪婆山，遇到一伙强盗，将船拉去强山。在那里个个搜身，用的吃的、路费一扫而光，连身上穿得好一点的衣服也剥了下来。东西抢光了，还不放船。大家又冷又饿又怕，挤在船舱里，不敢出来。直到半夜，父亲才偷偷地把船开走。船到饶州，又碰上国民党的保安队"封船"（强迫你的船出公差）。船上一无所有，大家饥寒交迫，由父亲出面，找饶州都昌会馆商量，借得大米一百五十斤，一天吃两顿稀饭。第三天又请会馆负责人到保安队说情，具了保，才放了船。船一放，又"坐风"，真是雪上加霜，苦不堪言。大家急得像热锅上的蚂蚁，只得要求船长："船一定要开，上不去，我们轮流摇桨，换班拉纤。在这里挨饿受冻，不如累一点，早走好。再说，我们也要赶去上工，等不得。"就这样，冒着寒风开了船。正月里，还是枯水季节，逆水行向，水浅湾急，大家一会儿摇桨，一会儿拉纤，个个累得筋疲力尽。船到鹅颈滩，已是第六天了。船上米又光了，人也病了十多个。船长无奈，又向隔壁船上借米十斤，饱餐一顿，才一鼓作气，把船拉到了戴家弄河下。

　　戴家弄最有名的是饺子粑。最早的戴家弄饺子粑的馅都用糖做的，原料用的也是精米。戴家弄住的都是有钱的窑户老板，那时戴家弄码头的船只多得打堆，一眼望不到边。戴家弄其实不大，只是一条小巷子，双手撑开就能摸到两边的墙！

景德镇四面环山，陆路交通极不便利，贯穿景德镇的昌江便成为瓷窑聚集的最佳选择。已经在景德镇站稳脚跟的都昌人、抚州人、乐平人、丰城人和南昌人开始向镇区的昌江汇聚，在这里沿江设立窑厂，从事瓷业。而制瓷工艺的进步和分工的细化为景德镇城市的变迁提供了保障，景德镇的瓷器从昌江到鄱阳湖进入长江，并从这里走向世界。

　　一千多年前，也就是公元一〇〇四年，中国宋朝的真宗皇帝前所未有地把他的景德年号赐给了一座江南古镇，这个镇便是景德镇。二百九十四年前，一个名叫昂特雷科莱的法国传教士以中文"殷弘绪"的名义，在这条昌江边上的小镇一住好几年。他一边传教，一边把这镇上制瓷的一点一滴用书信传给远在万里之外的异国他乡。结果离开后不久，法国人以他特有的聪明和智慧，建造起了一座与景德镇相媲美的瓷都，它的名字也叫高岭，这就足以显示了这座城市和浮载这座城市昌江的全部秘密……

　　在利摩日人人都了解和喜欢瓷器。当时，瓷器同时成了富有魔力的物品，吸引着购买者和游人，有时他们仅仅是出于好奇，瓷器

055

成了自然美丽的象征，因为它汇聚了土、水、火和气四样元素制作而成。我们知道，世界上已有丝绸之路在先。我们可否以此为鉴，共同努力，创造一条陶瓷之路，它将把世界上所有对陶瓷有着同样情感的城市连接起来。

二十三年前的一天，中国香港西南海域的海面上静静地停着一艘打捞船，在漆黑的夜幕下，它犹如幽灵一般。据一本收藏在荷兰东印度公司档案馆里的古航海日志记载：一七五二年，一艘名为"歌德马尔森"号的中国商船在这片水域触礁沉没。当年，这艘从广州出发的商船满载着瓷器和黄金，准备驶往荷兰首都阿姆斯特丹。两百多年后，一个名叫迈克·哈彻的英国职业海上打捞者发现了这个秘密，他将自己的打捞船开到了这片海域。哈彻从"歌德马尔森"号打捞上来了青花瓷器二十三点九万件，每块重达四十五公斤的金锭一百二十五块。一九八六年，哈彻将这笔宝藏交给了荷兰嘉士德拍卖行，换回了两千多万美元的回报。从此，哈彻以"当代最成功的寻宝人"的头衔名噪天下，而"南海沉宝无数"的消息也不胫而走，一批又一批的国际寻宝人来到这里，盗捞中国的水下宝藏，对这座南海上的"海底瓷都"进行疯狂发掘。哈彻发现的宝物，或许只是埋葬在南海水下宝物的"冰山一角"。

十五世纪以后，随着地理大发现与新航路的开通，海洋成为沟通全球的主要通道，中国的"海上丝绸之路"逐渐成为贯通东西方的贸易通道。但是，在那个没有机械动力的帆船时代，往来海上丝绸之路的船只，几乎每隔二十九个小时就有一艘葬身大海。直到十九世纪初，因遇上海盗和风暴而沉没的货船比例仍高达百分之三四十。据中国历史博物馆水下考古研究中心统计，在中国的茫茫海域下"沉睡"着两三千艘古船，其中以宋元船居多。这些船满载的中国陶瓷、丝绸、金银珠宝等宝藏也就随船体下沉被大洋吞没，完全构成了一个赫赫煌煌的"海底瓷都"。

　　青白瓷是宋时的六大瓷系之一，也是景德镇成为世界瓷都的起点。其生产以景德镇窑为代表，釉色介乎于青白之间，青中闪白，白中显青，所以名叫"青白瓷"。由于那时景德镇瓷器都是在南河沿上船，到鄱阳县再换大船，进入鄱阳湖和长江。在北宋晚期至南宋之间，景德镇的民窑几乎全部集中在南河沿线的几十里地上。如"南海一号"所载的青白瓷确系景德镇生产，那么，这些瓷器应该就产自该市南河沿线作坊。

　　古往今来，鄱阳湖始终承担着中国南北重要水上通道的运输，创造了湖区一代一代的文明和繁荣。早年这些以昌江为主流的大小河流，给景德镇的瓷业生产、销售、运输带来了许多方便。当时的民窑很多都设在昌江及其支流沿岸。河水不仅可供淘洗瓷土，而且可以利用流水落差做动力，装置水轮车和水碓，用以粉碎瓷石。这些水碓大多装在一椽茅草屋中，一轮大大的水车在一汪清亮溪水的冲击下，带动着十几只水碓，不停地上下捶打，将坚硬的瓷石打成粉末，然后淘洗并做成一块块砖状的便于运输和计算的不子。据《景德镇陶录》记载："邑东至港以上有二十八滩，每滩皆有水碓舂土做不"，最盛时水碓超过六千支，古人有"重重水碓夹江开，未雨殷传数声雷"的诗句。在溪水充盈的春天，千百个水车同时转动，千万个水碓一齐响起，其势之磅礴犹如春雷轰鸣，所以有人称景德镇为"雷电镇"。

　　古代景德镇的商路主要是水路交通，景德镇的瓷器明初陶厂皆由水运进京，这是御瓷运输。至于民瓷，则因木船载量大、安全、节省运费，所以更是靠水运。景德镇瓷器水运主要有两条路：一是自昌江到鄱阳湖进赣江，溯赣江至大庾岭，与明初开通大庾山道相接，然后顺北江而下到广州，再运至港口，输送到海外市场；再一条路就是自昌江入鄱阳湖到九江，转长江下游各城市。千百年来，昌江是景德镇的水上生命线，是它维系了古代景德镇的繁荣。清康熙五十一年也就是一七一二年，法国传教士昂特雷科到景德镇考察游历时，在给奥日神父的信中说：

> 有两条河从靠近镇边的山岳里流下来，并且汇合在一起。一条较小（当指南河），而另一条则较大（当指昌江），宽阔的水面形成了一里多长的良港。这里水流流速大大减缓了，有时可以看到，在这宽阔的水面上，并列着二三排首尾相接的小船，每日都有无数的小船停泊……

景德镇瓷业的兴起和发展，正是和无数小船的这种穿梭往来紧密联系在一起的。景德镇正是从这里开始走向世界，世界也是从这里开始走进景德镇。

进入近代，鄱阳湖内港轮船航运业兴起之后，鄱阳湖流域的港口、城镇迅速崛起，鄱阳湖在水运中充当了新时期更为重要的角色。二〇〇七年十月三十日，九江沿江沿湖大开发的启动，宣告了江西复兴水上陶瓷之路的又一次开始……

九江港沿长江岸线全长一百五十二公里，区内航运水深在枯水位时能保持四米以上，三千至五千吨级海轮可常年通航，水运条件优越。九江港作为江西省唯一的外贸港口，它的开发建设，为江西省走向海洋、面向世界、发展外向型经济提供了一个良好的平台。

这是一组由玻璃底片制作而成的老照片，照片记录的是一个遥远的年代。时间大约是十八至二十世纪初，一群来自中国和蒙古的商人，牵着他们的骆驼，带着来自中国南方的茶叶，穿越戈壁、草原和崇山峻岭，去往遥远的俄国。这些照片所拍摄的，是一条连接当时中国与俄国之间的繁忙商路。俄国人称它"伟大的茶叶之路"，中国人叫它"万里茶道"。

云遮雾嶂中，河口镇一个古香古色的山村。

一团蒸腾的云兮雾兮的山尖尖，满画面黑乎乎的，有些让人觉着透不出气来。

那股气仍在蒸腾着，蒸腾着，渐渐看清了，是一个原始古朴的、很有张力的手工作坊茶棚。

每年四月中旬到五月初，是武夷山区最繁忙的季节，家家户户都开始忙着采茶制茶。

民国时期的《裕民期刊》这样写道："往昔因交通关系，赣东各县茶叶都集中河口精制，每年出产红茶极盛。"

武夷山下这家茶庄的主人叫严天福，是江西河口人。作为"河帮茶师"的传承人，他一直沿用传统的制茶工艺，加工经营着具有百年历史的"梁品记"红茶。

那时，在茶界流传一句话叫"河口茶市通天下，河帮茶师遍中国"。每逢春季，河帮茶师就会被各地茶行高薪聘请去做茶。在铅山，信江以南山区的人种茶，而信江以北及河谷沿岸的人制茶。这些制作茶叶的人被称作"河帮茶师"。他们一帮一帮结伴为生，少则十几人，多则几十人。当年河口镇各大茶庄都有相对固定的"河帮茶师"。

明朝年间，武夷山茶农因躲兵匪战乱，逃到山里，家里采摘的茶青来不及处理，兵匪们一人拾上一个，有的将茶包当枕头，有的当靠背睡觉。湿汗碾压，茶包弄得皱巴巴的。等到茶农隔天回家，发现茶叶全都变色了。一季茶叶半年粮，茶农舍不得，就赶紧把茶叶热炒，再熏焙。然后拿到集市低价销售。结果，这些茶汤色好看，香气扑鼻，喝后令人神清气爽，不久就有人找上门来，指定要收购这种"贱茶"，后来人们称它"河红"。

这种茶带一股子松烟香，味醇厚，最受追捧。到了明万历年间，河红茶已跨越关山，漂洋过海，名传四方，被茶叶圈内奉为至尊名茶，中外茶商纷纷前来河口订购"河红"。

最早运往欧洲的茶叶几乎都是绿茶，后来产自武夷的发酵红茶和半发酵的乌龙茶才逐渐被欧洲人所熟悉。这些从未见过茶树的人们认为，绿茶和红茶是从不同茶树上摘下的茶叶制成的。与中国人爱喝绿茶不同，英国人却更加喜爱经过发酵的红茶。据说红茶之所以能风靡英伦，与一位来自葡萄牙的公主有关。一六六二年，英王查理二世与葡萄牙公主凯瑟琳联姻，远道而来的公主带来了好几船的嫁妆，其中就包括几箱来自中国的红茶和各种饮茶的器具。她在宫廷中推行以茶代酒，很快在英国皇室吹起一阵饮茶之风。贵族们纷纷效仿国王和王后，而他们又成为市民效仿的对象。饮用红茶成了英国社会上下的流行风尚。据说，凯瑟琳公主带到英国的红茶，就产自中国武夷。

武夷山脉横绝天际，连绵上百里，就像一位饱经风霜的历史老人，南边抱着福建的武夷，北边搂着江西的铅山。峰谷交错之间，孔道贯通闽赣。古人将铅山所属北武夷地区的地貌概述为"凡二十七山九岭十二岩石四关一寨八水三泉一湖"。

武夷山脉，北拒寒流，南迎海洋性暖风，使得这里气候温和，终年雨量丰沛。得天独厚的地理与自然条件，为武夷山茶树提供了适宜的生长环境。

　　陆羽在《茶经》中提到，茶树"上者生烂石，中者砾壤，下者生黄土"。武夷山属于典型的丹霞地貌，土质多为砾岩、砂岩以及页岩，正是茶树喜爱的土壤。丰富的茶种和成熟的制茶技术，让武夷山成为中国重要的产茶区。到了明末清初，这里更成了中国茶叶传往西方世界的重要源头。

　　清《续文献通考》载：铅山县北河口镇，估舶所聚，商务勃兴，人口约五万，有近三万人从事与茶业与之相关的行当。

　　清乾隆、嘉庆时期，河红茶的外销金额年不下数百万金。

　　当年，北上茶货与入闽物品翻越高耸入云的山岭，就靠那些"挑崇安担"的挑夫们的一根扁担。武夷山蜿蜒上下近六十里的古道上，挑夫成群结伙，往来不绝。日复一日，年复一年，披星戴月，风餐露宿，从少年干到白头。

　　分水关头这块看起来并不起眼的石碑，人们称之为"孤魂总祭碑"。这是一百多年前的好心人，为那些客死异乡的挑夫们招魂所立。

　　《江西通史》记载：（北宋时）"福建商客带茶货入中原，一条重要的线路就是走建州崇安县（今武夷山市）山路：北上分水关，越过紫溪岭，进入信州铅山县。"

　　每年，产自武夷山区的茶叶，在河口镇经过分拣精加工完成交易之后，再装船由信江入鄱阳湖，一路向北，连续穿过中国的河流、群山、戈壁与沙滩，进入蒙古高原，直抵俄国边境小镇恰克图，接着穿越俄罗斯腹地，到达波罗的海岸的圣彼得堡。这条逶迤绵延了两万公里的贸易通道，便是著名的"茶叶之路"。

　　二〇一五年初，山西祁县发现了一部珍藏多年的手书商业史料《行商纪略》。

　　《行商纪略》为麻纸毛笔字撰本，共一百八十二页，书高一百六十二毫米，宽一百六十毫米。因为史料残缺首尾页数，故不

古巷，这里有一种古镇特有的古朴与宁静。（陈晓璠　摄）

知是何人何时所写。但从撰写的内容分析推断，应该是祁县商人写于清道光后期。

这个《行商纪略》在记载赊镇装牛车发舞渡（旱路二百四十里）部分写道："二箱作一担，六串作一担，小箱只作一担，半套浮捎脚银，随时迭（跌）长，砖茶比盒茶每担加银五分……装车规例，道光十一年重整：净箱，每车装十一箱、捎一箱一串，除捎净五担；净串，每车装三十七串，捎四串，除捎净五担半；箱串对搭，每车装八箱十三串，捎一箱一串，除捎净六担。"

《行商纪略》还有从祁邑起程赴汉口二十四天路程歌：盘、年、虎、鲍、长、七、栏、新、木、岗、郭、丈、临、小、遂、确、山、明、信、李、广、小、扬、潘、汉，四十望武昌。

《行商纪略》同时记录了《武夷茶运输》的详细过程：

（一）星村发崇安水脚。

（二）下梅发崇安水脚。

（三）崇安发夫脚。

（四）崇安关报税。

（五）水口发铅山水脚。

（六）铅山发河口水脚。

（七）河口广庄过载。

（八）走快帮、夜船。

（九）口庄过载发玉山。

（十）吉安府发货。

（十一）万安县发货。

（十二）攸镇至赣州府赣县。

（十三）天柱滩至界平。

（十四）储滩下水在此缴出口票。

（十五）武夷茶上口走河南各店规例。

1. 河口装船发吴城。2. 吴城装船发汉口。3. 大姑塘报税例。4. 汉口装船发樊城。5. 樊城装小船发赊镇。6. 赊镇装车发北舞渡。7. 北舞渡装船发朱仙镇。8. 朱仙镇捆小车发道口。9. 道口装船发郑家口。10. 临清关报税例。11. 郑家口装车发定州。12. 定州捆骆驼发东口。13. 如从赊镇发郭家嘴。14. 郭家嘴发孟县。

如果说《行商遗要》只是系统记载了祁县茶商到湖南安化茶区办茶与运茶的事宜；而《行商纪略》不仅记载了祁县茶商到湖北洋楼洞茶庄办老青茶的规例与运茶事宜，而且详细记载了祁县茶商到福建武夷山茶区办红茶与岩茶事宜，还记载了武夷茶运销的水陆路事宜。

更重要的是《行商纪略》发现了两条鲜为人知的茶路。

一条是在河南境内。由赊镇（今社旗县）装牛车发舞渡（旱路二百四十里）、舞渡装船发朱仙镇（水路四百八十里、旱路二百四十里）、朱仙镇装车发柳园口（系四轮旱路九十里）、柳园口装车发道口（装四轮车旱路一百四十里）、道口装船发通州湾（水路一千八里三十里）。这是由卫河进入南运河、北运河直达京城通州湾，再由通州湾运往口外的一条借漕运通道之茶路。

另一条是在江西境内，由河口顺信江入鄱阳湖，再从鄱阳湖畔的吴城改道，溯赣江，过吉安府、万安县、攸镇、赣州府赣州县，越大庾岭达广东的广州码头。这是武夷茶及江西茶运往广州、走海上茶路的通道。

《行商纪略》在武夷办茶规例中还详细记载了广庄办嫩庄茶、上上小种、工夫茶、洋庄茶的业务细则，也详细记载了由河口发吴城并溯赣江过大庾岭达广州码头的茶路事宜。比如：河口广庄过载，每担栈地银七分、船力银六钱六、船行用银每担六分、篓夫下力每担银一分六厘，就连敬神祈福的费用都有记录，神福银每条船四钱，香烛银每条船一分。

河口镇由东向西青条石铺就的主街长约五华里，宽约六米，加上南北走向的街巷，辏辐纵横，旧称"九弄十三街"。

油篓弄四十二号，当地人叫它庄家大宅，里面居住着十几户人家五十多口人。

这位七十三岁的老人叫庄有生，是住在大宅里唯一的庄家后人，直到从教师岗位上退下，没有离开过庄家大宅。他对庄家大宅有着一种特殊的感情，完全源于他的远祖。据说油篓弄的得名与他远祖的一段传奇经历密不可分。

油篓是用藤条编制盛物的器具，过去是用来盛酒盛油盛漆的。

据说在两三百年前，庄家远祖孤身一人从安徽流浪漂泊，步行到江西铅山河口。一天远祖在信江边见一寺庙，里面烧香拜佛的人不少，就跟着进去了。住持见远祖孤身一人，无依无靠，为人忠厚，便留他在庙里做些杂役。

有一天外面狂风大作，暴雨连连。一商船因风大浪急靠在寺庙码头边，准备等风停了再走，可是等了好几天，水路还是不通。船老板有点着急了，商量着就地卸

（周传荣　摄）

货，存放此处。远祖出于好心答应下来，于是商人便将船上卸下装货的油篓统统堆放在寺庙旁的空地上，约有近百篓。天长日久，日晒雨淋，油篓破裂漏油，远祖怕不好向货主交代，就在庙里腾出一些地方，准备把油倒入大木桶和大缸里。当揭开篓子时，发现上面浮了一层桐油，下面有隔层，打开一看，有大锭的银元宝，估算起来有近万两，远祖大吃一惊，为免遭杀身之祸，便叮嘱帮工，叫他们口实紧一些。这样又等了一两年，还是不见人来。远祖想：要么是贪官转移不义之财，掩人耳目，以后遭抄家灭族。要么是商家在回家途中遭遇战乱，再也回不来了。

一年后，仁义忠厚的庄家远祖辞去庙里差役，将财宝购置店铺，做起茶叶生意。由于实力大，很快垄断了整个河口茶叶市场，成了当时首屈一指的"四大金刚"。发财后远祖为恪守诚信，便把赚来的钱做了慈善，后人就将庄家大院所在的街巷叫油篓弄。

油篓弄巷子口前的这条小溪叫惠济渠，始建于明代。为了方便茶叶贸易，庄家出巨资在惠济渠各段修筑埠头，使竹筏能进出停靠装卸，从此惠济渠两岸店铺林立，茶商云集，成了河口街内的一条小运河。

沿河而建的茶商家里，天井都显得特别大。当年他们把收购的茶叶就铺在天井地上晾晒、分拣。

鼎盛时期的河口，街面店铺两千余家，纸店百余家，茶庄四十八家，各地设立的会馆十九家。那时，英国商人到中国大陆自行采购红茶，也都选择河口作为据点。

水路之便使河口镇在明朝万历年间成为闽、浙、赣、皖、湘、鄂、苏、粤等江南诸省的水运中心和商业枢纽。

当年，河口镇沿江码头十余处，泊船多时上千艘，常常是船到三日靠不上码头。这座"官埠头"始建于明代，是当时官船停泊处。

现有的青石"禁碑"是乾隆三十五年所立，可辨认的字句有"一切货物上下，不得擅自挽夺"……

清朝乾隆时著名诗人、戏剧家蒋士铨诗中的河口是："舟车驰百货，茶楮走群商。扰扰三更梦，嘻嘻一市狂"。

这些青石和麻石上留下的一道道深深车印，录下了当年河口街市的热闹，也录下了河口往昔的荣耀。到乾隆年间，河口已经成为武夷山地区最大的茶市。

河口至今还留有当年商铺布局、码头繁荣，中西结合的建筑，还有会唱俄文歌的老人。二堡街和郑家街口的药店叫"金利合"。青石额匾的"金利合"嵌入二层正中，边框镂雕；上方还嵌有直径约三尺的圆形镂雕作为店徽。两边镌刻联语，无论俄语和匾文，都以真金贴饰，足见当时这家药店的气派和辉煌。

山陕会馆旧址旁的"惜字炉"很有些年头了，至今"惜字炉"三个字还清晰可见。当时在这里经营茶叶的晋商，凡沾有文字之类的东西，他们从不乱扔，而是放进"惜字炉"里烧掉，以示对河口本土文化的一种尊重。

这些装满茶叶的小船，缓缓离开河口码头，一条通向遥远北方的万里茶路就此启程。

那时，在遥远的北方，在中俄边界的恰克图，两国之间以茶叶为主的贸易逐渐拉开了序幕，一个庞大的市场正在形成。渴求茶叶的俄国人在这里大量购买来自中国南方的茶叶。一七二七年《中俄恰克图条约》签订，对于很多中国商人来说，去恰克图贩卖茶叶成为一项获利非常高的生意。当时一担茶叶从中国南方贩运到恰克图，价格要上涨四倍还要多，那时每年大约六千吨茶叶通过中国的买卖城进入俄国的恰克图。这些茶叶为恰克图带来的税收曾经占到俄国全部关税收入的五分之一以上，创造了荒漠中的经济奇迹，这是茶带给中俄两国人民最珍贵的馈赠。

山陕会馆遗址，是当年晋商在河口经商的落脚之地，也是武夷山茶叶的批发市场。

明初，铅山河改道从河口汇入信江。原有的商人、茶师和从外地赶来的商人和茶师，纷纷入驻河口镇。这些茶师们在精制贡毫、贡玉、特贡等贡茶外，于公元一四二六至一五二一年即明宣德和正德年间，他们又精制出了小种河红茶。由于红茶口感好、独特，红茶的问世改变了单一的绿茶局面。

一时间，全国的商家买办不畏关山险阻纷至沓来。河口繁荣的商贸为茶叶销往国内外提供了商业平台，茶路的开通又为河口商贸发展注入了新鲜血液。

山西、陕西的山陕帮贩茶团队具体是何时到河口贩茶不得而知。据《中国近代手工业史资料》记载："清初茶业均系西客经营，由江西转河南，远销关外，西客者，山西商人也。"现存的山陕会馆遗址即为西客所建。

那时许多重要票号都是山西商人开办的。随着票号业务的发展，在山西票号内部，出现了山西平遥、祁县、太谷三大帮。清中后期，为方便商业汇兑，晋商曾在河口镇设立了三家分号。其中"蔚长厚"票号分号，是其总号在全国分设的六大分号之一。

茶叶之路从中国温暖的江南水乡开始向北方延伸，跨过长江、穿越太行山，进入辽阔的蒙古高原，自然环境也随之变得严酷险峻起来。

万里茶道是一条洒满血泪、遍布荆棘的贸易征程。正是这些驼客和驼队非凡的勇敢与牺牲精神，把中俄之间的贸易紧密联系起来，让来自中国南方的茶叶源源不断地输送到遥远的俄罗斯腹地。

随着岁月流逝，它们艰辛跋涉的姿态，终将成为茶叶之路上令人难以忘怀的剪影。

这位七十四岁的老人叫李晨光，为写作《茶叶之路》这本书，已经两次踏上漫漫茶叶之路。他之所以要再次登临，是想更全面更丰富地了解这段历史。但重走的感受是，搜寻的难度也越来越大。

再度出发，我想找到一块碑石。这块碑是我二〇〇一年来时就发现的，上面刻了两个字"孤魂"，光绪五年的。但几经打听，却难再见踪迹。即使当年的向导，也杳无音信。在一家饭馆，我又提起此事。饭馆女老板的父亲说，自家屋后就有一块。过去一看，上面满是泥土，不见本来面目。女老板的父亲说，在这不知多少年了，从来没人问过。洗刷干净过后，上面是四个字："孤魂总祭"，光绪六年的。这块碑就是在铅山的分水关发现的。

也许是茶帮在行进途中，患急病去世的伙计；也许不止三五个人，他们身世大致都比较简单，万里扶柩也不可能，就合用一块碑石来祭奠他们。"孤魂总祭碑"即使在中国丧葬史上，也是罕见的。

碑是历史的记载。像这样的碑石，沿万里茶道一路下来，数目可观。

几百年前，就是这些朴实的茶农、本地茶商和那些晋商一起历经艰辛，用木船、骆驼将醇厚的武夷茶沿着万里茶路，运到了遥远寒冷的北方，给那里的人们带去温暖的茶香。

从十八世纪开始的传统茶叶之路，堪称人类历史上最为漫长的陆路商旅。春季从武夷山采摘的茶叶，经水路、陆路运至张家口，再由张家口至恰克图，当运茶商队进入恰克图，草原的夏季已接近尾声。经历万里奔波，两度四季轮回，茶叶之路终于抵达它的终点圣彼得堡，而茶叶之路的故事并没有结束。

在万里茶道上，圣彼得堡是俄罗斯一个主要的零售市场和消费地。在中国茶叶刚进入欧洲贵如黄金的早期，圣彼得堡的销售活动也将中国茶叶扩散到欧洲其他国家，万里茶道从这里继续向西欧、北欧延伸。

在过去的数百年间，茶叶温润了居住在不同自然环境中的人们，融入了沿途居民的生活习俗和共同记忆。

今天，在万里茶道的起点，人们正在时光深处打捞历史，寻找和修复那远去的印记。

第四届"万里茶道"与城市发展中、俄、蒙市长峰会正在河口举行，这是万里茶道沿途中、俄、蒙城市市长首次相聚万里茶道第一镇。

万里茶道，从十七世纪末到二十世纪初的两百多年时间里，这种长时间大规模的商品交流活动，对于中俄两国的经济发展都起到了极大的推动作用，它促进了以茶文化为主体的中国传统文化在俄国乃至欧洲的广泛传播，其影响力一直延续到今天。

茶叶之路留给后人的是一份弥足珍贵的历史记忆。

"万里茶路"是十六世纪至二十世纪初继"丝绸之路"后兴起的中俄茶叶贸易之路，也是中国连接亚欧大陆的国际"茶叶之路"。而九江茶码水道在中国茶叶发展史和贸易发展历史上，对"万里茶路"的形成、发展和壮大做出过重大贡献。

"万里茶路"贯穿中国南北连接起中国广大的茶区。"万里茶路"上的九江茶码水道既是长江黄金水道南北、东西交汇的轴心，又是黄金三角茶产区重要的集散中心；既是中国茶叶的重要种植加工产地，又是中国茶文化的重要发源地；不仅是"万里茶路"的重要起点，而且是"万里茶路"大通道上的起始枢纽。

九江茶市对外通商始于清政府与俄国签订《尼布楚条约》《雅克图条约》《恰克图互市界约》后。当山西商人贩运武夷山、铅山、庐山等地的茶叶前往俄罗斯贸易，促使"万里茶路"起始、发展、壮大之时，九江就和汉口、南京、镇江等城市被清朝官府辟为对外通商口岸，是江西唯一对外开放城镇，也成为"万里茶路"上的茶马水道。

九江茶市码头汇集修河、昌江、乐安江、信江、赣江五大水系及其周边的安徽天柱山、潜山、黄山、祁门、至德、休宁、歙县，江西修水、武宁、铜鼓、上饶、广丰、婺源、浮梁、玉山、德兴、铅山、横峰，湖北崇阳、通山、阳新等茶叶产区的名茶，甚至汇集部分浙江、江苏、福建的茶叶，开辟了属于九江的茶码水道，上至汉口下达上海出口茶贸。在明清时期，九江与福州、汉口并称为中国的三大茶市。

从一八六二年起，美国旗昌洋行、英国太古洋行等分别在九江设立码头、货栈进行中外贸易。《中国近代贸易史资料第三册》记载一八六二年的九江茶市"初开放时，尚无茶商。因此在本埠购茶，须以未曾加工的形态运往上海，在上海再被加工、包装，然后运销外国市场"。为了节约茶叶成本和扩大利润，俄国顺丰公司一八六三年、新泰公司一八六四年在中国武汉设立茶叶加工工厂。一八六六年，俄商在茶叶重要产地的九江设立茶行经营茶叶转口贸易，一八六七年，九江茶市转口茶叶就达十二点九万磅。

由于通过九江茶市和茶码水道转运的茶叶数量逐年增加，一八七四年，俄商开始在九江建设九江新泰砖茶分厂，促使一八七五年通过九江茶市转口的米茶、砖茶达一百九十万磅，是一八七四年转口茶叶九万磅的二十倍。之后俄商顺丰公司和在华最大的阜昌公司也在九江设立九江顺丰砖茶分厂和九江阜昌砖茶厂。几家茶厂经过几次扩建，经营达四十多年，九江成为"万里茶路"上中国茶叶最大加工和贸易量的茶市。到一八九〇年，中国销往俄国的茶叶占全国茶叶出口总值的百分之三十八点四四，出口的砖茶几乎全部销往俄国，砖茶输出额达三百万两白银。"万里茶路"成为连接中俄、通向欧洲的重要商道。在"万里茶路"上宁红茶一直是销往俄国的名品。这时九江茶市一跃成为三大茶市之首。

九江气候温和，雨量充沛，山峦重叠，土质肥沃，种植"庐山云雾"茶叶的自然条件十分优越，周边拥有赣北、赣东北、赣中、皖南等名茶产区，不仅茶叶品质优良，而且产量丰富，江西"四绿一红"极品茶中的庐山云雾茶、宁红茶、婺源绿茶、浮梁茶都在这个区域之内。

江州庐山茶在东晋成帝时期就以"味醇、色秀、汤清，香细如幽兰"成为皇家贡茶。庐山茶在唐朝更是成为名茶。在宋朝庐山茶仍是公认的全国好茶、名茶，照旧"例贡茶"，庐山贡茶直到元明清代。随着九江茶市和茶码水道的发展，庐山云雾茶的美誉度、知名度不断提升，规模产量不断扩大，闻名世界，现今成为中国传统十大名茶之一。

地处幕阜山、九岭山脉之间的九江修水是宁红茶的主产区。在唐代唐太宗、茶圣陆羽就品饮推崇宁红茶。在万里茶路上宁红茶砖和宁红龙须茶就是俄国人情有独钟的珍品，获得"茶盖中华、价甲天下"的美誉，有"宁红不到庄，茶叶不开箱"的尊崇地位。

唐贞观年间，江州治北有一条长达二里的街道，为茶叶集散场所。著名的大诗人白居易在《琵琶行》诗中"商人重利轻别离，前月浮梁买茶去……"记叙了琵琶女之夫茶商云浮梁等地采购茶叶来九江茶市销售的情景，"水门向晚茶商闹，桥市通宵酒客行"也就成为九江茶市的繁忙常态。唐宋元明清，九江茶市始终是茶叶贸易的闹市和中转码头。元代《马可波罗游记》记载：九江是一个美丽的城市，茶市码头上看见的船舶不下一万五千艘，十分繁华。明清时期，九江与福州、汉口并称为中国的三大茶市，饮誉千年，驰名中外。

《庐山小志》记载："晋朝以来，寺观庙宇僧人相继种植。"东晋时东林寺慧远法师好饮茶，庐山茶既是东林寺白莲社高贤们谈经论道的媒介，又是净土宗千余人《事远》座前念佛诵经的首选饮料。慧远大师带领僧众出坡（僧人劳动称出坡）开辟茶园，"道树移栽"庐山茶，以解僧多茶少的问题。至今当地仍有"茶园堰"遗址。移栽的庐山茶清香醒脑，饮后令人心旷神怡，慧远法师将此庐山茶命名为"五净心茶"。历史上"虎溪三笑"就是慧远禅师、陆修静天师和陶渊明大师基于五净心茶"品茶论道"的典故。二○○五年，庐山东林寺在修建寮房时出土东晋茶具"表釉瓷盏"（为标准茶圆形制）等历史系列茶具物证，实证了唐代宪宗时期斐汶《茶述》：
"茶，起于东晋，盛于今朝"的记载，表明东晋的九江东林寺是中国茶文化最早的重要发祥地。

宋代著名绘画《李龙眠莲社十八贤图》中绘有东林寺慧远大师与其三十二贤徒中十八贤的烹茶品饮场面，南宋张激的《白莲社图》同样也绘画东林寺中"跪而司火，持铗向炉而吹。一人俯炉而方烹捧茶盘而立者，一人傍有石置茶器"。

九江集庐山人文圣山的释家禅茶文化、道家仙茶文化和儒家雅茶文化于一体，融会贯通，水乳交融，奠定了中国茶文化发祥于九江的历史文化根基，形成了"三教一体""六好特色"的庐山茶文化体系。九江独有的茶歌、茶戏、茶舞、茶诗、茶画、茶艺等茶文化艺术，使古色古香的九江（庐山）特色茶文化体系得以传承千年，铸成九江茶文化市场乃至世界茶文化市场的精神之魂。九江姑塘海关成为万里茶道申报世界遗产的重要证据。

一九九二年，我沿着修河寻找茶叶之魂，写下八集电视风情片《红云》。

地　火

谁也说不清这河到底多长多宽。听老辈人说，这里有九十九重山，九十九道水。山重水复，林深草密，使得这里更多了几分神秘。正儿八经的地图上明明标了这条河叫修河，这里人却叫"修水"。

兴许是一方水养一方土。用修河的水泡当地盛产的宁红茶，一股特别的清纯和味道。

哪家来了客，先不谈别的，头一句话便是"坐下宕，戏下宕，吃碗茶宕"，于是，一碗茶泡上来了。你别小看了这碗茶，它可是山里人与外部世界打交道的一张名片……

这种以茶会友的"茶话会"，在茶乡比比皆是。一碗热茶在手，慢慢啜饮。他们边喝茶边聊天，从刘备借荆州到关公走麦城；从张家豆腐店开张到李家上深圳腰缠万贯，海阔天空，无所不谈！

这烹茗相待的习性之所以年年代代相传至今，乃得天地之灵秀，糅日月之精华。传说，黄龙山下有一个叫下太清的村庄，是出天下美人的地方。有句歌谣说"白岭姑娘一枝花"，因了这点，全国除台湾省外，二十多个省市的单身光棍都跑到这里来找老婆，一传十，十传百，越传越远，越传越神……

这里的女子被茶水滋润独得清秀，身上自有股妙不可言的暗香。据说黄龙见了山下这些美女，不由馋涎欲滴，动了心，便流出了这条弯弯曲曲的修河。当地的茶农就用黄龙口里的馋（水），来泡当地美人种的茶，当然美上加美了。而宁红宁红，亦有宁州女子青春美貌之说。

从来说，大山像谜一样浑厚、深沉。在这绵延的大山里，无论清晨还是黄昏，都有一种神秘的力量在感召着每一个人。在这里，山和水紧紧相连，自然与人很难截然分开。

日头落下去，山上暗下来。起雾了，山下什么都看不见……上坎子上剥光壳的杉木堆得老高，山民们屋前屋后垒满了柴火，这大概是他们积蓄起来的最大一笔财富。

这一带茶农家的堂屋灶边差不多都有个地炉，地炉生起了火，一堆茶壳燃烧着，是火源也是火种。这火一天二十四小时不灭。深夜不烤火了，就将茶壳用灰盖掉些，冒着青烟，火也暖人，烟也暖人。当地人说，这就是我们茶农家最好的暖水瓶。

这里女人几乎成天守着地炉，地炉整天燃火。所谓"地炉茶，柴壳火，天上神仙不如我"，她们就这样团团围着，也不出门。

从"九月重阳，移火进房"一直围到"吃过端午粽，棉衣高高送"。

菊花茶可是修河人的专利。每年秋天，趁菊花盛开之时，茶农们及时摘下来，去掉花蒂，留下花瓣，撒上足量的盐、姜拌匀，装入坛中，压紧、密封。当地人称这种茶是"麻子盖面，菊花跑边，上不见水，下不见底，一吹三个浪，一刷一条巷"。

一年一年，一月一月，他们就这样平平淡淡地过着。这一群山，一片地，一头牛，一张犁，再加一把皱纹，一副重担。除了繁复枯燥，什么也没有，他们几乎认了自己的命。他们无须明白一个夜里有几个更次，也不须弄清楚半夜里醒来是什么时候，为自己，为儿女，这就够了……

喊　山

对茶农来说，一年中最大的事莫过于开茶园了。采茶姑娘平时在家里可以不打扮，到了开园那一天，都要精心梳妆，精心打扮。最美最鲜艳的衣服常常是采茶时才穿。

这是漫江茶农独特的开园仪式。每一棵新芽，一定要让山姑清晨起来尚未漱口以前，用牙齿一个个咬下来。据说这样出来的茶叶才真正能保持它的纯正和清香。按当地风俗，采茶不可见到天日，凡研茶者要剃去须发，形似僧徒。采摘时，只能用手指头不可用手指甲。因为手指甲容易使叶瓣摘断而不吉祥。所以，他们慎之又慎，小心翼翼，一定要保证开园成功。他们常常把"明前茶"比作少女，把开园当成村里的婚礼一样隆重操办。

茶山的朝雾生机活跃。无风时，满茶山云雾凝而不流，天地间白茫茫一片，唯有纯洁和芳香。有风时，雾气在茶山之间的谷底流动，但雾再大也碍不着姑娘们采茶，她们不知是怕自己丢了，还是怕山丢了，雾越大越要高声说话，哪个山头都不甘寂寞。闹声最热烈时，好歌手就要出台。歌声一起，整个山头都在静静地听着。若有更好的嗓子不服气时，那就要开始对茶歌。采茶女大声笑着，笑得好开心呐！

喊山是茶农们对新生命的呼唤，也是对一年茶叶收成的美好祝愿。人们通过祭祀和喊山，以期达到采摘好茶、催茶发芽和壮阳除瘴的目的。

喊山之后，茶农们威风不减，兴致犹存，继续着挨家挨户的驱邪壮阳活动。这时跳傩开始。表演者头戴面具，身着兽皮，手执戈盾，哦哦有声。他们一唱众和，高呼着各种专吃恶鬼猛兽的神名，满村抄赶，消灾除难，祈祷神灵。其威武雄壮之势，绝不亚于城里小青年跳起疯狂至极的迪斯科舞。

压　轿

"八月灿，九月黄，十月柿子爆了瓢"。男婚女嫁向来是修河人最为看重的。在山里，有许许多多的规矩，迎亲却总是红红火火热热闹闹的。花轿娶亲，在许多地方早已绝迹了，但在修河两岸至今仍然沿袭着。每年到了农历腊月初八，山里吹唢呐接媳妇是常有的事，"腊月初八日子好，多少姑娘变大嫂"。

以茶相亲恐怕是修河两岸所特有的订亲仪式。当小伙子到姑娘家认亲，姑娘用茶盘捧出一碗香喷喷的菊花茶。小伙子要是看上了，就在茶盘放上一个红包，当地人把这叫作压茶盘。就是说，喝了茶，发了芽，压了茶盘，也就表示双方都同意了这门亲事。要是姑娘不出第二碗呢，表示女方不同意这门亲事。小伙子不接第二碗茶，表示男方不中意。没有相中的姑娘，在这种情况下，也就无话可说。所以修河一带的人不便直接问姑娘结没结婚时，便改问"吃没吃茶"。

到接亲了，这是青年男女收获爱情的季节。按照当地风俗，新娘出嫁前一天，要以茶暖轿，以茶压轿。订婚时叫"下茶礼"，结婚时是"定茶礼"，同房呢叫"合茶礼"。

这叫辞香火，山里人说，"嫁了女，卖了田，辞了香火过不得年。"

对于这位龙凤花轿内的姑娘来说，就像一叶带着风帆的小舟，开始了她一生中最幸福而又最难忘的航行。尽管她对自己的未来仍然是茫然而未知的，也可能历经痛苦和辛酸。但还是在这个吉祥的日子里，带着美满的祝愿，含着羞涩、快乐的泪水，告别了父母，告别了故土，缓缓步入了自己的新家……

茶几乎贯穿了婚礼全过程，尤其是对新娘用茶格外讲究。泡茶时规定一定要有干果子、糖果、黄豆、花生、枣子，并且要躲着新娘，故意放上一些生的，让所有喝了新娘茶水的人都情不自禁脱口而出："生的！生的！"以讨早生贵子的口气。这里的年轻人结婚不喝交杯酒，只喝交杯茶。沏茶之水是媳妇从娘家带来。"夫茶妻水"合为融融香气，终生不离不弃！

洞房花烛夜，新娘以茶净身是修河又一特色。据老辈人说，用茶水净身之后，象征着姑娘到婆家儿孙满堂兴旺发达。多么独特的婚典仪式，千里姻缘茶为媒，许多茶农的后代就是这样与一颗陌生的心发生最初碰撞的！

祭　天

茶伴着一个人的生生死死，恩恩爱爱，也伴着每个人走完生命的全部历程。它第一个迎接生命，也最后一个为死亡送行。哪家老了人，举丧之后，有奠茶佛事。亡人入殓前要包上一袋茶米，让其带去。据说人死之后，在去阴间的路上，有一条奈河。在奈河桥畔，孟婆为每个亡者准备了一种茶汤。说是喝了这种茶，到阴间则会忘记生前的一切恩恩怨怨，加速其投胎再世。作为未亡人的后辈，自然要勤供茶汤了。这种为亡灵"叫茶"送行的习俗自下而上，几乎影响到了整个修河流域。

在修河一带，茶农们相信万物有灵，树有树神，草有草神，花有花神，当然茶也有自己的神了。有了茶神，他们认为自己就有了一种安全感和踏实感。在他们看来，这些神法力无边，能主宰万物生长、丰歉，久而久之变成了一种自然崇拜。直到今天，当地的茶农始终只信两尊神：一尊是黄龙神，一尊是李大闯王，他们崇尚的颜色是绿色。渐渐地修河一带的人，每到新茶上市，都要上黄龙山朝拜茶神。

黄龙神成了修河一带茶农心中的仙灵。

所谓"谷雨日敬茶神"，茶农称之为祭天。这时，积累了一年、盼望了一年、等待了一年的茶农们杀猪宰牛，祭祖谢天。

在茶农看来，茶神不仅能助万物生长，还能为人夺回魂灵。村子里哪家孩子受了惊吓，茶农们只要带上一把谷米和茶，就能消惊除吓。谁家病了人，上街买药不叫买药，叫撮点细茶去，就连喝药也叫喝茶。

诸如此类的茶神，几乎渗透了山村的每个角落。说不上信主是谁，只是把无处倾诉的话寄托在这茶神上。

朝仙的香客除了必带火纸、香烛、爆竹三大件外，还要用竹筒子装上茶油或菜油供奉神灵，然后纷纷争着要在朝仙的那天抢喝第一桶祭典的茶水。据说，这头碗茶能给人消灾除难，安康太平，达到"宜茶足利"的目的。有的茶农生意失利，则在祭典之日以热水浇淋茶神，用激将法使茶神保佑自己。还有一些茶农则以黄龙名字书写额幛，如"黄龙遗风"张贴门上，以保财运亨通，开园大吉。

以茶沐浴是修河两岸人一种极为庄重的人生洗礼。洗三那天，由自己的婆婆抱着，念着"乖宝宝，宝宝乖，前拍拍，后拗拗，乖乖洗澡不着吓"，然后用茶水替新生儿洗澡，并吊上包着米谷茶的红肚兜儿。据说只有这样，这孩子才算正式在人间立了户口，从此可以消灾除难安康太平。要是女孩呢，则在花朝节那天戴上耳环，晚上妇女围坐吃茶，权当庆贺。

村　戏

　　当地人一日无茶则滞，三日无戏则病。在修河一带，茶和戏相依相偎，形影不离。"三天不唱采茶戏，心里闷得喘不过气"。特别是到了赶秋阳锄茶山的季节，茶农们三家两户凑钱也要唱上几台茶戏，他们有时并不为了什么，就图痛痛快快乐它几天。

　　在村里的祠堂内听茶戏，比城里上大戏院舒服自在得多。台上台下，热闹喧哗，把个茶乡搅得像杯酽茶！消息一传出，半下午人就扛着凳子去占座位了。未等戏开，台下坐的站的人头攒动，台两边立的卧的是一群顽童。那锣鼓就叮叮咣咣地闹台，似乎整个世界要天翻地覆了。

　　锣鼓还未响，大幕没有拉开，演员偶尔从幕边往下望一望，下边就喊：开演呀，场子都满了！幕布放下，只说就要出场了，却又叮叮咣咣不停，台下就乱了！后边的喊前边的坐下，场外的大声叫亲朋子女快进来；左边的喊右边的踩了他的脚，右边的叫左边的挤了他的腰，一时四边向里挤，里边向外扛。拥来拥去，比采茶还要忙乱。

　　终于台上锣鼓响起来了，大幕缓缓拉开，角色出场。女的碎步后移，水上漂一样，台下就叫：瞧那腰身，那肩头，一身的戏哟！是男的就摇那帽翎，一会双摇，一会单摇；一边上下飞闪，一边纹丝不动，台下便叫：绝了绝了！等到那角色猛一转头，头一高扬，一声高叫，声如炸雷直从人们头顶碾过，全场一个冷战，从头到脚，每一个手指尖儿，每一根头发梢儿都麻酥酥的，让人大气不喘地看得馋涎直往下流……

茶农们不喜欢看新戏，最欢迎唱老戏。那一腔一调都晓得；哪个演员唱得好，哪个演员跑了调也知道。说穿了，他们看茶戏不为新鲜，只想过过戏瘾。他们是世上最劳碌的人，尤其是世居高山的人家，他们一生下来落草在山坡上，死了仍被埋在黄土山下，茶戏是他们一生大苦中的大乐。

几乎村村每件大事都要请来戏班子唱上一夜。如姑娘出嫁、小孩上大学、小伙子当兵、出外打工、满月做三朝，他们都心甘情愿包台戏，热闹热闹。而茶文化就这样随着茶戏在满村满乡播撒开来……

禅　缘

茶与佛从一开始就有一种说不清道不直的缘。据传，达摩大师在中国面壁期间，由于疲乏所致，陷入昏沉。绝望之余，他终于将自己的眼皮撕去，弃置地上。神奇的是，他的眼皮弃置之处，竟然冒出一棵绿叶闪闪的灌木，这便成了最早的茶。

许多寺庙都设有专门的茶室。每日早起盥洗之后，先饮茶再礼佛。坐香习禅时，每一支香毕开静后，都要饮茶。禅寺仪规中还有专门"茶汤"一项，即每日早起后，殿主必须在佛前、祖前、灵前敬供茶汤。要是新任住持大和尚晋山升座时，还要有特定的点茶点汤的礼仪。赶上祖忌日献茶汤，寺院都要鸣鼓集众，以示庄严。

僧众用斋与用茶紧密相连。每天早课完毕，一阵叫响声，由点座开梆，大众师傅衣着整齐，念着佛号进入斋堂。接着，又响起清脆的火点声，大众师傅按班就座。随着火点引磬三声交接，维那师起腔领大众念供养咒，侍者或香灯出食后，大众齐念"阿弥陀佛"，至此用斋开始。

用斋时不能说话，不能有碗筷碰撞声，更不能下位走动。要端身正坐，目不斜视，端碗要如海蚌含珠。僧众要吃什么，不用言语，一律以筷子为示，这叫无情说法。

用完斋，僧值师在方丈的示意下，走到斋堂中央合掌，维那师起腔结斋。之后，僧众们又念着佛号，到大雄宝殿回向，最后无声无息依次排队出堂。

"偷得浮生半日闲"。僧众们有紧张的时候，也有怡然自得的时候。用完斋，他们可以在寺内走动走动，有时互相聊上几句，也算一种禅吧。

"农禅并举"可是云居山真如寺的一大独创。处于修河之中的这所寺庙，多少年来一直栽种茶树。

逢年过节，庙里要把僧众们聚拢来举行普茶会。普茶那天，午饭后客堂将"普茶"牌子挂出，由茶头将茶水烧好，摆好糕点果品。下了晚课，僧众们闻鼓声到斋堂聚会。由和尚讲开示、念规约、作警策，然后喝上一杯茶。这样的普茶会，每年都要进行几次。

活到一百一十八岁的虚云大师在他五十六岁时，一次施茶中沸水溅手，茶杯坠地，一声破碎，疑根顿断，豁然悟道！

禅茶是寺庙里最为讲究的一种用茶方式。当跑香停下之后，众僧靠两边坐下。由当值和敬香将茶杯端到每个僧众手中。从班首开始倒茶，喝茶要一口气喝完，不能边喝边放下。茶过三巡，僧众将喝完的茶杯轻轻放到自己前方第三块砖上，由维那师将他的茶杯在桌上"笃"一声响，悦众开始收杯。

这时，禅堂静默无声，僧众们进入万念俱绝的禅定之中……

夜　鼓

独特的劳作方式造就了独特的茶文化。在这沉沉的大山，终日听不到任何音响，只能与默默的大山为伴，而这种锄山鼓动作起来，富有强冲击和刺激力。山鼓一响，旋律粗犷优美，鼓点铿锵耐听，在寂静的山区，到处都能听得见。

这些歌师鼓手没有丝毫的出众之处。平时缩头缩脑，两手揣在袖兜，到了开茶园那一天，一个个快活似神仙。他们善于把心中想的都融进歌里，一人能唱几天几夜，往往于无声处一吼，悲怆高亢，山鸣谷应，声震十多里。

演唱打鼓歌，鼓匠可得罪不起！一个鼓匠既是歌手，又是劳动的指挥者，鼓匠的鼓点打得好，催得紧，一鼓当三工。所以，东家一般都不怠慢鼓匠，劳动完了还要单独杀只鸡给鼓匠吃，叫作"过私夜"。

打完山鼓，忙了一天的山民便像下清汤饺子似的到温泉泡个澡。人一多顾不了那么多，三五成群先蹲满一边池子。男人来了，女人也不在意，大大咧咧下池去，坐满这半边池子，一样地说说笑笑，就像是坐在一张大桌上吃饭那样随随便便，无拘无束。

到了晚上，山里人习惯早早坐进被窝里，但上床过早，磕睡不着，他们就来上一杯茶，乱哼几句情歌小调，然后六分地睡着，四分地迷糊，去做各种莫名其妙的回想了……

出　山

在这种周而复始的单调生活和五彩缤纷的现代生活反衬

082

下，幕阜山下的修河也变得躁动不安起来！长期默默无语的大山，终于响起了电子音乐。牛仔裤、宽松裙成了山妮们的抢手货，山乡渡口终日不断有满载各种物资的汽车吼着叫着。修河，从此你别想宁静了……

在中国，几乎没有什么比茶更能影响国民心理。有人说"为名忙，为利忙，忙里偷闲，请喝一杯茶去；劳心苦，劳力苦，苦中有乐，再倒一壶茶来"。在这里，瞎吹闲聊也行，洽谈生意也行。鞍马劳顿之余，借茶座打个盹也行，人的嘴就像开了天窗，家事国事天下事任君诉说。

这个世界变得过于喧闹了，有什么办法能让人的心境暂时平静一会呢？去音乐茶座待上一会，沏壶好茶，在包厢内坐下，屈膝相对，细细品茗，你才有可能静下心，品尝品尝人生的千般滋味。

山外的世界好精彩，山里的世界好无奈。茶已成了当代人语言和思维的一个符号。说某人没有人缘，就说"到哪屋都摸不到茶壶"；说两个人关系极好，就说"你们是喝一壶茶的"。茶缘天时地利而生，那么斟茶送水绝非易事。所以茶事年年新，世人日日老。人说茶叶最是无情草，这正是茶对人生的一种警策。人这一辈子就如这嫩茶，不能停不能等，茶农呢一辈子都在追着新茶走。

常言道，茶要新，酒要陈，茶性一陈，香魂即离去。茶让人得到了，却不让人永久占有，飘过了就难以再次找回来……

一九九三年秋天，一位叫马尼士的美国考古学家热汗淋淋爬上了仙人洞和吊桶环山顶。环顾旷野，轻轻说了句："太好了！太好了！"这是他第一次登临山顶，就是这个不经意间的举动，彻底改变了万年仙人洞以后的全部历史，也改写了世界稻作之源的全部进程。

从洞里往外看，大源河从她面前静静流过。

天光水色中，传出一阵阵民歌：

一根线，搭过河，河边崽俚会栽禾；

栽一棵，望一棵，望得禾黄娶老婆。

这里是中国赣东北乐安河下游，鄱阳湖东南岸，一个叫万年的地方。据当地县志记载，明正德七年，这里集波阳、余干、乐平、贵溪四县边缴之地，建治万年峰下，遂立万年县。到如今，这里的历史加起来也不过五百〇三年。

这里地处丘陵，气候温和。相传南北朝时，皇帝南巡，梦见江南有"千斤冬瓜，寸长大米"，便差人到南方查访。当差人访到万年裴梅镇，果然在野生稻谷中发现有"三寸粒"长之稻米，且米质非凡，便速报朝廷，皇帝大喜，当即传旨"代代耕食，岁岁纳贡"，万年贡米由此而名。这种米三粒一寸，粒细体长，光洁透亮，香而不腻，用它做饭质软味香，以其酿酒浓而不烈。清时各州县纳粮至京城，必等万年贡米运到方可封仓。一九五八年在印度尼西亚万隆博览会上好评如潮，一时万年贡米成为万年县一个驰名中外的名牌产品。

这叫仙人洞，那边有一个像打水的桶子叫吊桶环。夏天，村上的人在这里乘乘凉；冬天，在这里给牛梳梳毛晒晒太阳。

一九六一年十月二十六日，江西省文化局收到一封反映有关文物线索的群众来信。一九六二年三月底，他们首次派出考古发掘组，开始对仙人洞遗址进行初次试掘。这次试掘，前后五十余天。

当年的发掘，十分艰苦，由于经费紧缺连民工也不请，全由考古人员自己干，既要做刮地皮、分地层和绘图照相的技术工作，又要承担繁重的体力劳动。

洞穴的堆积不是单纯的泥土，大量的是岩屑、角砾岩碎块，这些岩石碎块经碳酸胶结后非常坚硬，不仅挖起来很吃力，而且要将经清理后的堆积土用铁铲掀到探方外面，然后运走，且越往下挖其劳动强度越大，考古队员们经常汗流浃背，衣服湿透……尽管如此，一有新的发现，或一件骨针或一件穿孔石器、蚌器出土时，大家顿时欣喜万分，一切劳累和疲惫都忘到九霄云外。

一九六四年四五月间，为进一步解开仙人洞之谜，江西省博物馆考古队再次对仙人洞遗址进行发掘。根据首次试掘的文化堆积深度，这次发掘重点选在洞口左侧文化堆积最厚处。

按照万年风俗，每年正月初一早晨，全村都要集中到仙人洞出天方。年三十晚上各家大抵都有人守岁，只等子时一到，千家万户点燃喜爆迎接新年。黎明启户开门大吉，一家之长率儿孙在仙人洞前点上香烛，遍插四方，在爆竹声中朝东南西北中跪拜磕头。仙人洞人以这种独特的方式，迎来一个又一个新年。

一九九一年八月，由著名农业考古学家、《农业考古》杂志主编陈文华教授主持的"首届农业考古国际学术讨论会"在南昌召开，百余名海内外知名学者参加了这次盛会。在众多著名海外学者中，有一位年过古稀挺着大肚子且又很风趣的老者尤为引人注目，他就是美国资深考古学家、美国科学院院士、安德沃考古基金会主任马尼士博士。马尼士长期从事农业起源的考古发掘和研究工作，是国际著名的农业史专家。他对赣东北一带的石灰岩溶洞倍感兴趣。他提出能否以万年仙人洞作为探索稻作农业起源地的突破口，并表示来年一定来赣重点考察万年仙人洞等洞穴遗址。

一九九二年九月七日，马尼士博士由简·莉女士和留美博士赵志军（兼翻译）陪同再次抵达南昌。此行目的是对万年仙人洞等洞穴进行考察，然后选点为下一步合作发掘做准备。九月十日，马尼士博士一行驱车来到首选的考察地万年仙人洞。在洞口前，马博士用小手铲在铁栅围住被巨石压着的地层断面上轻轻一刮，就刮出了轻微石化的兽骨，再刮，竟刮出了一件磨制光滑的骨锥。他高兴极了，连声说道："太美了！太美了！没想到包含物竟如此丰富！"

去吊桶环的小路很陡，我们本来想把马尼士博士架上去，但他情绪很高，坚持要自己爬。他伫立在崖棚东口，俯瞰大源盆地，远望遥遥相对的仙人洞，久久不舍离去，最后自信地说："有希望！有希望！"随后他问这洞叫什么名字，大家一时说不上来，当彭适凡介绍说这洞是王馆长早年文物普查时发现的，马博士竟脱口而出：就叫"王洞"吧！

不久，中美双方完成选点前期准备并迅速达成口头协议。随后整个合作方案即进入国际程序办理之中。这是一次非凡的出征！中美双方均派出了自己的精锐部队参与其中。一九九三年八月十八日，国家文物局破天荒地以局长张德勤的名义正式给美方的马尼士博士致函，邀请他来中国参加这项重大考古活动。

二十世纪七十年代以前，国外学者认为稻作起源于南亚的印度阿萨姆；七十年代浙江河姆渡六七千年前大量稻谷遗存的发现，人们开始把注意力转向沼泽地带的杭州湾；八十年代湖南的彭山头距今约八九千年的地层中发现了大量含稻谷壳的烧土，于是人们又把目光转向了洞庭湖流域一带。这次，我们将队伍的名称冠以"中美农业考古队"，之所以加上"农业"两个字，就是因为我们此次考察的目的非常明确，力图为探索稻作农业的起源做些有益的工作。

一九九三年十月，中美农业考古队正式开赴发掘现场，到一九九五年十一月二十日结束，像这样大规模的开掘历时整整两年。

一九九三年首次在仙人洞进行发掘时，马尼士博士已有七十五岁。这位在国际考古界享有盛誉的顶尖级科学家是位十分平易随和的长者。他是性情中人，喜怒皆形于色，掘到高兴时，他会激动得上前和民工拥抱。

马尼士是一个非常天真烂漫的外国老人，开始在发掘过程中，凡是发现了陶片或者是骨器、蚌器，他就从兜里掏出美元来奖励民工。小伙子们都是乐滋滋的，但是这些绿票子他们不会用，就来找我们换成人民币。后来，发现的东西实在是太多，马尼士只好把物质奖励改为精神鼓励了。

他真的很胖。考古队中方提供的吉普车他根本就塞不进去，苦恼得很。后来美方出资，特批了一个进口车指标，弄了一辆丰田霸道，他就能坐进去了。车子来的那天他高兴坏了，像个小孩一样趴在引擎盖上哈哈大笑。

随着仙人洞和吊桶环一大批地层堆积物纷纷出土，这次发掘完整揭示了仙人洞与吊桶环遗址的地层堆积，科学地证实两洞穴处于同一地理单元，它们之间有着极为密切的内在联系，它们应属于同一聚落人群的先后两个活动地点。两洞穴的地层堆积涵盖了从旧石器时代晚期到中石器时代再到新石器早期的完整地层系列。也就是说，它提供了一个研究人类如何从旧石器时代过渡到新石器时代的完整文化演进的地层。这种科学完整的地层堆积，不仅在中国少见，在世界上也是罕见的。

沿着历史长河溯源而上，中美专家继续往前寻找，发现在离万年不到五十公里的东乡，至今仍保存着世界上最珍贵的野生稻。毫无疑问，远古时代的万年，必然也分布有大面积的野生稻。至今万年的裴梅仍出产一种特有的"芒谷"，当地老百姓叫它"野禾"，就保留有许多野生稻的特征，在明代被皇室选为"贡稻"。其生长环境为冷浆田，与野生稻的生长环境相同，这足以说明，此种历史上栽种并延续至今的所谓"野禾"，应该就是古代万年县境内野生稻的变异和孑遗。马尼士博士一语道破天机："万年是上帝安排种植稻米的地方！"

历史的旋风，终于以摧枯拉朽不可阻挡之势，掠过这座小城的上空。

从此，万年不再是一个小小县城的地理符号，它是人类文明进程的最初见证。万年是人类的，更是世界的。

这里有世界上最早的野生稻和栽培稻植硅石标本（一万二千年前），以及我国迄今为止发现最古老的割穗蚌器等磨光石器和饰纹圆底陶罐（一万四千年前）遗址。仙人洞先民在生产中使用磨光石器、烧制陶器，经营原始稻作和饲养家畜为特征的文化遗存，将浙江河姆渡发现的中国稻作文化提前了五千年，使原始农业文明上溯到了一万二千年前。当仙人洞先民在上饶这块土地上移栽下第一棵水稻，就昭示了赣鄱大地是中国乃至世界稻作起源中心区。万年仙人洞和吊桶环遗址的发现，具有惊世意义，是人类历史上划时代的重大事件，是新石器时代到来的标志，也是中国南方地区新石器时代早期文化的基本特征。它一出现就被评为二十世纪中国百项重大考古之一。如今，鄱阳湖流域的鄱阳、余干和万年等县仍然是中国重要的稻粮区。万年的贡米在深圳拍出万元天价，一名深圳客商以每公斤一点三八万元的价格买走了五公斤原产地贡米。

这里还是神秘莫测的青铜王国。在鄱阳湖一带，很多人用虎背上的灵鸟作为自己的图腾，是颇有意味的。一只鸟静立在躯体庞大獠牙毕露的双尾虎背上，鸟儿竖颈短尾，尖喙圆睛，以灵性的目光注视着这浩渺的苍穹。

这是一只灵鸟！巨型的虎，温顺地臣服于鸟下。鸟是虎的灵魂，它们似乎又同为一体。纵情欲奔的虎，好像接到鸟的信息，便会发足狂奔。

二十世纪七八十年代，在江西新干大洋洲商代大墓出土的伏鸟双尾虎商代青铜器，正是江西先民崇拜的图腾。谁都没有想到，赣江中游的岸边，竟然蕴藏着如此丰富、震惊中外的青铜宝库。如果说吴城遗址是南方青铜文明的圣殿；那么新干大墓则进一步揭示了长江中游青铜王国的秘密；而瑞昌铜岭商周铜矿，则是托起青铜文明的一根擎天大柱。传统的观念一直认为长江以南是蛮荒之地，然而一系列青铜遗址的发掘，一次又一次石破天惊地改写了中华文明的历史。

二〇〇二年十一月二十一日，中国考古界对外公布了一则惊人的消息：处于鄱阳湖畔进贤县李渡镇的李渡无形堂元代烧酒作坊遗址是目前我国发现的一处时代最早、遗迹最全、遗物最多、延续时间最长且最具有鲜明地方特色的古代烧酒作坊遗址。一时间，这一中国传统酒文化瑰宝"引爆"了考古界、历史界、科技界、文化界、白酒界及海内外各大电视报刊媒体无数人的"眼球"，惊呼：中国白酒酿造的历史将要再次得到改写！

中国是上古时期青铜器出土最多的国家，冶铸作坊基地规模宏大，大都矗立于长江之滨。铜岭，意谓"铜绿色的山岭"。它位于江西北部瑞昌市夏畈乡铜岭现代矿山内，距长江南岸的码头镇仅六公里。每年的深秋，铜岭满山遍野盛开铜草花，成了古铜矿遗址一道独特的风景。它告诉人们，凡是生长铜草花的地方，地下都布满了丰富的铜矿。铜岭矿冶遗址开采的年代从商代中期起一直延续到战国时期，是目前中国发现时代最早的一处矿山。

全世界早期采矿遗址并不很多。已知最早的铜矿位于奥地利别希霍夫荷旁的密特堡，年代约为公元前三千年，属露天开采。著名的古埃及提姆纳采铜遗址位于亚喀马海湾附近，开采年代距今约三千年。而铜岭遗址年代之早，保存之完好，遗存之丰富齐全，是罕见的。长江中下游的铜矿区在我国铜矿蕴藏中占有重要地位。这个位于长江南岸的铜岭商周矿冶遗址，不仅进一步揭示了中国青铜文化的独立起源，也为解决商周时期铜料来源问题提供了新的更早例证。它是迄今为止中国境内发现的年代最早的大型铜矿山，从而将实证我国采铜炼铜的历史向前推移了三四百年。

迁　徙

鳌鱼眨眼雷电闪，铁船翻身天地晃。

半边金街沉到底，万千生灵葬汪洋。

——《鄱湖谣》

元末明初的连年战乱导致湖广地区人烟稀少，田地荒芜，初建的明王朝从江西调迁大批百姓充实湖广；而明清交替的动荡和混乱导致四川血流成河，尸横遍野，后起的清政府便从湖广调迁大批百姓充实四川，这就是中国移民史上著名的"江西填湖广，湖广填四川"。移民总是带着纷繁复杂的感情离开故土，用勤劳和智慧在异乡谱写一个个辉煌……

一三六八年，朱元璋灭掉元朝，在南京登基。传说他做了皇帝后，手下的各路人马纷纷进京向他表示朝拜和庆贺。想到这么多的人马一下拥入京城，不但住宿困难，而且自己也难以应对。于是朱元璋下令，要各种人马按顺序进京。当他听说西南的一路人马日夜兼程，已经到达长沙府时，就急忙传下口谕，命令这支人马"在长沙歇息三天，然后听旨进京"。手下人误将"歇息"听成是"血洗"——"在长沙血洗三天"，于是在长沙府进行了一场血腥的大屠杀。他们不分男女老幼，见人就杀，杀得长沙十室九空，尸横遍野，血流成河。

　　由于长沙城内人口骤减，外省的人开始慢慢迁入这块肥沃的土地。

　　那时，从民间传出一个美丽的故事。许多年后的一天，从江西方向过来一辆土车子，车子上坐着一位美丽的少女，少女的身后是一位英俊的青年男子。他稳稳地推着车，赶着路，他们从江西出发，路过浏阳，来到长沙。当看见这里山清水秀土地肥沃，气候宜人也适合耕种，就决定在这里住下。于是，男耕女织，两人就在此安居乐业，繁衍后代，直至百岁而终。

　　以后许多长沙人都把从江西过来的那对少男少女看作自己的祖先；江西是他们的父母之地，江西人是他们的亲戚。于是他们称呼江西人为"老表"。老表的称呼在南方一些省一直沿用至今。

　　兴许传说有些离奇，但是从故事发生的时间来看，确有吻合之处。一三六四年，朱元璋派大将徐达攻打长沙。当时长沙被陈友谅旧部和元王朝残余势力所控制。明军血战四年，损兵折将，最后于一三六八年才夺得胜利，确立明王朝在长沙的统治。"血洗长沙"虽不可信，但元末明初连年战祸和兵燹，战后的长沙确实田园荒芜，百姓亡散，庐舍为墟，许多地方荒无人烟。在开国之初，朱元璋就把"田野辟、户口增"放在治国的首位，并且采取了一系列恢复农业经济的举措，鼓励民众垦荒种田。比较有名的就是"移民就宽乡"政策，鼓励农民从窄乡移到宽乡，从人多地少的地方到人少地多的地方。为填补人口不足，朱元璋于洪武十七年发布移民令，掀起了一场规模宏大的、自东向西、由南向北的移民大潮，史称"洪武大迁移"。在这次迁移浪潮中，大量江西移民到达湖北、湖南，这便是历史上有名的"江西填湖广"。

　　六百年前的大迁徙中，百万人口正是从这里出发。当年饶州府属各县的外迁人口，沿昌江、乐安河（婺水）及其众多的支流顺流而下，出饶州府城后，在鄱阳湖边的瓦屑坝集中，然后登舟北上。到达湖口后，多数人就近在安庆府属各县定居，少数人或溯长江而上，迁入湖广（今湖北省、湖南省），或顺长江而下，迁往安徽及其他省份。迁入安庆府的二十万饶州移民多数是从瓦屑坝出发的，加上迁往安徽其他地区和湖广的移民，二三十年间瓦屑坝至少输出了三十万鄱阳湖人。由于口口相传，"瓦屑坝"的"屑"字在写法上变得五花八门：如瓦西坝、瓦砌坝、瓦基坝、瓦家坝、瓦集坝、瓦渣坝等。虽然这只是一个移民的集散地，对绝大多数移民来说，还不是他们真正的故乡，但当年的移民多数没有文化、没有资产，更不可能有文字记录。迁徙中，碰上迷途，他们毫无办法，只好对着天，把鞋一扔，落地后鞋尖指向哪里，路就显示在哪里，几代人往后的家也就确定安在哪里。当他们历尽艰辛在他乡定居后，留给后代记忆的，只有他们的出发地——瓦屑坝。鄱阳湖有一个地方叫双港筷子巷，时至今日，后人仍不忘鄱阳湖养育之恩，河南、安徽大多姓氏的居民逢年过节祭祖时，都要在供品上插上三双筷子，以示不忘祖先是从鄱阳筷子巷来的。侨居海外的客家儿女也无时不牵挂这块热土，一批又一批地前来鄱阳湖寻根谒祖。

鄱阳因水而兴。这条筷子巷更是如此。为什么他们在这一带集中？因为这里水路四达，它处在饶河与对面乐安河的丁字形一横一竖钩的交叉点上，东来的昌江到此结束，西流的饶河从这里开始。而信江的货运，经马背嘴、珠湖山走十字河进乐安河，也是第一时间抵达鄱阳。可以毫不夸张地说，这里是名副其实的水上咽喉。祁门、婺源、德兴、乐平、上饶、铅山等地的竹木，无不在此停靠。德兴、乐平、万年和鄱阳饶埠、芦田、三庙前，景镇德、浮梁和鄱阳鱼山、凤岗、古县渡及游城、滨田、屯田、段坂等地乡民都可以乘船率先到达这里。

在明朝"江西填湖广，湖广填四川"的移民大潮中，进入湖北、四川的移民更是可圈可点。《黄安县志》载，来自瓦屑坝的周氏家族中有四十位名人列入县志，其中进士十五名。《麻城县志》载，当地名门望族——陈氏大家族大都来自鄱阳瓦屑坝。明朝湖北的历史名人，如"公安三袁"、医圣李时珍、首辅张居正……也都与瓦屑坝移民结上了渊源。武汉有"鄱阳街"、汉川有"江西垸"，蕲春李时珍的故乡有"瓦屑坝"，四川清溪镇出土了清代三块江西移民的墓碑。传说瓦屑坝移民时，移民不肯走，就用绳子绑起来，途中解手又得解开，久而久之，"解手"二字就这样传遍了天下。作为"中国古代移民点"，它与"山西大槐树"并列为"中华八大移民胜地"之首，是众多的江南移民后裔魂牵梦绕的地方。

以前这里叫瓦屑坝，老百姓嫌这个地名不好听，改成了瓦雪岭，是说这里移民后留下了很多拆除的房屋瓦片，堆积如山，现在你还可看到一些。过去这里还有青龙山、马口园、天桥、翠花街、古树、马槽、胡家港、扇子山等等。这几年安徽政协来了好几拨子人，到这里寻根，而且越来越多，越来越勤……

水的闯入几乎是猝不及防的，一点铺垫也没有。于是对山重水复的赣南人来说，便有一种豁然开朗的大振奋。二〇〇四年十一月十八日，世界客属第十九届恳亲大会在赣南举行。站在赣州的"客家先民南迁纪念坛"前，凝望冲天巨鼎，鼎身上的二百一十九字铭文，回忆客家先民筚路蓝缕，跋山涉水，辗转南迁，客居赣、粤、闽三地至今的故事，让人感慨万千。

赣州在春秋战国时，先后归吴、楚、越。秦时先属九江郡，汉代先后属豫章郡和庐陵郡，西晋为南康郡，隋为虔州，宋改赣州。赣州由于自然条件的优越，成为中原先民数度南迁的第一站，也是客家文化的形成、发展和成熟的乐土。客家先民"南迁纪念坛"的纪念铜鼎，就是沿着客家人南迁路线从赣江水路入鄱阳湖，再溯江而上过十八滩，最终到达赣州的古码头。

赣南在古时曾是荒蛮之地，只有少量的土著——"赣虔人"居

（赖风声　摄）

住。那么客家先民是何时进行第一次大迁徙呢？比较认同的历史上第一次客家人大迁徙为西晋末年开始。客家先民第二次迁徙是在唐朝的"安史之乱"至王仙芝、黄巢起义时期。第三次是客家系形成中的大迁徙。早先迁入赣闽粤的客家先民只得继续南迁，进入广东的梅州、惠州等地。此时，户籍制有"主""客"之分。由此，移民被编入"客籍人"，"客籍人"便自称"客家人"。

明崇祯十七年三月也就是公元一六四四年，中原大地刀光剑影。首先是明末农民起义领袖李自成率领的大顺军在攻占了西安后，一路摧枯拉朽，经山西，出居庸关，居高临下攻下了北京城，明王朝宣告灭亡；其次是镇守山海关的明将吴三桂，打开了东北的大门，引清兵入关，镇压了明末农民起义军，满族贵族建立了清王朝，使得中国历史翻开了清初的一页，造成客家先民的第四次大迁徙。

当地人曾传承这样一种风俗：每年农历七月十五，要在江湖边上放进三百六十五盏麻纸扎成的河灯，祭奠迁徙路上的亡灵。仪式由德高望重的老船工主持，大家庄重地把船开到河心，一盏一盏把河灯放下去。三百六十五盏河灯，不仅代表了一年三百六十五天，每一盏灯还代表着一个孤魂。放河灯的人希望这些顺流而下的河灯，能把客死他乡的灵魂带回故乡。

在中华五千年文明历史的长河中，被史学家誉为"世界奇观"的天下第一家——江州义门陈，就坐落在风景秀丽的庐山脚下，依傍鄱阳湖畔。这个家族创造了十五代三千九百余口万时三百三十二年聚族而居、同炊共饮、和谐相处的人间奇迹，成为中国封建社会中人口最多、文化最盛、和谐团结最紧密的大家庭，唐宋时期被誉为"天下第一家"，受到唐宋两朝七代帝王的旌表。唐僖宗李儇御笔亲赐"义门陈氏"匾额，并赐赠柱联"九重天上书声旧，千古人间义字香"；宋太宗赵光义敕赐："聚族三千口天下第一，同居五百年世间无双"。大批文人墨客、官宦大儒如苏东坡、欧阳修、晏殊、寇准、文彦博、吕蒙正、陆游、朱熹、岳飞等，更是挥毫吟咏，留下了浩如烟海的历史诗篇。义门陈以其勤劳智慧的迁徙实践，成为家庭和谐、忠义无双的典范而名动天下。然而，合久必分，分久必合。一〇六二年，朝廷对田庄达三百余处的义门陈大家族实施大分家。同一时刻，义门陈人的目光都聚焦到了一口锅上，传说吊在屋梁上的锅摔成多少块，这个家族就分成多少个地方，并一律奉江州德安义门为世家，为他们的起根发脉之地。结昊三千九百余人分成了二百九十一庄，迁往全国七十二个州郡一百四十四个县。这支迁徙队伍绵延几十里，持续几个月。

　　一个镇的历史就在迁徙的瞬间写就，人头在迁徙中集合，又在迁徙中含泪分离。他们共同面对恶劣的生存环境和不多的生存资源，显然心中的惆怅无法宽释，但是共同的文化记忆却始终保留在心里。一〇六三年三月，义门陈古镇的石板街和古官道上车轮滚滚，轿马辚辚，鄱阳湖边的义门陈人开始了他们一生中最为悲壮的迁徙。

（吴东双　摄）

渔　家

鄱阳湖上好风光，打鱼人儿捕鱼忙，

一篙点破水中天，双桨劈开千层浪。

——《鄱湖谣》

这是一个湖的世界，到处充满着生命的喧嚣，一个浪头，紧接着一个浪头，前呼后拥，喧闹着，又平息着；追赶着，又消逝着。

拂晓的鄱阳湖，晨雾像轻纱般笼罩着烟波浩渺的水面，一叶渔舟从空蒙缥缈中摇了出来……

渔舟缓缓地摇过垂柳的长堤。菱湾外几条撒网的渔船，撒开的网像几朵圆纹张开的花朵，划乱了湖面上远山的倒影……

一双眯缝的眼在窄窄地看天，一船家女人正爬出船舱神往地看着篷外的世界。

在鄱阳湖边，世界文化景观和世界地质公园庐山一山飞峙，雄踞江湖之间。这个有着"神仙之庐"美誉的庐山是中国最早的乌托邦。陶渊明一生执着的田园梦想，成为中国历代文人反抗乱世、避退归隐的旗帜。庐山，于如诗如画的虚无缥缈中，幻化出不同的形态、色彩和韵味，追寻生命的本身和自由的灵魂。庐山在上千年的时光中，能够同时被佛、道两家宗教的大师慧眼相中，辟为传法授徒的道场，与中国的风水文化有着密切联系。庐山外靠长江，内依鄱阳湖，这种得天独厚的地理位置，是风水中的吉星福地。而且庐山独特的形、势、理、气更是自成一体。在陶渊明死后的一千八百年里，庐山经受了中国传统文化最深刻的浸染与洗礼，到近代又注入西方文化的因子，使庐山成为中华大地上闪耀着人文主义光芒与浪漫主义精神的一座文化名山。

在鄱阳湖的东面，有座世界自然遗产三清山，她奇峰耸天，幽谷千仞，清虚灵异，妙绝佳胜，向有"江南第一仙峰""天下无双福地"的美称，是道家之圣境，人间之仙域。"玄之又玄，众妙之门"——这是道家第一部经典、老子的《道德经》中的一句话，它阐述了"道"的至妙玄微和至高无上的含义。你若登上三清山，正要经过这样一座寓意深刻的山门呢。

当席卷东下的万里长江与滚滚北来的鄱阳湖，被身怀巨大魔力的造物主缠结到一块时，滨湖人的风流史就毫不犹豫选择了这个号称"江湖锁钥"的石钟山。在这个濒江沿山而筑的亭阁回廊，几乎可以用手触摸到片片风帆，让风浪染湿自己的衣衫。从"一亭高峙豁双眸，横锁西江未平流"的锁江亭，到"树小花奇撑怪石，亭疏院敞补回廊"的浣香别墅，登高远眺，水天一色。那远处的湖水与江水混合处，一清一浊。长长的水纹线，随着风浪起伏流动。

面积只有八万平方米海拔仅五十七米的石钟山，只能算是一座弹丸小山，但它是长江和鄱阳湖精心雕刻起来的一座硕大盆景。它的闻名海外，一是因为它临江傍湖与庐山山水相依，二是得力于外乡人的文笔，如北魏郦道元的《水经注》、唐李渤的《石钟山辨》、宋苏轼的《石钟山记》……他们或"以声论名"或"以形论名"，从不同的角度阐述了石钟山得名的由来。而兵家武士却难得有文人

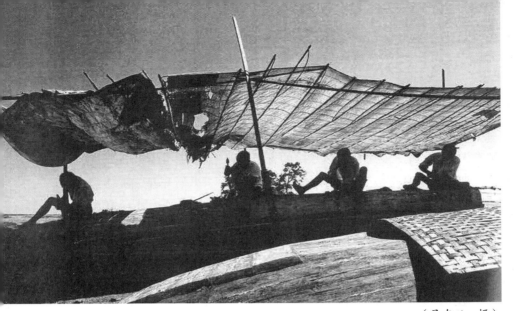

（吴东双 摄）

骚客那样的雅兴。在他们的眼里，石钟山绝不像一颗闪光的明珠，而只是一处进可攻退可守的军事重地。三国周瑜在鄱湖操练水兵，由此进兵赤壁大破曹兵；明代朱元璋与陈友谅大战鄱湖，驻重兵于此，射杀陈于石钟山下游的泾江口；清朝时太平军驻此五年，以铁索横江大败湘军。

　　远望形似雪浪之上的一只巨鞋，这是鞋山。它竦立千丈，三面绝壁，仅西北角的一石穴就可以泊船。诗人解缙写道："凌波仙子夜深游，遗得仙鞋水面浮。岁久不随陵谷变，化为砥柱障中流。"吟的就是鞋山和它的故事。与鞋山遥遥相对的，是鄱湖著名的蛤蟆石，位于被人称为"魔幻三角区"的老爷庙的进口处。而落星墩是湖中诸岛里名气最大的，素有"险康山，美鞋山，名落星"之说。除此，还有秦始皇赶鞭不云的犟山，朱元璋大战鄱阳湖晒袍退敌的朱袍山，鼓声震天演出比淝水之战更为悲壮的康郎山，等等。这些千姿百态的美丽岛屿及动人传说，会把人带进一个夸大的梦境，以至忘却尘世纷扰，继而生出莫名惆怅。

　　历史上的许多事情都潜藏着偶然性，在不经意间就会创造出一种跨越时空的文化奇迹。耸立在赣江和抚河汇合处的南昌滕王阁，就是在偶然间诞生，在不经意之间名播天下。

如果说，滕王阁是李元婴的偶然之作，而滕王阁名垂千古，成为中国江南三大名楼之首，同样是因为另外一个人的一次偶遇。

他就是历史上中国的"初唐四杰"王勃。王勃年岁不大，但才高气傲，在官场上不谙拍马奉承，结果被唐高宗逐出了沛王府。

离开沛王府的王勃，决计远离官场，历游中国，祖国的名山大川使他大开眼界，诗文功夫日见长进。后来他出任虢州参军，因为牵扯到一桩命案，他的父亲受牵连被贬到荒凉的海南。王勃死罪虽被赦免，但还是被革去了官职。他才高志更高，决定到海南去与父母亲团聚。

时值九月初九重阳节，王勃来到了洪州。他本想顺道拜望一下洪州都督阎伯屿。尽过礼节之后，就继续南下，但他却被好客的主人挽留住了。

阎都督是个风雅之人，他把李元婴创建的滕王阁进行了重修，并邀请了许多社会名流和文人学士到滕王阁上登高远望，欢宴赋诗。阎都督也是个喜好张扬的人，他有个侄儿，苦读诗文十数年，他想让侄儿为滕王阁作序，再让大家吹捧一番，以此混个脸熟，扬扬文名。酒过三巡，都督府的一个幕僚提出为重修后的滕王阁作序。阎都督故作姿态，对众人说："王勃才情过人，此序应由他作，如何？"其实，他想王勃该会谦让一番，这样就顺理成章地由他的侄儿来作序。席上几位名士都抚掌附和他的倡议，一致推举王勃。

才高气盛的王勃已经知道阎伯屿举办此次盛会的缘由。他想，哼，这正是个好机会。于是当仁不让，略加思索，便挥笔疾书起来。

这样一次偶然的拜访，一篇《滕王阁序》成就了王勃，更成就了滕王阁的千古大名。

　　落霞与孤鹜齐飞，秋水共长天一色。

　　……

　　老当益壮，宁移白首之心；

　　穷且益坚，不坠青云之志。

　　这些精妙诗句，一下成为天下的经典范文。正应了一句古话：人以文传，序以阁名，阁以序而著称。

　　那时，鄱阳湖地区湖泊众多，广袤的鄱阳湖为一狭长形湖泊，依不同的地域又有宫亭、杨澜、彭蠡之称，跨九江、南昌、南康、饶州四府，延袤数百里；其他中小湖泊如甘棠、鹤问、芳兰、小池、沙池、杜家、白水、赤湖、官湖、江矶、柘港、青山、横矶、郭家、钱家、药湖、莲花湖和铜湖等，其中药湖周围四十余里，铜湖绵亘五十里。这些大大小小的湖泊散布在广阔的鄱阳湖平原上，构成江西渔业经济的主要载体。

　　渔人的世界是狭小而博大的，也是形形色色五光十色的。即便是在驾船的船民中，也是一帮一帮地按地域组织着。一般以原籍港的港民和或河流命名。如赣州帮、抚州帮、广信帮、安仁帮、都昌帮等。有驾帆船的抚帮和饶帮、有驾鸦梢船的湖北巴河帮、有驾饶划子船的振兴帮、驾罗团船的余干帮、驾扶梢船的莲湖帮，还有驾倒划子船的乐平帮和万年帮。

（周传荣　摄）

　　湖泊水体的特性如深度、温度、营养度、水源等决定了是否有利于鱼类的生长，适宜鱼类生长的湖泊绝大多数是中小型浅水湖，且多为富营养型，鱼类天然饵料丰富，具有养鱼的优越条件。鄱阳湖地区的中小湖泊多为河流改道后的废弃河床所形成的河间洼地湖，河流裁弯取直后形成的牛轭湖，或较深的岗边湖、鄣塞湖接受大量泥沙积后所形成的浅成湖，水深一般均较浅，且多为富营养型，故适宜鱼类生长，渔业经济较为发达。例如，九江德化县官湖"临大江，春夏之交江水泛涨，茭苇合生，不容舟楫，其湖产鱼：设河泊所于旁，因名"；小池湖"在封郭州，有河泊所"。湖口县禁江河段"上通九江，下接小孤，值冬水涸成池，乃鱼虾所聚之处"；明人诗文描述道："雨过人家收鸭早，日高网户晒鱼腥。"

　　人们对该地所产鱼类的各种性状十分了解，如关于医疗药用：青鱼"胆可疗目疾"，鳝鱼"食之补五脏""可治癀"，白鱼"开胃助脾"，鳜鱼"食之可益所力"，鳢鱼"胆甘可食"，鲫鱼"性温、可理脾"，鳗鲡"能杀虫"、其骨熏烟可辟毒，河豚"补中益气"；关于毒性：鲤鱼、鲥鱼"能发疮疾"，河豚"子有毒"。

　　作为鄱阳湖边一个传统的渔镇，吴城渔业有着上千年的发展历史，特别是在转口贸易衰落之时，撒网捕鱼成为许多家庭谋生的主要手段，由此吴城的渔业文化也日渐丰厚起来，并形成了渔业队、秦家岭这样由渔民聚居而成的村落。过去入冬开港时，渔民们鸣锣、放炮、看水、跪拜、焚香，求湖神保佑，酬湖神赠予，仪式隆重而虔诚；渔船出港时，钩船、机帆船、大网船、风网舫、鸬鹚船、"小划子"等千帆竞发，场面极其壮观；行舟大湖中，抛网、围网、钩网、风网、壕网等一齐上阵，颇有"阵阵黄沙下渚矶，秋风秋水出银鱼"的阵仗；洗脚上岸后，造船、补船、制桨、修橹、织网、编篓、作钩、配饵……样样都要费神。在众多的捕鱼方式中，在俗称"雁排船"的船上，以打鱼为生的江苏兴化和盐城移民操弄的鸬鹚捕鱼极具特色，秋日暮霭里，站在望湖亭，眼前的每一帧画面都是"渔舟唱晚"的迷人景象。那时整个鄱阳湖水面上，每年行走着三万余艘木帆船。其中存船千艘以上的船型有抚船（一千二百九十三艘）、巴斗子（一千一百一十三艘）、划子（三千七百九十七艘）、鸭尾子（一千三百一十五艘）、渔船（一千○九十六艘）。吴城渔业的旺季在"吃过中秋酒、工具不离手"后的枯水时节，每天大量水产品在码头、集市上或被收购，或被买走。一些小的如银鱼、油参、廉冷、白肖、针弓鱼、凤尾鱼、小黄丫头等，会洗净后倒在晒折上晒成淡干鱼，河滩上、家门前满是丰收的喜悦；许多如青鱼、草鱼、鲢鱼、鲤鱼等大鱼的剖割腌制都有讲究，清内脏，去血污，除黏液，沥水分，备卤液，长浸洗，再沥水，抹盐巴，腌制成咸干鱼售卖，每道工序都有条不紊。勤快好客的人家过时过节还会端上自制而成、风味绝佳的酒糟鱼，让客人大快朵颐。而河水煮河鱼，不仅是世代渔家船舱里飘出的鲜香，也成为众多吴城人餐桌上同其他鱼宴一道显摆的风味。

丰产的年份，吴城每年都是鱼跃人欢，水产品销量达到五千吨左右。商贩们熙来攘往，带活了古镇经济，客旅们也驻足流连，走进渔家人的生活。可以说，吴城渔业文化让赣商文化有了更多的烟火气。如今，在加强长江流域生态保护的大背景下，随着鄱阳湖十年禁渔期的到来，吴城渔业文化已成为许许多多吴城人挥之不去的一缕乡愁。

南宋宁宗嘉泰年间（1201—1204）编修的《绍兴府志》就曾说，绍兴、诸暨以南大片地区的大户人家，都从当时的江州（即今九江）鱼苗贩子中买苗种凿池养鱼。早在元代至大年间（1308—1311），德安县南曾设有"鱼苗仓"。明代的九江府又设有专门机构——鱼苗厂以征收鱼苗税。在德化县溢浦门外龙开河渡口，鱼苗厂作为公署，与各河泊所并列。鱼苗厂西有大量居民聚居称"鱼苗厂巷"，又称"鱼苗街"，路通溢浦港，大多以鱼苗孵化及贸易为业。明人有诗为证："闻君凿池种鱼子，远注浔阳一泓水。春风昨夜化灵苗，中有十万横波尾。"此处的"浔阳一泓水"，是指长江流经九江府北部的一段，又称"浔阳江"，由此亦可见当时鱼苗孵化的规模与数量。

明洪武十四年，朝廷官府专门派钦差总旗王道儿等人前往九江府编定签发这一渔民群体，并把他们称为"涝户"，意为专门于江湖中以捞取鱼苗为生的人户。每年三月上旬，涝户们于江湖交汇之水流捕捞鱼苗。鱼秧刚上水时，细如发丝，涝户们即于舟中培育。"南至闽广，北越淮泗，东至于海"，讲的正是这一时期九江鱼苗的长途贩运情况，及其在当时各地淡水养殖业中的重要地位。这一情况，入清以后依然不改。同治《湖州府志》就有如下记载："鱼苗出九江，曰'鱼秧'，春间以舟由苏（州）、常（州）出长江往返，谓之'鱼秧船'。"

沿江地方，有挑鱼苗的人。他们一般是养殖与贩卖青、草、鲢、鳙四大家鱼。贩运鱼苗是一件技术很强的事。挑"鱼水"，不同于挑其他货物。第一，工具特别。扁担长而细，两头各有两只横梢，只挑得四五十斤鱼。鱼苗篓形如花篮，上大下小，用毛竹丝编织。鱼篓内层用棉纸漆粘贴上，用桐油油过几次。鱼篓盖有很多孔，呈六边形。挑鱼苗的人，要随带劈水（出水）、巴斗（水桶）、漂箱等。第二，挑功特别。挑鱼苗的人成为鱼苗客，鱼苗客挑鱼苗时，所跨出的步伐，多是很重的硬步。左右两篓在扁担两端，随着脚步起伏，上下均匀颤动，使篓中的水形如池中涌泉，中央水上升三四寸至篓为止，篓子四周的水同会下降一点，鱼水不能泼出篓外。这样可以增加水与空气的接触面，从而增加水中氧气，使鱼苗不至缺氧而死。鱼苗挑了一段时间，遇路边有清水，要卸下担子，打开篓盖，用劈水（出水）和巴斗（水桶）将水舀出三分之一，另加进三分之一清水，并在清水中加一点产区泥水在水中洗一洗即成。夜晚投宿时，首先将

103

鱼苗用漂箱漂到清水中，并给鱼苗喂蛋黄水，每担鱼苗每次喂三分之一个蛋黄够了。水边留人站岗，确保鱼苗安全。长途贩运的鱼苗客，成群结队，自行入伍。

鄱阳湖捕鱼为什么称"打鱼"？原来"鄱阳湖水连南康军江一带，至冬湖水落，鱼尽入深潭中。土人集船数百艘，以竹竿搅潭中，以金鼓振动之。候鱼惊出，即入大网中，多不能脱。唯大赤鲤鱼，最能跃出，至高丈余后，入他网中，则不能复跃矣，盖不能三跃也"。现在湖区渔民冬季捕鱼，依然使用敲打法，惊动深水之鱼，既敲锣打鼓，也有用竹棒敲打船帮，或竹杠互敲。

月光下的湖畔，几个穿白衣戴白帽的渔人，潜伏在铺着白布的船头，缓缓地神秘地接近自己所要攻击的目标，枪声一响，大雁倒下一片。

一百多年前，八户江苏盐城的渔民因躲战乱、求生存来到这里。他们最早是以打雁作为谋生手段的。一九三〇年，他们又陆陆续续迁来几批，渐渐发展到拥有一百二十户水上人家五百八十多人四百多条船的巨型船队，有人称他们为鄱阳湖上的"水上吉卜赛"。

这个水上部落就泊在鄱阳湖畔吴城镇河西港内。上百条船连在一起，大船旁吊着一条小船。大船是不动的家，小船是流动的生产工具。到了晚上呢，大船小船相依相傍，形影不离。多么繁忙的鄱阳湖啊，这里就像上海的南京路、北京的王府井大街那样拥挤，真是一条船的世界。

每年春水上涨，这个部落就兵分几路开拔鄱阳湖，散落在牛角湖、团子湖、大沙湖、苍湖、蚌湖等不同湖面上，以捕鱼为生。到了秋天重又回到吴城港湾，一溜排开，像水上走廊一样，首不见尾弯到几公里长。

小溪宽约二十丈，河沿停满了船。静静的河水即或深到一篙不能见底，却依然清澈透明，河中游鱼来去都可以计数。

船家的孩子在船上来回走动，小一点的都系上了长带子。大小孩子颈上统统套着一把小巧精致的长命锁。

（吴东双　摄）

父子船上，两条船停靠在一起。儿子和父亲各撑一条船。父亲船上有香炉、江都督神位、大锅大灶。儿子船呢，贴满了美人头像，有高低床、电视机等。

黄昏中一条条渔船靠岸，挤满了前来买鱼的人。

一渔民站在河边对着光，在辨认一张一百元的钞票是真是假……

近山识鸟音，近水识水性。这支鄱阳湖船队的领头人，不管生活把他们抛到哪里，他们都能与当地人融为一体。为了生存，这些身处水上的异乡人，不仅学会了都昌话、湖口话、星子话、波阳话等鄱阳湖区八种不同乡音俚语，而且在生产方式风俗习惯上也都渐渐适应了。人们称他们为"八音鸟"。他们每家至少都有住家船、生产船和外出打鱼的临时居住船以及用于上下坡的小划子等四条船。就连鸡鸭猪狗都很听使唤，白天放到草滩上哄地皮觅食。到了晚上呢，只要船家女"咕噜噜"一唤，纷纷自动跳到船上来，他们走的实际是一条独特的水上生活之路。

我们是盐城，盐城县，七十岁。一九三一年过来的，以前是打鸟啦，搞鱼搞黄鳝。我们当时到这里来只有八户人家，现在六代人。原来我们家弟兄五个只有四条船，现在大大小小每户四五条。现在鸟不打了，靠鱼为生。

这些水上的孩子自有水一般的精灵。每天邀在一块上学，又一块到河边喊船。对岸船上听到喊声，马上撑着小划子一桨一桨摇来。要是起大风，孩子们只好留在河对岸。他们的求学之路自然要比坡上的孩子艰难得多。为了使孩子读书有个生根落脚的地方，他们纷纷动员大家拜坡上的老师或自认为"合适的人"为"干爹干妈"。平时船队弯在吴城孩子们就坐船回家吃饭。到了水季呢，父母开湖走了，一去就是几个月，孩子们就只有住在干爹干妈家。

过去，船家观天象看气候，都靠自个经验。现在有了风力发电，他们只要打开电视就能识天下事。风力发电源于一次外来打工仔偶然的启示，却是水上"吉卜赛人"与外部世界的第一次大胆接轨，也是船家向信息化时代迈出的重要一步。如今打手机通电话看电视不再是坡上人家的专利。因了风力发电引发了船载电话。有了船载电话，他们的船摇到哪里，信息照常通到哪里。

上坡对于坡上人来说也许没有什么，而对于这些漂泊不定的坡下人却是一场历史性的变动。这些在水上生活了大半生的盐城人，做梦都想搞几年上岸。回到坡上有个房子，有一块真正属于自己的地盘，过上平平安安的日子，不再为风浪担惊受怕这就够了。

开湖是船家一年中最开心也最繁忙的时刻。

开湖那天，一支庞大的船队顷刻间变成了若干个独立作战的小船队。从此，八百里鄱阳湖，到处都留下这些水上"吉卜赛人"与风浪搏斗的身影。即使分散了，他们仍然形散神不散，靠着每个人的人格力量，把分布在四面八方的几百号船民的心紧紧拴在一起。这一天，不管怎样，他们都要放上几挂鞭炮，喝上几杯庆贺酒，于是一条条船像离弦的箭，从吴城湖湾迅速启航开拔出港……

远处传来"咚、咚、咚"的响声。

屏峰港湾，一条刚造出的新船倒扣在湖滩上，艌匠正用油灰泥搅拌的麻往船缝中一下一下地凿去。

这位六十年代出生的师傅叫梅德贵，从十五岁起，就一直跟着他的父亲做船木匠。他家从祖父到父亲三四代人都是以造船为生。从做木帆船到现在造小划子，光他自己前后已造了一百多条。以前生意好时，十几个人一起造。现在船用得少了，他就一人顶几个人用，又选料、又放样、又打眼、又艌船，十八般武艺一人做。

做屋造船，昼夜不眠，造船是件很辛苦的事。以前的人说，"景德镇的钱淹齐颈，鄱湖湾的钱淹到腰"，过去造船还赚钱，现在不行了，有汽车，坐船的人少，只是港港汊汊过不去，还得要条小划子。我最高兴的是，看到自己新造好的船下水。

阳湖边，一条新船披红挂彩，正欲下水。陆上隆起青山一样的肩和森林一样的手，小心翼翼把船抬到湖边……

一阵喝彩声起：

一把白米撒船头哇，好哇！

有吃有穿不用愁哇，好哇！

一把白米撒船中哇，好哇！

太太平平跑顺风哇，好哇！

喝彩声中新船下水。

在水上村庄有一条不成文的规矩，孩子大了，不再和过去那样

107

用一块红布在船舱中隔成两小间，便是洞房。如今，孩子大了，做父母的就请人造上一条新船，娶一位渔家女，择吉日成亲。

迎亲的锣鼓震天价响，突然船上有炮竹声音，且有鼓声和锣响。

二〇〇九年二月六日，对在水上村庄生活了大半辈子的赵明富来说，无论如何都是一个天大的吉日。

这一天，是他儿子赵国青和魏欢结婚的大喜日子。媳妇是鄱阳湖畔新建县茅岗魏家人，离水上村庄有好几百里路。

从头一天起，水上村庄就忙碌开了。为了把婚礼办得隆重些，他们将平时在湖边一字排开的长条船，用绳子捆绑起来加宽加大，在船上架起了大锅，为第二天操办的喜宴和洞房做充分准备。

这天一大早，新郎换上崭新的衣服，坐上车，要去茅岗魏家接亲。虽然他们是在南昌打工时认识的，但结婚仪式却仍要按水上人家的规矩办。

当鞭炮响起，新郎赵国青在一片喜悦的气氛中见到了新娘魏欢。魏欢打扮得格外漂亮。做好各种准备后，由伴娘给魏欢双手套上"牵手袋"，牵手袋不复杂，也只是装了些米谷和鸡蛋之类，象征结婚生子之意，然后由新郎接手一直抱到车上，不能落地。

婚车在长长的赣鄱大地上奔驰，进入鄱阳湖吴城之后，魏欢被新郎抱着上了早在湖湾迎候的小船，接着载着新郎新娘的小船，在阵阵锣鼓和鞭炮声中，游湖几圈，这时湖面一片欢声笑语，新郎的亲戚朋友站在水上人家，远远地为一对新人祝贺。随后新娘被新郎抱进了水上村庄刚刚打好的一条新船内。

新郎抱新娘过船的剪影正好叠在一个硕大的火红的太阳上。

按照鄱阳湖上的风俗，成亲那天，一定要赶在坤日头下山之前把姑娘抱过船去，这样象征他们日后的生活将与天地同在，与日月常新！

喝完结亲酒，散了场，大人们佯装上岸有事，船上只剩下小后生和俏妹子，那后生就麻着胆子，将花船摇到河心。这一夜，花船不归，多少船姑就是这样成亲的！

花船在洞箫般的音乐里，渐渐驶向湖心……

静静的夜空中，花船起伏不定。鄱阳湖以它特有的温柔，神秘地抚摸，使得船家之子赢得了一次精神上的再生。

一曲销魂的《花船曲》激荡人心……

按照水上人家的风俗，结婚当天新郎新娘不上桌敬酒，一个月内新娘不能随便到别人家的船上走动。好在他们度完蜜月，又要去南昌打工了。

不过，对于水上村庄来说，最为牵挂的一件事还是孩子读书的问题。

> 没有上过学，三十岁以上的都没有上过学。我们感到出去都不方便，吃过没文化的亏。后来个人集资，买了块地皮，砌了一个小学。把小孩搞上坡读书，年老的也上坡带细鬼。细鬼不读书以后怎么办，像我们代代传下去，那不成了一个文盲，我当时一心一意要把学堂办好。办学堂时三个月都没做事，搬砖哪买瓦呀，都是我们一肩一肩挑回来的。

鄱阳湖的渔民，生来就面临着与命运的抗争。他们选择了这片湖泊，也同时选择了这赖以生存的生灵。每年惊蛰，大地上响起第一声春雷，鄱阳湖的鱼儿就像接到了统一号令似的开始产仔、繁殖，渔民们的劳作仿佛伴着大自然的第一声春雷同时炸响！

这位年近古稀的老人叫占长发，从小跟着祖父占荣昌学磨鱼钩。祖父早年打打鱼种种田。磨鱼钩完全得益于一次偶然的机会。一天黄昏，湖上突起风暴，家门口湖边船上下来一个敲铁皮的手艺人，天黑如墨，找不到落脚的地方。占长发祖父很客气地把他迎进了家。这位师傅深受感动，临走前对他说，老人家呀，打鱼太辛苦了，我教你一门手艺——磨鱼钩。就这样，占长发祖父开始了磨鱼钩的生涯。先是磨滚钩，后磨各式各样大大小小的钩。生产也由开始的手工磨到后来半机械化、机械化，一直发展到今天信息产业化。现在长发鱼钩厂一年生产的鱼钩达上亿枚。从他祖父开始，一带二，二带三，亲戚带朋友，滚雪球，越滚越大，由走出县城到走出省门走出国门。这个被人称作"浪花上的城市"的鄱阳县全县产品销售占全中国鱼钩市场的百分之八十，出口达百分之四十，且畅销美国、日本、韩国和东南亚地区，渐渐成为中国渔具的一个品牌一面旗帜。

我们长发鱼钩厂生产的鱼钩主要销往韩国、澳大利亚、菲律宾、泰国、越南、日本等地。我们生产的鱼钩品牌是"占氏荣昌"，质量非常好。二〇〇五年七月在河北举办的全国渔具展览会上，有人用鄱阳的鱼钩钩住日本进口的鱼钩，两头用钢丝钳夹住，请许多人向两头拉，结果日本的鱼钩当场拉断，从此，鄱阳湖鱼钩声名大振。

又一条钩船正在湖面放钩。

一条船过去了，湖面上浮着一条涟漪的水路。

船后炊烟缕缕，女人坐在后梢洗脸、梳头。女人先弯腰伸手在船舷边掬一手掌水在头皮上，抹平睡了一晚弄蓬松的乱发，然后直起腰身，挺起颤颤的胸脯，头微微后仰，双手一手挽发，一手捏梳。女人梳头梳得很慢，梳了左边梳右边。没有镜子，就低头在船边朝水下照看，湖水很清很亮，映出一张姣好的脸蛋来。

男人们便在船板上摆开几个菜，大碗大碗地喝起酒来。

"刀"字碗内盛了满满当当的酒。

余干县渔民喝酒时猜拳行令和叠罗汉的场面相当精彩。

点子高哇，哥俩好哇。

三颗星哪，四季发财。

金魁手哇，六六顺哪。

七匹马啊，八八福哇。

快发财呀，满堂红啊。

嗨呀嗨呀……

大碗喝酒，大口吃鱼，可是鄱阳湖船家独享的一份情趣。老辈人说，鱼有千滚之味，用鄱阳湖的水煮鄱阳湖里的鱼，叫河水煮河鱼，格外透鲜。南鄱阳湖渔民吃鱼不打鳞，据说吃了打鳞的鱼，鱼鳞会去报信，下次就打不到鱼。这里的渔民不吃甲鱼，说甲鱼是鼋将军，鼋将军会打洞。吃了甲鱼，鱼就会从鼋将军打的洞里逃生。渔船出湖下水捕鱼叫出山，开始出山要放鞭炮。大型渔猎出山，要打牙祭，也就是买鱼买肉聚餐，有的还要买猪头献给老爷菩萨，在鱼舱内放鞭炮，俗称"暖舱"。当鱼舱盛满了鲜鱼时，再捕捞的鱼要放入官舱，官舱盛鱼叫下官舱。每年七月开始堑湖，堑湖时，先打两根桩，桩上扎红布，叫红门桩，树红门桩要放鞭炮，这就是堑湖的标号。鄱阳湖人吃鱼时不能将鱼翻边，如果翻了边，就会不吉利。还有女人不能坐船头。每年第一次出湖，开船前，各船船主要在船头烧一盆旺火，摆设"三牲"：三杯白酒、三碗米饭、燃三根香，预祝新的一年开张大发。

在湖区，有句俗语："江蟹好吃捕蟹难。"每年九十月间，是江湖螃蟹捕捞的季节。停泊在港湾的捕蟹船要提前做好捕捞的准备工作。首先将蟹船的船头和船尾各绑扎一根伸向湖空的大毛竹，每根长约五米，加上船身的长度，共计总长十五米至二十米左右。然后在两端竹杪上系以拖网，扎上红布条，配上马灯，备足七天的日用生活品。蟹船从江湖汇流处的梅家洲嘴前水中下网，就横于江上顺流而下，向东漂去，七天七夜不能靠岸。凡过往船只白天看到竹杪红布标记，就要远远避开航行。如是晚上，蟹船上挂在竹梢上的马灯就会起到警示作用。各船见此灯，都要避开航行。七天中，吃喝都在船上，渔民们轮流值班，直到一周后才能收网靠岸，这些刚捕上来的螃蟹，很快就被远销日本和东南亚。

人说"八月金湖，九月银湖，十月草湖，十一月鸟湖"。到了秋天，鄱阳湖的雾气一团一团在黑暗深处浮起，水雾像轻纱般覆盖着湖面。湖上的航标灯飘浮不定，时隐时现。然后，远处越来越清晰地现出一些起伏不定的轮廓，那是对岸的山峦。渐渐地，山峦上的光亮越来越大，似乎有个人高挑着一盏雪亮的灯，正从容不迫地从山的那一面攀上来。那盏灯终于一点点地从山脊露出，漫无边际地照亮了幽蓝的夜空，这是月亮。湖边的蓼草静静地摆动，偶尔响起鱼跃的声音，几只水鸟被惊起，拍着翅膀从草尖上掠过，又消失在另一片草丛中间。湖上港汊有人家。远远近近、大大小小的村落里，纷纷点起灯火，跟满天的星斗互相照应，让你明明白白地入了梦境，分不清是星斗落在了湖里，还是灯火点在了天上。一艘艘渔划子从湖湾里荡出，一个个渔夫弓着背，向湖里抛下钩网。湖面上，星星点点，闪闪烁烁，忽忽悠悠，网里的灯，船头的灯，舱里的灯，五颜六色的灯，把忙碌欢乐的劳动笼罩在一片金鳞银甲的活蹦乱跳之中，装饰出一个五彩斑斓的夜。这是渔家点亮的点点渔火。这万千渔火，像梨花、桃花、油菜花一朵朵，一簇簇，盛开在墨黑的鄱阳湖上。

九八抗洪后，成千上万的鄱阳湖渔民告别了水患，走向新的未来。枕着波涛长大的渔民，头一次在岸上做起了舒适安稳的梦。一年一度的军山闸蟹节吸引了众多的国内外客商蜂拥云集鄱阳湖。在一些交通便捷的湖区，有的渔民还在湖边搭起了"水上人家""渔歌唱晚"等木屋，供城里人来鄱阳湖观光休闲之用。这种历史性巨变，带给他们的不仅仅是单纯生存环境的改变，而是生产关系、生活方式、行为方式、情感方式乃至风俗习惯、繁衍生息上的一系列革命。

　　这位走在送神队伍前面的人叫刘维亮，是管驿前村鹭鸟队的渔民。他在这一带威望很高，渔民们都很听他，一致推他当了这次庙会的经头。

　　这是庙会后刘维亮第一次出湖打鱼。天刚蒙蒙亮，维亮的妻子就在"一江王"前敬香。

　　在这浩渺的鄱阳湖上，陪伴着渔人的最好生灵莫过于鸬鸟了。

　　刘维亮这天打的鱼并不太多。他笑笑，恐怕只够油钱了。但他急着往回赶，是要抢在天黑前把打出的鱼卖出去。

　　像这样的庙会，在鄱阳湖已经持续了好几代人。不管社会发生多大变化，鄱阳庙会一直被当地渔民延续了下来。

　　鄱阳湖的渔民就这样年复一年、日复一日地送走一个又一个水边黄昏，迎来一个又一个水边黎明！在他们心中，永远拥有两个圆圆的月亮，也永远拥有两个圆圆的太阳！

（吴东双　摄）

绝　唱

　　八百头牛耕日月，三千灯火读文章。

——《鄱湖谣》

　　三叠泉瀑布飞流直下。

　　深潭内唱书的学生打呀闹，其乐无比……

　　一女学生在问：老师，这哪有三千尺呀？

　　老师回答：三千尺指的并不是瀑布的长度，而是它天天流天天流，又何止三千尺呢。

　　"哦！"孩子们恍然大悟。

　　这叫"课本游"，是鄱阳湖边星子县教育系统实施的一种独一无二的教学方法。一个面积不到九百平方公里、人口才二十多万的星子县，写进中小学课本景观的文字就有《望庐山瀑布》《爱莲说》《桃花源记》《归去来兮》等五篇之多，至于庐山和鄱阳湖的景观几乎遍布"山之南"。古时，鄱阳湖是中原进入东南地区的必经之路。在占尽了舟楫之利的同时，交通枢纽的地理位置为鄱阳湖带来了生生不息的人流和物流，从而为拓展土著人的视野，扩大对外交流和学术互动创造了不可多得的条件。古代鄱阳湖流域的书院，不但是赣学的大本营，而且是众多名人如闽学代表朱熹、浙学代表吕祖谦、阳明心学代表王阳明等云集之地。

在鄱阳湖地区，"十户之村，不废诵读"，咬牙送书，崇儒好学之风极盛。鄱阳湖流域的州县地处内陆，是一个典型的农耕为主的社会。在科举的影响下，耕读传家成为民众的普遍选择。"荣耀祖宗，显担父母，全在读书。"基于这种认识，古代江西无论是聚居家族还是地方绅众，纷纷出台各种劝学、捐学的措施，积极创办书院。

这是唐大顺元年，义门陈第三任家长陈崇以过人的眼光，创办的中国教育史上第一所私立大学——东佳书院。当时的陈氏家族辟出二十顷良田，作为东佳书院的专门教育经费。书院建有御书楼、接官厅、庑房（教室）三百间。宋仁宗一次就赠书三十卷，藏书达数千卷，居江南之首。一时间，东佳书院书声琅琅，八百头牛耕日月，三千灯火读文章。

过了吉水县，到了吉安市区，沿江路边的赣江江心岛白鹭洲上，白鹭成群，水鸟极多。南宋淳祐年间，吉安知府江万里为来此讲学的周敦颐、朱熹等六君子立祠，正式创立书院。因为书院培养了文天祥这样的状元，宋理宗欣然题写了"白鹭洲书院"。

鹅湖，一个颇有诗意的名字。这名字不由让人想起骆宾王幼年所做的"鹅、鹅、鹅，曲项向天歌，白毛浮绿水，红掌拨清波"的诗。然而，白毛映绿水的鹅湖是没有的，鹅湖寺无言地坐落在鹅湖山北麓。据说东晋时，鹅湖山上有一户龚姓人家，养有一对红鹅。某日，红鹅鼓翅拍浪，一跃而起，飞入天宇。鹅去湖空，留下的是永远的鹅湖之名。鹅湖书院，这个现今看来建筑既不雄伟也不怎么特别的庭院，正是一座在中国哲学史上不可或缺的高峰。

白鹿洞书院的出现，揭开了中国教育史的崭新一页。千百年来，它一直是中国教育史上规模最大、延续状态最好，因此也是最负盛名的书院，早在宋代就被尊为中国四大书院之首。超群卓绝的文化背景后面，所蕴含的是它的大气和一代又一代读书人千里相继的文化梦想……

这里是庐山的余脉，山不高。因了庐山秀甲天下，文人墨客纷至沓来。这些著名的官员和学者待在这里读书，有一批人仰慕他，然后跟他学习，就变成了一个常规，形成了书院。这里满山弥漫着葳蕤而丰茂的树林，远离世俗，远离凡尘，也远离烽火狼烟。这静谧的时空，正是理学的翅膀振翮飞翔之地。至今我们都想象得出，大概有点洁癖的周敦颐老先生，青衿长衫，头戴冠巾，面颊清癯，举止儒雅，尽管那衣襟打着补丁，但扑面而来的是一股子书卷气，高洁的气质使人顿时产生一种敬畏感。老先生用略带沙哑的湖南口音讲述四书五经，课余也写点文章，练练字，和学生幽默几句。而朱熹这老夫子，即不同于周敦颐，脾气刚烈，偏激，愤世而嫉俗。少小的时候，朱熹的父亲指着天告诉他，这是天。他就问：天之上是什么呢？他父亲大为惊讶。五六岁的孩子朱熹就敢于对天是什么、天之外有什么等问题提出疑问。他向来主张天生我材必有用，就到山野书院教书课徒吧。他时常用抑扬顿挫的乡音，把智者的甘露，细雨润物般播洒在那一颗颗如饥似渴的心田。在这里，思想在攀登，灵魂在升华。

在诸多体系中，价值体系显得尤为重要。《白鹿洞书院揭示》中，朱熹的"博学之、审问之、慎思之、明辨之、笃行之"和"己所不欲，勿施于人。行有不得，反求诸己"等全新的教育理念和价值体系，是由儒家经典语句集成的一部具开创性学规。至今仍被日本奉为圣典。日本冈山县兴让馆建学一百六十多年，始终把《白鹿洞书院揭示》当作他们的办学校规。

一五九五年至一五九八年，著名的意大利传教士利玛窦曾多次来白鹿洞书院讲学。毫不夸张地说，利玛窦并没有意识到，他的到来代表着中国传统文化与西方异质文化的第一次碰撞。这次碰撞为后世西方文明融入庐山开了一个好局。在中国书院千余年的历史中，白鹿洞书院开创了融汇百家、自由开放之风。白鹿洞是中国文明的标志之一，是理学的正源真脉之地，它代表中国近史七百年的宋学大趋势；又是中国古代读书人心中的圣地，精神生活的天堂和治国济世的思想殿堂，一直是全国书院的一面旗帜。

江西自汉晋以来两千余年，人才辈出，文风昌盛，尤其宋明时期，更是群峰竞秀，繁星映天，号称"人杰地灵""文章节义之邦"。在鄱阳湖一带，流传着"五里三状元，一门三进士；隔河两都堂，百步两尚书；十里九布政，九子十知州"的谚语，以至有"翰林多吉水，朝士半江西"的盛誉。

一五一六年，英国作家托马斯·摩尔的一本书震惊世界，书名简写为《乌托邦》。一九三三年，英国作家詹姆斯·希尔顿发表了使他蜚声全球的《消失的地平线》，人们第一次知道了——香格里拉。巧合的是，这两部作品与《桃花源记》有着惊人的相似，都是描写了一个没有剥削压迫、人人安居乐业、怡然忘情的理想家园。但是陶渊明的《桃花源记》却比摩尔早了一千○九十五年，比希尔顿早了一千五百一十二年。陶渊明无论如何也没有想到，他的这首《桃花源记》竟然穿越千年时空，一直激荡着后世者的心灵。

这就是鄱阳湖文化的独特魅力。

魏晋时期，在中国文学史上，被鲁迅称为"自觉的朝代"。陶渊明正是诞生在那个时期。

陶渊明在柴桑的农村度过了少年时代，那里是庐山脚下，鄱阳湖畔。山清水秀，风景优美。李白曾经寻访陶渊明的故宅，赞叹那一带的风景："常爱陶彭泽，文思何高玄……今朝登此楼，有以知其然。大江寒见底，匡山青倚天。深夜溢浦月，平旦炉峰烟。清辉与灵气，日夕供文篇。"

117

陶渊阳是魏晋风流的代表之一。史书上说他并不会弹琴，却置了一张没有弦的琴，经常抚弄，以寄其意。以世俗的眼光来看，他的一生是很枯槁的，但以超俗的眼光看，他的一生却充满艺术气息。他的《五柳先生传》《归去来兮辞》《归园田居》等作品，都是其艺术化的真实写照。欧阳修盛赞《归去来兮辞》说："晋无文章，唯陶渊明《归去来兮辞》。"北宋王安石曾说过，陶渊明的诗"结庐在人境，而无车马喧。问君何能尔，心远地自偏"。"有诗人以来无此句"。

陶渊明一生作品并不多，诗歌一百二十五首，散文十二篇，总共不过一万五千七百八十八个字，算不上著作等身，却流传了一千八百年，还要流传个一千八百年。陶博吾先生用一副对联概括了陶渊明的一生，叫："弃彭泽微官松翠菊黄琴书而外醉三斗；开田园诗派韵真辞朴千百年来第一人。"陶渊明是喝鄱阳湖水长大的，是九江闻名中外的乡贤，是江西十大历史文化名人的魁首，是中国文化史上大名鼎鼎的田园诗祖，是世界诗空光耀百代的巨星。

在这人才济济群星辉映的文化氛围下，"七百里修江第一山，近千年诗派无双主"，黄庭坚作为北宋著名诗人、"江西诗派"始祖出于大文豪苏轼门下，与张耒、秦观、晁补之并称为"苏门四学士"，但又因其才华出众，与苏轼齐名，故又并称"苏黄"。修水是北宋著名书法家、诗人黄庭坚的故乡，广西宜州市是黄庭坚寓居、客死之地，九百多年的历史沉淀给后人留下了极为宝贵的精神文化遗产。

到了南宋，又出了个洪氏家族。这个崛起于鄱湖之滨的洪氏家族，发迹于两宋交替之际，大盛于南宋前期高、孝两朝。这个时期正是宋代文化发生整体转向的时期，在此后的若干世纪当中，许多中国人所珍视的传统都以南宋的方式延续着。以洪皓和他的三个儿子为代表的洪氏家族，经过几代人的不懈努力，一跃成为南宋声势显赫的官僚家庭。这个家族的成长过程几乎与两宋之际文化转型同步；一时成为当时政治、思想、文化舞台上的领衔主演。他们的努力体现了宋学"致广大而尽精微"的重要特点。洪皓的《松漠纪闻》《金国文具录》虽全文不存，但吉光片羽弥足珍贵。洪适的《隶释》等书，被称为宋代金石学的代表之作。洪遵所编的《翰苑群书》记唐宋翰林典章制度，颇有详瞻，足资考覆。而洪迈的《容斋随笔》更是宋代学术笔记的代表作，受到以后历代学者的一再关注和重视，被当代伟人毛泽东视为"枕边之书"。直到临死前的几天，毛泽东还要工作人员读给他听。

　　洪迈，字景庐，号容斋，别号野处，谥号文敏，江西鄱阳人。绍兴十四年，洪迈由词科中举后入仕，历官五十多年，曾出使金朝，数度修史，为当时政坛和文坛重要人物。《夷坚志》是一部即兴式地记录民间传闻和重抄个人故事的小说集，历史长达六十年，在体例上，"甲至癸二百卷，支甲至支癸一百卷，二甲至三癸一百卷，四甲四乙二十卷，大凡四百二十卷"。从白话小说来看，《夷坚志》是宋、元之际民间说书人"无有不览"的本事参考书；民间说书人对洪迈的赞誉是极高的，"后来南渡过江，文章之士极多，惟有洪内翰之名，可继东坡之作"。

　　洪迈的高祖洪士良是一名勤奋有志、精明善谋、交际圆活的生意人，而且还相当迷信风水。洪士良相信自己设想的有关门户转变的整体规划，能够借助鄱阳湖地区得天独厚的风水而变成事实。而在几代人的努力下，洪氏也的确是"得姓以来，鄱阳为鼎盛"。尽管洪士良一家从乐平一步步搬迁到了鄱阳，但是洪氏家族的几百户人家，大部分仍然住在原来的地方，继续过传统的耕读生活。颠沛流离的生活和父亲的长期缺席，对于少年时期的洪迈等人应该是相当大的考验，然而这样的经历也使他们相当有体会地融入常态的现实社会生活，可以说，洪迈天生喜欢关注周围的现实。他从小聪明敏悟，博闻强记，少年时代不少有训示意义的人或事给他幼小的心灵留下深刻印象。一位前辈曾经寄语感叹：现在的贫富差距这么大，人们却习以为常，这真让人悲伤啊。年少的洪迈默默把这段话记在心里，几十年后再把这段话和他的学术笔记一起记入《容斋随笔》：

> 少时，见前辈一说云："富人有子不自乳，而使人弃其子而乳之；贫人有子不得自乳，而弃之以乳他人之子。富人懒行，而使人肩舆；贫人不得自行，而又肩舆人。是皆习以为常而不察之也。天下事，习经为常而不察者，推此亦多矣，而人不以为异，悲夫。"甚爱其论。

除了从长辈平常的言谈教诲中独自领悟，洪迈对年少时的生活也是念念不忘，其中有两次出行令他感到收获不少。第一次是在绍兴二年（1132）他十岁那年，路过衢州白沙渡，在一家酒店的墙壁上看到两首题诗，一首《犬落水》，一首《油污衣》。洪迈说："犬诗太俗不足传，独后一篇殊有理致。其词云：'一点清油污白衣，斑斑驳驳使人疑。纵饶洗遍千江水，争似当初不污时。'"

洪迈的史学之精博深阔，世所公认。他既是史官，曾主持编修《钦宗寔录》《四朝国史》等官修正史；更是一位见识超凡的史学家，他所开创的"随笔体"史学形式不拘一格，灵活而巧妙地将历史与现实、学术与生活联系起来，而不是单纯地就史论史，"南宋说部之首"的《容斋随笔》至今仍是一部清智耐读、老少皆宜的史学名著。

文化，总是在一条苍凉的路上前行。《说文解字》曰："野，郊外也。从里予声。""邑外谓之郊，郊外谓之野。"除了郊外之意，"野"的注解还有：1. 界限，范围；2. 指不当政的地位；3. 不讲情理，没有礼貌；4. 巨大而非分的欲望；5. 不受约束；6. 不是人工驯养或栽培的动物或植物。"野"常常是相对于正统、规范而言的，如在朝和在野、豢养和野生、家珍和野味等等。洪迈选择"野处"作别号，背后的原因是绍兴三十二年（1162）洪迈使金外交失败，回国后立即遭到御史张震弹劾，被朝廷罢官。也就是这次回到家乡后的第一年，洪迈开始撰写《容斋随笔》；第二年，他在鄱阳城西的芝山脚下开始营建私人别墅，名为野外园，故自号野处，当时他四十岁，正是壮志雄心可以施展的最佳年华。可以看出，由于使金失败而遭遇的仕宦挫折对洪迈的打击还是相当大的，以野处为号，大概有表示自己从此和政治活动分道扬镳，转向与朴野的大自然和谐相处的自我暗示。他曾经说过"君子不以无位为患，而以无所立为患；不以莫己知为患，而以求为可知为患"这样十分明智的处世格言。他的确处于一种在"野"的状态，由于长时间生活在鄱阳并且在各地任职，洪迈对基层的政务和百姓的民情民意有了切实的了解，这使他的写作生活变得更加充实，许许多多生动的人物和事件都被写入《容斋随笔》和《夷坚志》。

　　南宋是中国历史上一个独特而重要的时代，是政治、经济重心的南移，以及由此而带动的文化重心的南移。文化重心南移的背后是南宋社会所经历的从思想到文化、文学的全面更新，宗教信仰的融合互渗、印刷术的广泛利用、市民文化的兴起，大千世界里的芸芸众生在文学的创作中开始显山露水。"中国文学史的路线南宋起便转向了，从此以后是小说戏剧的时代。"古人文史不分家，史学和文学是洪迈一生的两大追求，而这又最能展示他的个性和特长。对于记录生活和世界，洪迈有一种欲罢而不能的坚持，"街谈巷语，道听途说"是史家对小说最早的定位。

　　一个人来到世间，就像一片树叶挂在寒风里，独自构成一个存在空间。谈论他的时候，他已经从树枝叶上飘下来，追随寒风而去。曾经见过他的人，偶尔会想起他，这种想起，因为是虚拟的，并不代表真的是那么回事。很多的时候，人们会想起某首已经消失的诗或者某幅已经消失的壁画，但你永远不知道那首诗的语言，那幅壁画的真实面貌，树叶被尘土掩埋了，新的植物长了出来，世界被新的生命替代，逝去的人给世界一个永久沉默的空间。

历史激情，离现代生活总是很遥远。某一天，当你打开渴望中的那扇门，看见一个人站在门边，你会想到那个人是黄庭坚吗？

黄庭坚一生坎坷，命途多舛。黄庭坚终身都在迁徙中写作。如同一匹驿动的老马，仅有的那点快乐来自旅途。哀愁离苦难的人总是很近，快乐离苦难的人总是很远。快乐消失，哀愁出现。随之而来，是生命消失，永恒出现。但永恒，极少有人能够理解。一天晚上，我读《黄山谷集》，与黄庭坚的灵魂对视。那些裸体的汉字，像一些蝌蚪，又像一些鱼。它们手牵手在天地间舞动。我知道它们舞动着，但不知道它们为谁舞动。人们对事物的发展方向无能把握，世界一变再变，城池已在我们身边轰然倒塌，没有人为这种曾经发生的过失买单，除了叹息，今人基本上不能做什么。诗人的哀伤是形而上的哀伤，而诗人的快乐可能是形而下的快乐。洪驹父《诗话》说，黄庭坚看见贵族宗室携妓女浏览寺庙，写出了"窗中远山是眉黛，席上榴花皆舞裙"的佳句。

濂溪书院所代表的时代，是理学升起、学术昌明、文化繁盛的时代，同时也是知识分子作为一个群体登场的最活跃、最能体现个体价值的时代。在那个时代，被濂溪书院奉为圣明的周敦颐被尊为理学的开山始祖。

从濂溪书院遗址出来，太阳正在头顶照耀，一条始于元代的石花苍然的古道安卧在阳光之中，翻晒它的往昔，因无数学人踩踏而坚实的路基与本城最繁华的市政公路连接在一体，像要将历史亘古的寂凉引向新的寂凉。叫卖道州特产红瓜子和泡菜萝卜的商贩在新与旧之间往来穿梭，小城的日子被搅动得流转自如。

白鹿洞书院的位置，居古代南康府的西北，位于五老峰之东南，四面皆为青山，道贯溪从庭院前面的碧翠中穿过，傍溪而行的是朱熹当年往返南康的古道，朱熹迎送生徒的枕流桥卧伏于溪上。早在唐代，这里已有人隐居。南唐升元四年（940）先主李知诰在此兴学，号称庐山国子监，生员达数百。北宋开宝九年（976）改为书堂，宋太宗诏赐《九经》，揭开了白鹿洞作为中国四大书院之首的长达千年办学历史的序幕。

这里所有的门窗向青山开着，读书人来到这里，随意散落溪涧林间，向书本祷告，找一条路通向世俗的天堂或者文化的天堂，悟道功成之后，选一种方式向庭院道别，或捐田修舍，或勒石立碑，以示报恩明志，这座庭院也就因此而精魂不散，代代相传。

在这篝火长明的山谷，看这座庭院拔地而起，看朱熹登坛布道，讲《中庸》的微言大义，看他从青花镂空的笔筒里抽出一管笔来，在上等的宣纸上疾笔大书。山川大地，擎墨以待，蜃楼远景，遍布宋元明清。一部学规，影响了七百年的一部教育史，在书院林立的数百年间，一直被沿用。有这样一个清梦陪伴着，这座庭院就不会寂寞了。

在中国近代史上，最引人注目的一个名门望族，莫过于义宁五杰了。"义宁"即今修水，是"义宁陈氏一门五杰"——陈宝箴、陈三立、陈衡恪、陈寅恪、陈封怀的故乡。清同治初年，陈宝箴以举人身份入曾国藩、席宝田戎幕，立下战功，从此踏上仕途，累擢至湖南巡抚，领导了在晚清史上影响巨大的湖南新政，是晚清有魄力、有建树的封疆大吏。其子陈三立，"维新四公子"之一、"同光体"诗派的代表人物。陈三立长子陈衡恪，我国近代书画大家；三子陈寅恪，我国现代史学大师；二子陈隆恪、四子陈方恪为著名诗人；五子陈登恪，武汉大学外文系和中文系教授，武汉大学文学院代院长。陈衡恪次子陈封怀，我国著名的植物学家。"义宁陈氏"作为一个"文化世家"，人才辈出，声名远播。时人称陈宝箴为"义宁陈抚"，称陈三立为"义宁公子"，称陈衡恪为"义宁陈君"，称陈寅恪为"义宁先生"，或隐去他们的名字直称"义宁"。义宁这个"藏在深闺人未知"的无名小镇却因陈氏世家的存在，从一个地名演绎成具有丰富内涵的文化符号，嵌入千万人的心里……

在"全球一体化"浪潮的裹挟和冲击下，鄱阳湖流域"三里不同音，五里不同俗"早已不复存在，但作为非物质遗产的传承，如鄱湖渔歌、饶河戏、西河戏、采茶戏、青阳腔、锄山鼓、赣剧、傩舞、草龙、粑俗、临川四梦、全丰花灯等民间艺术却各具特色，异彩纷呈，仍在向人们传递着一种崭新的传统理念，继续散发出独一无二的幽香和魅力。

鄱阳湖又是一座激发诗人灵感的湖泊。南朝谢灵运的《入彭蠡湖口》、宋文天祥的《过湖口》、苏轼的《石钟山记》《过都昌》，杨万里的《舟次西径》和唐白居易的《彭蠡湖晚归》《夜泊鄱江》等都是歌咏鄱阳湖的绝妙之作。这些诗作不仅永留后世，而且使鄱阳湖的许多景观也随之声名大振。

从牙牙学语的孩童都会吟唱的《望庐山瀑布》，到小学中学大学课本上频频出现的《桃花源记》《归去来兮辞》《爱莲说》《石钟山记》《琵琶行》《题西林壁》；还有咏叹庐山、鄱阳湖等一万八千多首诗歌等等。只要稍有一些文化常识的人，都会不同程度地感受和体会到鄱阳湖文化对中国文化的启迪和熏陶作用。

诚如康有为所说："自太白、东坡以还，名士如鲫，佳句如林。"近代名诗人金松岑说："泰山似圣，黄山似仙，峨眉山似佛，庐山似诗翁。"任何一座名山，就其吸引诗人的数量和拥有诗篇的质量总体而言，都远不及庐山。

兵　家

猪见糠，喜洋洋。

——《鄱湖谣》

烟波浩渺的鄱阳湖上，传来隐隐的得胜鼓……

凭借着鄱阳湖"吴楚襟喉，江右要冲"的战略地位，鄱阳湖不仅是中国南北水路交通中心，也是历代军事家、战略家所瞩目的军事重镇。

早在远古时代，中原黄帝为了向这里发展，便与生活在这里的三苗发生了大战。

自西汉以降，战事频繁的鄱阳湖一带就有过多次著名的大规模陆战和水战：东汉建安年间，东吴大将周瑜操练水军于鄱阳湖，挥师西上破操于赤壁；东晋时期，桓元篡立，大将刘裕、何无忌等起兵讨伐，追赶桓元到江州（九江），大破其部将何澹之于桑落洲（今鄱阳湖口八里江一带水面）；隋朝统一江南，与南军大战彭蠡；宋开宝七年（974），宋将王明率军与南唐军在鄱阳湖水战，宋军大胜。南宋高宗绍兴元年，李成叛据江淮，攻陷江州（九江），三月后，南宋军队大破李成于鄱阳湖。一二七五年，元将伯颜率军至鄱阳湖，祷大孤山神，风息桥成，大军皆渡，江南遂成元域。一三六一年，朱元璋在鄱阳湖口打败陈友谅。明武德年间，宁王叛乱兵出鄱阳湖，略南康、安庆等地，顺江东下。清顺治、康熙年间，左良玉、金声桓、耿精忠等先后据守鄱阳湖口以抗清军……

近代，在鄱阳湖一带的战事则更加激烈和频繁。清咸丰年间，石达开等主持西战局，在鄱阳湖与湘军激战数年之久。一九一三年，李烈钧在湖口发动"二次革命"，此即历史上有名的"湖口誓师"。抗战初期，日军偷袭马当、再陷湖口，占领九江，会攻武汉，与中国军队在鄱阳湖、南浔线、武瑞线一带恶战。解放战争期间，鄱阳湖更是大军南渡的西端，长江鄱阳之上，一时风高浪急，战船如林。

依长江立国的吴国和楚国经常发生争霸兼并的战争。九江介乎吴楚之间，战船往来频繁。楚国多次顺江东下，经九江河段进攻吴国。几次吴楚之战，都是在九江中下游包括九江在内的古豫章进行，也给鄱阳湖带来深刻的影响。

进入秦代，秦王朝派兵南征，把鄱阳湖纳入秦的版图。

汉元狩元年，淮南王刘安谋反，他的谋臣伍被献计说："南收衡山以击庐江，有寻阳之船，守下雉（今湖北阳新县东南）之城，结九江之浦，绝豫章之口，强弩临江而守，以禁南郡之兵。"这里被提到的"寻阳之船"，是作为刘安发动兵变的主要条件，可见寻阳停泊了为数不少的水军战船。至汉元封五年，武帝南巡"至江陵（今湖北江陵县）而东。……浮江，自寻阳出枞阳（今安徽枞阳县），过彭蠡，祀其名山川"。此处所指寻阳在今湖黄梅县西南，隔江与柴桑对峙。灌婴所筑溢城，与北岸寻阳为江滨镇守重地。

后汉永嘉初年，寻阳被庐江的叛军攻占。

东吴创业之初，孙策曾于建安四年进袭庐江郡，太守刘勋不敌，从彭泽沿江逃至寻阳、西塞（今湖北大冶县东）一带。孙策在九江河段"大破勋，收得勋兵二千余人，船千艘"，孙水军力量日益壮大之后，吴主孙权为了发展经济，并解决军队给养和北方移民就食问题，不但在庐江和毗陵（今江苏常州）大规模屯田垦殖，在九江河段的寻阳地区屯田规模也不小。如史载孙权一次就将"寻阳屯田六百人"赐予吴将吕蒙；后又"以寻阳、阳新（今湖北阳新县西南）为蒙奉邑"。可见寻阳驻有重兵屯田。

　　三国时，孙权拥兵柴桑，势力广为发展，引起曹魏不安。孙权"在柴桑、寻阳亦驻有水军，柴桑湖泊众多，今名甘棠湖者与大江相通，传说周瑜曾在此检阅水军。周瑜之后的东吴名将吕蒙曾'领寻阳'，诸葛恪曾率兵'屯于柴桑'"。建安十三年冬，曹操初步统一北方后，要率水陆军二十余万（号称八十万）自江陵（荆州）顺江东下，欲与孙权决战。诸葛亮与鲁肃亲赴柴桑城，协助孙权擘画抗曹事宜。"权急召瑜共同商御敌大计。长史张昭等怯操主降，瑜附肃议，极陈操用兵之弊，且愿领兵战而胜之。权遂拔刀斫案，结成孙刘联盟"。旋以周瑜、程普为左右督，鲁肃为赞军校尉，率东吴大军与刘备军五万大破曹军于赤壁，为魏、蜀、吴三国鼎足之势奠定了基础。从此，柴桑一直作为东吴的西江津要之地。

　　当时的吴主孙权把主要精力放在经营长江中游的军务上，亲自带步师驻扎柴桑（今九江马回岭），又派周瑜带水师驻守鄱阳湖，至今在星子县东的湖边有周瑜训练水师的点将台，或武壮观。让人不由想起昔日点将台上旌旗招展、刀光剑影的战争场面。

　　六百多年前的一场决战，把一个赤贫之家的佃农、一个靠化缘为生的沙弥推上了大明江山的宝座。

　　历史选择了朱元璋，也选择了决定朱元璋命运的战场——鄱阳湖。因了这一点，"朱元璋大战鄱阳湖十八年"在鄱阳湖一带传得震天价响。

　　一六三六年七月二十日，朱元璋陈友谅的鄱阳湖之战在康山水域拉开序幕。

次日（二十一日）两军正式交手。陈友谅的汉军达六十万之众。他的巨舰是三层的新式楼船，最大的竟长达十五丈、宽二丈、高三丈，船身外面还用铁皮包裹着。朱军远望，只见其甲板上有骑兵往来。下层只管划船，与上层相隔开。上面打得天翻地覆，下面还能保持动力。朱元璋兵力只有二十万，其战船数量少，个头也小得多。但朱元璋骁将徐达瞅准敌舰空隙，灵活穿插，亲自率舰向陈军猛攻，折损了敌方前锋。一顿炮火上去，陈军死伤无数。陈军也发起猛烈反攻，徐达座舰被对方火炮击中，朱军败退，伤亡也不少。当夜，陈友谅召开作战会议，提出集群突击：把船只用铁索连起来。

二十二日，在陈军凶猛进逼下，朱军右翼抵挡不住，战船纷纷后撤，朱元璋连斩十余名队长也未能止住败退。撑到下午，东北风起，朱元璋与将领们暗喜，赶紧出动备好了柴薪与火药的快艇，命敢死队驾起，乘风冲入敌阵。待迫近敌舰便放火，一时烈焰飞腾，湖水鲜红。一会儿工夫就烧毁陈军数百艘巨舰。陈军死伤过半，朱元璋挥军乘势发起猛攻，又毙敌二千余人。陈友谅弟友仁、友贵等重要将领被烧死。二十三日，双方又有交锋，僵持不下。陈友谅瞅准朱元璋旗舰展开猛攻，朱元璋刚刚移往他舰，原舰便被陈军击碎。

接下来几天，朱军愈战愈勇，陈军则颓势益显。朱元璋为控扼长江水道，乘夜移军左蠡。陈友谅也移舟泊于诸矶。相持三日，陈军左、右金吾将军见大势已去，相继投降朱元璋。陈友谅为泄愤，尽杀俘虏。朱元璋则放还全部俘虏，并医伤悼死，以分化瓦解陈军。为阻止陈军逃遁，朱元璋下令移军湖口，命常遇春等率舟师横截湖面，又令一部在长江两岸修筑寨栅，并置火筏于江中。

八月二十六日，陈军因粮食奇缺，将士饥疲，遂冒险向湖口方向突围，又陷入朱军包围，朱军乘机四面猛攻，陈军混乱溃逃，在泾江口复遭朱军伏兵截击，陈友谅中箭身亡。残部五万余人投降。太尉张定边同陈友谅儿子陈理逃回了武昌。

这场水战，从七月二十日（农历）开始到八月二十六日结束，前后历时三十七天。其时间之长，规模之大，投入兵力、舰只之多，在古代战争史上都是空前的，创造了中国水战以少胜多的著名范例。

相传"得胜鼓"的来源，就来自这场元末鄱阳湖水战。当时，陈友谅驻守吴城，筑一高亭在赣江边上。战罢陈夫人必登亭听讯，如无鼓声即为战败，如闻鼓声则胜师而归。一日，陈军大胜，突然南风大作鼓声随风往北，陈夫人误为战败，跳江溺亡，陈友谅大悲，命将士击鼓三日，"得胜鼓"由此而名。这种鼓形制漂亮，声音高亢，在开阔地顺风顺水可传十里之远。我们的"得胜鼓"去年还打进了世博会。

鄱阳湖是一本战争文化书，鄱阳湖这个地方是个军事要地，自古以来打了不少仗。最近又重播电视剧《三国演义》，周瑜不是在这里练水兵吗，水兵如何练，再到赤壁如何去打，我们不知道，但是他留下了一点东西，就是点将台。周瑜之后还有好多战争，东晋的时候，桓玄篡位，朝廷派大将起兵讨伐，大败桓玄于湖口，但历史的解读不够。隋朝统一江南，与南军大战鄱阳湖，这次战争也蛮大。宋朝王明与南唐军队在鄱阳湖决战，宋军大胜。流传较广的是朱元璋和陈友谅大战，这段历史文化留下的东西挺多。庐山上就有朱元璋的御碑亭，九江有个马回岭，湖口还有个马影乡。这些典故都和朱元璋的马有关，马回岭就是说他的马在那个地方巨头；马影乡呢，据说是他的马经过那个地方的时候，当地老百姓看到的是一道白影。这些战争文化令人浮想联翩。永修还有个望夫亭，据说是在陈友谅死后，陈友谅的夫人还在那个地方等他，最后自己也死在那里。还有石达开和湘军水师也在这里大战过。这场战争发生在一八五五年。这段历史离得比较近，所以记载得比较多。石达开当然是能征善战，曾国藩派了个水军都督叫彭玉麟。这个人在湖口还留了许多东西。包括我们现在看到的万家岭战斗，这场战争也很大，在抗日战争中

129

消灭日军人数最多，达一万七千人。现在已认定薛岳是一个抗日名将，是个爱国将领。

水运繁忙的年代，码头是一座商镇众生百态的万花筒。吴城千舟泊岸，帆樯蔽江，沿赣江而下有大码头、杨泗码头、全楚码头、五显码头、司前码头、潘房码头、下码头。修河边有中码头，一时间"商贾云集、舟楫如织、店铺林立、百货山积"。从官家、商贾、行客到船工、挑夫、商贩，码头上从来都是摩肩接踵；从茶楼、酒肆到街道、戏院，古镇里到处不缺烟火气。除水客的招呼声、把头的呵斥声、挑夫的粗喘声、商贩的吆喝声外，码头上最震天响的就是排工号子。

木业是吴城的"商品过境大宗"，每年秋冬季节，不尽的木排破浪而来，在吴城的专业排工高峰时达四千余人。为抗江湖风浪，他们将小排捆扎成多层大排，再经水路运往汉口、淮安等地。在艰辛的劳作中，排工们以满口乡音入调，逐渐产生了脱口传唱的原始声乐——排工号子。扎排、捞排、传缆、倒梁、扛排、出锚、提锚、绞车等每道作业工序上都是号声激越。吴城排工号子极富民歌韵味和地方特色，演唱形式有一领众和个人独唱，曲首用一短小的领句吆喝，音调粗犷，节奏铿锵，结构单一或往复，生活气息十分浓郁。歌词内容主要有反映劳作场面的，如《倒梁号子》："……扳梁的，喔哟，齐心协力扳，赣州下来十八滩，滩滩通到紫金山，紫金山上般般有，缺少芙蓉配牡丹……"有反映生活情趣的，如《绞车号子》："……喂喂，啰，嗨，呀！打起个锣鼓唱起来，哟喂！哈啰！喂！哈啰！喂！我把个麻雀子数起来呀！嗬嗬！嗨！海棠花，飘飘！……"有反映劳动精神的，如《放排号子》："花开刘郎也有情，不怕山高水又深。高山自有人开路，水深自有撑篙人"等。

从武宁的滩歌"坐个竹排河里乘，一夜山歌到吴城。两岸风光观不尽，买了盐巴好回程"到吴城的排歌"百里修江赛画图，越过吴城望匡庐。号声惹得人心醉，笑看排帮出鄱湖"。赣商文化随着"西木"跋山涉水，伴着号子声声，从鄱阳湖流域走向了四面八方，在各地生根开花。作为赣商文化泛起的一朵涟漪，吴城排工号子流传久远。

至今在鄱阳湖说起"草根皇帝"，一个个眉飞色舞，朱元璋几乎成了这一带最大的神。以洪武皇帝赐名的河流、岛屿、草洲和村庄，在鄱阳湖一带比比皆是。他们把朱元璋出兵的地方叫"锣鼓山"；把朱元璋布阵的地方叫"插旗洲"；把朱元璋落脚的地方叫"落脚湖"；把朱元璋晒袍的地方叫"朱袍山"；把朱元璋授印的地方叫"印山"，甚至把朱元璋会见情人的地方叫"鸳鸯洲"，在苍蝇成堆的瑞洪镇，还传有"朱元璋一扇扇了三十里，三十里外无虫蚁"的故事。自古道："鄱湖行船，康山为岸"说的就是这些。

位于鄱湖南岸突兀而出的康郎山，曾经是朱元璋大战鄱阳湖的主战场，也是"江西老表"称呼由来的地方。传说朱元璋作战时身中数箭，是康郎山父老乡亲将他藏在山洞。朱元璋康复后，一位大伯问他："日后你当了皇帝，我们怎么去找你？"朱元璋沉思片刻："你就说康郎山的老表来了。"朱元璋坐了天下后，果真认了此话，免了"老表"的田赋，"老表、老表"就这样叫开了。从江西叫到全国，从古代叫到今天，越叫越亲切，越叫越浓厚。朱元璋不仅成为鄱阳湖人的偶像崇拜，而且还被当作鄱阳湖人教育自己后代上进发奋的教科书。许多生活在湖边的父母，经常对孩子说："你看，洪武皇帝原先也不过是一个草民。"言下之意就是说好好读书吧，将来也和朱元璋一样当皇帝。

陈履升，字峻天，钱塘（今浙江省杭州市）人。做过浮梁县巡检，官正九品。他在任上严禁景德镇陶户在瓷器底部书写年代，以至于康熙早期瓷器很少写年款。他为什么要这样做呢？

原来，此人"一生敬惜字纸，无所不用其极"。敬惜字纸，就是带字的纸不能随意丢弃。陈履升把敬惜字纸延伸到瓷器上。他说："字碗者，犹之字纸也。污弃字碗，犹之污弃字纸也！"他派人到处搜集带字的瓷片，简直走火入魔，后发展到花钱收买，每个瓷片"予五钱，易之"。这导致"贫家儿童觅字碗求钱者遍里巷""老稚争相搜剔，觅得者投于门，无虚日"，陈家变成瓷片收购站。陈履升亲手把这些有字瓷片一一洗净，贮藏起来。钱塘江涨潮时，他带上收贮的瓷片，乘船倒入海口处，"肃拜而归之于海焉"。这样坚持了几十年。

瓷器写字，是个惯例，世代相延，怎么能因地方官的个人嗜好就废除呢？有的陶户拒不照办，陈履升"笞之"；有的陶户送钱求情，陈履升"厉色却之"。

敬惜字纸，是图什么？陈履升没明说，清代文人讲得直白：敬惜字氏，造福后人——"子孙科第不绝"，是为后代积福。

鹤　乡

鸟去鸟来山色里，人歌人哭水声中。

——《鄱湖谣》

晨光中的鄱阳湖渐渐现出远山近黛和水村的轮廓。

这是鄱阳湖大湖池丁家山边山村。门前一条小港通往大湖池，有船泊港中；一路石阶由湖边一直伸往坡上。

湖面，阳光将白鹤打扮成金黄色，羽毛清晰可见。数以千计的白鹤在朝阳下翻飞……

满湖是鸟，沸腾之至；鹤鸣声像煮沸了的开水一样翻腾不已。

王小龙的耳有点聋，是真事。究竟聋到什么程度倒让人很生怀疑。

那天我打电话过去，手机信号不好，可能他正在湖上寻鸟，就连我都听不太清楚，而他却迅速准确做出反应，表示要来车接我。如此，我倒有点怀疑，他耳朵是否真聋呢。

王小龙出生在鄱阳湖畔的吴城古镇，从小迷上了家乡的"小雀子"，喜欢爬树，掏鸟窝。儿时做过各式各样关于鸟的梦。他说有一回鸟把他从梦中唤醒了，醒来却是自己一只手绊住了身子半天挣不动。一九八七年三月，他从武警部队退役后，想到家乡有个候鸟保护区，与儿时的爱好正好想到了一起。

每天睁眼，他想的第一件事就是鹤。天天四点起床，烧水、揉面，打点一下妻子的小店。做好了，就出门忙鹤去了。一下湖就是一整天，直到晚上九十点才回家。这时，他会满湖满汊地去找鹤。

王小龙一年中最高兴的时刻，是鹤在鄱阳湖越冬的日子，那是他人生的一场盛宴。当每一批鹤成群结队携儿带女相伴而来，王小龙高兴得不得了。他会对着夜空情不自禁哦哦几声，有时扯开他并不太好听的嗓门唱上几句，那意思仿佛在说："欢迎，欢迎！"

"白鹤使者"是圈内人叫出来的。每年冬天，世界鹤类基金会的专家以及日本、印度、伊朗等学者和研究人员要来，到鄱阳湖后第一个迎上前去握手的大多是王小龙。久而久之，人们称他"白鹤使者"，说他身上沾有鹤的仙气，他一去，鹤就会拥上来。凡跟他到湖里拍鹤的人都能见到鹤，并能拍到大批的鹤群。他知道什么风什么水位鹤吃在哪里歇在哪里；他晓得拍鹤的掩体该挖在哪里；上哪里找鹤来得快。一句话，只要找到他，一切都安排得顺顺当当。

鹤是鸟类中的王子，被专家称为"指示性物种"。判断一个地方的鸟类价值，先要看鹤有多少。自从世界鹤类基金会原主席阿基波实地考察后向全世界宣布鄱阳湖有鹤，前往观鹤的人络绎不绝，来这里拍鹤的更是纷至沓来。王小龙自然是他们中的热情向导和真诚使者。有个英国专家鸟类协会旅游团一行十二人冒雨来这里观鹤。刚从湖区回来的王小龙听说后，自告奋勇当导游。他一手扶着挂在肩上的高倍望远镜，一手携着一位八十多岁的英国老太太，在湖洲烂泥中深一脚浅一脚地行进。当老人体力不支走不动时，王小龙脱下雨靴，卷起裤腿，背起老太太在水地上走着，最后到达湖泊，使她终于看到了一个巨大的白鹤群。当这位老人在望远镜中看到这群白鹤有的低头啄食，有的漫步行走，有的引颈眺望时，竟不由自主地惊叫起来。

　　秋去春来鹤来鹤去，唯独今夏却有反常。十多只东方白鹤和一只受伤的鹤，在大部队回迁之后仍滞留鄱阳湖畔。王小龙吃惊地发现，鄱阳湖不少候鸟不仅冬天可以生存，夏天同样可以栖息，夏鸟生存乃成新的课题。为保护好这批夏鸟，王小龙背着一蛇皮袋玉米，去了夏鸟生息的梅溪湖畔，同时对夏鸟进行二十四小时全程跟踪，硬是让十几只夏鸟在秋天与南飞的群鸟顺利团聚。看到它们在湖中翩翩起舞，王小龙逢人便说。

　　如此看来，王小龙的聋是有圈定性的。凡与鹤有关的信息，他总能及时捕捉到，一点不聋。省内一家影响很大的《江南都市报》对夏鸟生存做了大量的连续报道，这家报纸在"夏鸟热线电话"上打了王小龙的手机号，一天手机要响几十下，王小龙没有漏接一个，一个月下来手机费飙升到四百多元。他不找单位报，也不向报社要，只要得到鹤的信息，他什么都可以放下。

　　王小龙坚信鹤有仙气，凡沾上鹤之仙气的人都会成名。江西电视台刘伟军拍了一部《白鹤奇观》，先是去了沿海后又出国深造，鹤给了他一双远飞天涯的坚实翅膀。游云谷拍了一辈子新闻照片，最后却因拍鹤而扬名天下。省政协原主席叶学龄退休后，潜心拍鹤，他的鹤书、挂历远销国内外。台湾摄影家吴绍同退休前在台湾一家电影厂当摄影师，什么名气也没有。与鹤结缘后，他成了拍尽天下白鹤的唯一老人。还有香港世界著名摄影大师简庆福每年都要到鄱阳湖蹲上一阵，拍出许许多多激动人心的作品来。相比之下，王小龙就有点惨了。当别人在湖上架起"炮筒"时，他却束手无策两眼发直。他说，人生真也矛盾，别人有机器没有机会；而我呢，天天有机会却没有好机器。当别人一幅幅照片刊于国内外报纸杂志，王小龙不由叹气。他只好指着画面上的鹤无奈地说，这一张是在哪里哪里拍的，那一张等了多久才到手。为此他下狠心用自己省吃俭用的六千元钱买了一部佳能相机，加上现在主管宣传单位又给他配了

135

一个"俄罗斯头"，视野一下变得天高地阔起来。

王小龙的聋，完全源于对世俗的纠葛厌倦。平时碰到一些与鹤无关的事，他常常这只耳进那只耳出。在单位他从不多事，也不提什么特殊要求，人近四十却天性率真。他对鄱阳湖一往情深。遇有烦恼，往湖滩上一走，不好的心情便烟消云散。从这点上说，他耳聋我信。其实，我们大多数人在不同程度上都有些许残疾，肢体的残疾仅仅是小部分，许多人的残疾是心灵上的。我想，王小龙作为一个"白鹤使者"，只要对鹤的信息不聋，他就将永远拥有一片纯净迷人的世界。

二〇〇二年五月十九日，在鄱阳湖吴城候鸟保护区的梅西湖，一只在鄱阳湖越冬的白鹤在大部队南迁中因为受伤，竟然没有离开湖区，这件事立刻引起了国内鸟类专家的重视。一家都市媒体很快在重要位置刊发了《鄱阳湖孤鹤何日能北飞》的报道，在社会上震动不小。

王小龙爱鹤到了不可思议的程度。保护区发现这只受伤的鹤，王小龙主动担起鹤的疗养。每天，他带鹤上医院看病，一前一后，形如兄弟。

放飞那天，这只鹤在王小龙头顶足足盘旋三圈方肯离去，王小龙的眼泪都快出来了。每年春天，万物复苏，鹤群聚集准备归程，王小龙常常一个人坐在草滩上发呆。望着一群群与他朝夕相处了一百五十天的鹤群陆续归去，他心里空落落一阵惆怅。

喂，保护科吧。今天吴城站巡湖，主要是看到了斑嘴鸭和绿头鸭，估计生态环境良好。我们通过这个视频监控了解鸟的栖息方向，比如我们在梅西湖方向发现白鹤之后，我们就立即赶到梅西湖，对白鹤的数量进行统计，对它们的生活习性和生活环境加大保护力度。

二〇二二年五月三十日，王小龙因为扎根鄱阳湖三十六年，成为候鸟"守护神"而荣登二〇二二年第一季度"中国好人榜"。

这位背着马桶包、行头普通的拍鹤老人叫吴绍同，在台湾电影厂从事摄影工作五十年了。在长期的摄影生涯中，什么都弄，并没有显示出他独特的才华，直到一九九〇年届龄退休，他猛然认知自己，决计要在七十五岁前拍尽天下所有的白鹤。

这是一个极普通极普通的老人，走在大街上，你绝对分辨不出他有什么出众之处，他衣着普通，只是一般的夹克便装。行装普通，一只磨损了的帆布马桶包，包中装满了他的全部摄影器材。相貌普通，中等个头，清瘦干练，架着一副平平常常的眼镜，微笑的脸上永远是夕阳晚照般的平静。

这又是一个极不普通的老人，当你从他手中接过一张"一九九八年吴绍同首次大陆拍摄行程表"，你立刻会被这位老人的行动深深震撼：

　　十二月二日由台北出发经上海；十六日至二十二日江西鄱阳湖保护区拍摄白鹤；二十三日至一月三日安徽升金湖保护区拍摄白头鹤；四月三日云南昭通大山包保护区拍大灰鹤；四月初返回台北。备注：本表之日期，行程会因气候、鹤踪而改变。

你年纪这么大，独往独来，家属如何与你联系？吴老笑笑说，我的一切都按行程办事，只要知道我的行程自然会知道我的下落。他还给我看了他去年的行程表，那是去美洲、非洲、澳洲、亚洲拍摄的全部安排。满满的行程安排上记录的是一个七十三岁拍鹤老人的人生轨迹。

重返久别的大陆故土，是他一生中向往已久的念头。退休后，他先是想重操旧业，沿着川滇、东北、青藏及丝绸之路一路拍摄人文风光和各少数民族的风情特色，一年下来仍无法满足自己的创作要求。一九九一年初，当他再次云游到了黑龙江，无意中踏进了扎龙自然保护区，首次见到在原野上自由自在无拘无束的丹顶鹤，踏着自信的脚步，展现潇洒脱俗的风采，几乎就在那一瞬，他拍鹤的快门与他心灵的快门同时启动了，就拍它，就拍它。扎龙一见，吴老像磁石相吸、灯蛾遇火般被深深吸引。也正是那幅被太阳染红了的《丹顶鹤》作品，使吴老头一次得到了世界认同，获三十一届国际影展银牌奖。兴许从那天起，他就注定把自己生命的最后时间全部丢给鹤鸟了。从一九九〇年到现在，短短几年中，为拍鹤前往大陆十次，前后五十五次去过二十一个自然保护区和鹤之故乡。不论是泥泞路陷的河滩，或是水深齐胸的沼泽，也不管是零下三十五度的扎龙或是海拔四千七百五十公尺的西藏，只要有鹤之踪迹，他必定一而再、再而三地前往拍摄。他天马行空，独来独往，背着一个不太引人注目的马桶包，从一个陌生地走向另一个陌生地，对鹤怀着一种朝圣般的心境。他的行动很快得到了国际鹤类基金会主席阿基博先生的支持。他的北美之行，又得到了台湾省立凤凰谷鸟团的赞助。他的一本大型《鹤》的摄影集在世界拍鹤界引起了较大轰动。他所拍的任何一种鹤完全是当下状态的自然造型，没有过多的暗房制作和人工及画蛇添足部分。

　　时下，不少人出现明显的生命委顿，且不说活到六七十之高龄，就连三四十多的人都无奈地感叹生命飞逝，老了，老了。而他每每听到这些，常常笑得眼泪都快出来：我一点也不觉得自己老。我感到退休以后六七年比我过去正常工作的五十年似乎更有意思。至少我有了一块真正属于自己的天空，干了一份自己从内心由衷喜爱的事业。如果说人家的艺术生命是从青壮年起步，而我的艺术生命恰恰是从我生命的"终点"（退休）开始。

　　每年冬天，这位名叫何绪广的百岁老人都会像候鸟一样来到鄱阳湖畔，鹤来他来，鹤去他去。老人百年如一日生活在吴城镇的鄱阳湖边，以扎竹排为生，五十年前他就是这里的党支部书记，也是最早发现鄱阳湖白鹤的人。

"鸟去鸟来山色里，人歌人哭水声中"，阳光下的白鹤组成一道白色的长城。

白鹤其实是一种非常高贵且很有灵气的动物，选择性很强，一般不容易接近。吴城镇是一个很风光的小镇。在以水为交通工具的年代，这里曾经是鄱阳湖与赣江交汇的主要水上通道，有过"装不完的吴城，卸不尽的汉口"之美誉。到了二十世纪八十年代，中科院动物研究所的鸟类专家来到吴城镇之后，这个沉静了许久的小镇忽然又变得重要起来。这个重要不是别的，而是来源于一种叫白鹤的鸟所带来的吉祥和幸运。

当时我是来鄱阳湖进行鸟类考察的，是一九八一年冬天，在一个叫大湖池的地方，看到了二百多只白鹤，随后又在不远处的蚌湖、象湖也发现了一些，越来越多，越来越多。后来，国际鹤类基金会主席也来了，看了，感到无比震惊，称这里是一座金库、是中国的"第二长城"。

太阳升起，白鹤像停机坪上的飞机，站了一排又一排。等水蒸气散去，白鹤飞进太阳，整个鹤影红得让人心醉。

在鄱阳湖，没有什么比鹤更能给人带来吉祥。在鄱阳湖人看来，鹤身上有灵气仙气，鹤乃吉祥幸福之物。在鄱阳湖畔有一句古训叫"牛尽忠，鸟尽孝，雁尽节，狗尽义"，逢年过节，他们不杀这些有灵性的动物。

今天，它已成为世界独一无二的白鹤王国。先是国际鹤类基金会主席阿基博的到来，称它为中国的"第二长城"。据说，在卫星云图上看世界，中国只有万里长城才依稀留下一点踪迹，而现在的白鹤竟能与中国的长城堪比，这影响就大啦。在这之前，世界的白鹤正濒临绝迹状态，在伊朗发现了五只，在印度也只看到区区十四只。

当巴拉帕人密切注意着这种鹤的消亡时，却传来了一个惊人的消息，在两千多英里远的东方，中国的生物学家们发现了成百上千只白鹤聚结在中国的腹地鄱阳湖。这个消息在当时不亚于哥伦布发现新大陆那样，引起全球的关注和人们心灵上的震撼。

白鹤其实是一种非常高贵且很有灵气的动物，选择性很强，一般不容易接近它。所谓"鹤立鸡群"说的就是鹤这种独特的精神气质。为什么成百上千的白鹤不看中这，看不中那，却偏偏看中了鄱阳湖这弹丸之地呢？而且年年都来，年年都去，来来回回几十年不间断，是什么给了白鹤这么大的动力呢？

这当然与鄱阳湖的生态好有关。

这是一块不可多得的世界湿地空间！

鄱阳湖它是一个季节性的湖泊，到了夏天，像现在这个季节，它整个都一片大的水，把很多地方都淹没了。到了冬天，高的地方就突现出来，它就长了草，它成了一个大的草场，低洼的地方就成了湖，各种小型的湖，很多的，成千上万的鸟就远道而来，从遥远的北方，有的从北极，它要南迁到这个地方过冬，这个地方对鸟来说是非常重要的。

为什么白鹤不去洞庭湖和申金湖，而只到鄱阳湖？我认为鄱阳湖的食物资源非常好，许多水生植物，鹤吃这些水草的根，鹤有很好的食物，大量的浅水滩、沼泽，很丰富的食物基础、食物资源，同时气温不很冷。

何绪广老人今年一百〇一岁，与鸟打了几十年的交道。

鹤是我的老朋友了。我和鸟结缘纯属偶然。我们吴城镇地处三江口上。有一次，我在竹排上清理木头，几个候鸟专家要我给他带路，不知不觉就这样与鸟打了几十年的交道。这些年，每年从第一只鸟的过迁到最后一只鸟的离去，我都一年一年做了详细记录，包括气温、数量的变化……

太阳升起来了。何绪广禁不住举起手中计数器激动地数着"一、二、三、四、五、六……"

那次我陪丹麦亲王观鸟，也是坐这条船。他们外国人好喜欢鸟，丹麦亲王个头很大，住在保护区，专门摆了一张加长的床。那天他看到鄱阳湖那么多鸟，不停地叫OkOk。我听不懂他的话，只看到他满脸都是笑。

这位护鸟员叫熊冬狗，在他家贴满了白鹤的画，床头、床尾、厅堂、房内、灶下，到处都是。

我哇不到名字，只晓得这个人长着"一个脱大的肚"。

拍鸟时天天住在我家。十多年来，鹤来他来，鹤去他去，就是不知他姓甚何名。直到他去世后我才知道他是一位新华社记者，叫游云谷。

（吴东双 摄）

这几年来，来这里拍鹤和观鹤的人越来越多，为了不使白鹤受到惊扰，村民们常常起早摸黑，挖好掩体，赶着牛车，把他们提前送到拍摄地点。

这是鄱阳湖上一个特殊的村落，几百条船在河沿上一溜排开。一条大船加上几条小船便是一家子，几百户"水上人家"串起一条"水上长廊"。他们在船底下筑起猪栏，装置鸭笼和鸡笼，那生活图景红红火火颇为诱人。

水上村庄打雁队总指挥叫刘开泰。

"你们在坡上有田地吗？"

刘开泰摇摇头："没有"。

"那你们靠什么为生呢？"

"过去我们靠打鸟为生。"

"国家不是规定不能打鸟吗？"

"我们不再打了，现在改行捕鱼捕黄鳝！"

"你们用什么捕？"

"鸬鸟船。"

对于这些大半辈子靠鸟为生的人来说，不让他们打鸟那是非常痛苦的事情，而现在他们实实在在"放下屠刀立地成佛"。在国外，一只白鹤价值两万美金。要是谁把一只白鹤送到保护区，他们允许周游世界一圈，而中国农民对鹤的感情是无法用金钱买到的。在他们心中，没有鹤的世界是不完整的世界。他们从小就读过《增广贤文》叫"劝君莫打三春鸟，子在巢中望母归"。

白鹤喜欢在浅水区觅取小鱼小虾、水生植物的根茎。喜欢用喙衔着一条小鱼，在水里左右摆动，洗去泥沙，送进幼鹤的嘴里。

这是白鹤的哺幼行为，也是幼鹤生命的最初阶段。它们经常守在亲鸟身边，发出"唧——唧——"的求食法叫声，亲鸟非常理解自己的孩子，将挖出的植物根茎用喙头含着提出水面向幼鸟送过去，幼鸟伸头用喙接而吞之。一般说，幼鸟贪玩和爱走动，自己较少挖食，常在亲鸟们翻过的泥堆上寻找可食植物。

奇怪的是，在这一群觅食鹤中，只有一两只在不停张望，这是"哨鹤"。一群水牛边走边吃草，牧童骑在水牛背上。哨鹤发出"咔咔"的示警声，群鹤停止觅食，抬头站立张望。伸长脖子，双腿在浅水湖中奔跑，激起水花，展翅惊飞。"叽咕、叽咕"的鸣叫声，此起彼伏，然后降落到不远的湖面上去，重新开始觅食。

这里长满了根部似人参状的黄花萎陵菜。

三只白鹤一团一团地在镜子水面上恬然觅食。

鹤和人一样，同样注重计划生育呢。他们也是晚婚和计划生育的模范，到四岁才能配对结为永久夫妻。每年下两个蛋，幼鸟非常顽皮，通常只有一只幼鹤成活下来，所以在越冬里看到的白鹤，三只为一个家族，两只成鹤带领一只幼鹤。它们"三口之家"相依相偎，和睦共处。

有一天，一只白鹤飞进"三口之家"。

那只飞来的鹤与相中的鹤相互用喙互吻……

有意思的是，要是一个家族两亲一幼正在觅食时，偶尔从天上降下一只白鹤，那就是喜事临门有鹤来认亲了。前来认亲的鹤用喙吻一成鸟的喙以示亲热。一经相中就会遭到无情的驱逐。就像傣族姑娘一样，得离开自己的家去竹楼与另一方独立生活。

遇到风和日丽的晴朗天气，白鹤群几个家族和几百只白鹤还会相约起飞，起飞前迎风快跑，在一个家族中往往雄鸟率先，雌鸟随后，幼鸟居中，在同一湖中作短距离飞行。他们聚集在湖面上空盘旋十多圈，且飞且鸣，表示高兴，当地人说，这叫'盘云'。要是发怒了呢，白鹤会突然"咕"的一声鸣叫，猛抬前胸，勾着的颈忽然向上抬，喙从下腹划经胸部提起，又迅速反插于背羽中，朝着对手一侧的一只翅膀垂下，微露出黑色的初级飞羽，眼睛怒视对方。

到了冬天，湖水下降，显露湖底，小鱼虾正在跳跃，水生植物露出根茎，一群群白鹤雪片似的落下来。白枕鹤、白头鹤也降落下来。

它们之间没有根本的利害冲突，没有你死我活的争斗，也不设防。鸟鸣声响成一片，夜幕降临，群鸟彻夜鸣叫。渔民们继续拾鱼，晚餐、夜宿在棚屋里，成了"鸟类王国的客人"。

夕阳西下，白鹤和人一样安静下来。它们相继返回湖面，和白鹤混在一起。在核心区可以看到这样的同心圆，白鹤在中心，周围是白枕鹤、天鹅、鸿雁、野鸭类、鹬类，陆地上是白额雁，最外圈的是麦鸡。它们之间似乎也有上下之分、等级之分。到了夜晚，大家集中一起过夜，尤其是在寒冷的大风和冰雨天气，白鹤群靠得更紧。夜宿时，白鹤迎风待立，缩颈、喙、脸插于背部羽内，单脚独立。据当地人介绍，栖息的晚上，有老鹤警戒，后半夜之后才会安睡。为了防止有人偷袭，白鹤群睡去时往往尾部相对，头朝外，保持一定的警惕。要是突遇大风暴，白鹤会下意识用喙插地，成鼎立之势。天亮了，夜宿的白鹤才渐渐醒来，开始理毛、观望，低头啄脚边的水、亮翅，又分期分批飞离夜栖地面去觅食，这样新的一天又开始了！

晨光中的鄱阳湖，一望无际的蒿草随风摆动，农民正挥镰打草，晾晒、捆扎、装船。

白鹤从草堆上飞过。

白鹤立于牛背，一动不动。

在这里，牛、牧童和鹤之间似乎有一种默契。当渔民在湖区惊动了鹤群但未伤害候鸟时，白鹤驱赶渔舟前后周旋，飞来飞去，仍不离开大湖边。在这里，人和鸟相依为命，自然和人不能分开。因了这一点，白鹤和吴城人就像走亲戚一样，来来去去，去去来来，年年岁岁，从不间断！

到了春天，要是接连刮了几天的南风，气温明显变暖，白鹤就要开始返回北方。当地老百姓说，燕来雁去换春秋，就是燕子回来了，大雁就要开始返回。这时白鹤全部集中到一起，狠狠闹腾几天，和人一样互相串门相互转靠，邀伴结伙准备北飞。

起南风了，对鹤乡人来说心里很复杂，意味着在这里度过了一百五十天美好时光的白鹤就要离开第二故土踏上归途了。鹤乡人像欢送自己的孩子出远门一样难舍难分又不得不为它壮行。好在，白鹤对生它养它的故乡同样一往情深。

天空，白鹤列阵而去。

鹤乡人端着饭碗倚门远望。

天空，白鹤发出欢快地鸣叫……

鹤乡人哦哦地为它送行。

这时，一望无际的湖滩上，空落落的，留下的是白鹤一排排近似浮雕般的脚印……

印象最深的就是这个地方地理环境比较好，吸引了那么多鸟在那里越冬，鄱阳湖它是一个通江湖泊，唯一的一个通江湖泊，整个长江中下游全部都搞水闸了，就是鄱阳湖通江，它能够吞吐长江的水，因此能把鱼苗带进去，有鱼吃，所以能养得好多鹤、白鹤，有鱼，鱼就有大便，大便的营养有利于植

（吴绍同 摄）

145

物的生长，水生生态系统比较平衡，比较好，比较正常、稳定，所以它生物多样性比较高，而且数量比较丰富，其他地方找不到，洞庭湖也没了，八百里洞庭也不行……鄱阳湖在整个长江中下游现在是唯一的一个通江湖，唯一一个比较保留完整的湿地，它的特点就是生态比较平衡、稳定，生物量大……生物多样性高，水生生态系统比较稳定，这样的话就吸引了很多的鸟

都来这里……不是种类的问题，它的数量也高，鸟类能生存的话，说明鱼虾多，软体动物多，这样的话，我们从保护的角度，当然，我们一方面讲的是生物多样性，就是说鹤作为一个主体、目标、靶子。因为它最引人瞩目，它飞到这个国家，又是友好使者，跟国外有共同语言，对吧，又是环境的一部分，这样容易引起大家的注意，引起国外的注意，这是作为一个指标物种，实际上是保护了整个的生物多样性。因为一个物种生存的话，至少要五十万年，一旦灭绝了，绝对不会再恢复。如果这个物种消失了，那就太可惜了。

这位荣获二〇〇六年全球自然基金会授予的"生命湖泊最佳保护实践奖"的是永修县吴城镇荷溪村农民叶久怡，人称"鸟之神"。他祖祖辈辈生活在鄱阳湖畔，对每年如约而至的候鸟，有着一种特殊的感情。他最早是驯养大雁，在饲养大雁的过程中，结识了不少其他的鸟。最让他感动的是一次巡湖时，叶久怡把一只受伤的小野鸭带回了家，因为伤势不重，很快返回了大自然。可让他意想不到的是，在第二年这小野鸭竟带回了一大群野鸭来看望他这位恩人。就在这一刻，叶久怡发现自己今生今世再也离不开鸟了。当地人说，只要叶久怡来，候鸟不但不会飞走，还会跟他要食物，和他嬉戏。叶久怡就是这样把这里的鸟儿当作自己的孩子一样看护着。他说自己能听懂每只鄱阳湖鸟儿的语言，懂得它们喜怒哀乐。他知道哪里是鸟儿们耕耘过的"食府"：细如爪的是鹤的脚印；像鹅蹼的是天鹅留下的痕迹；如拖拉机翻过的则是白鹤用长喙挖过的泥土堆。他了解大雁喜欢在浅水、泥上吃草根；而天鹅喜欢待在稍深的水里，伸长脖子就可以吃到水草的根茎，白鹤则愿意留在脚深两厘米的浅水里。

在鄱阳湖，没有什么比鹤更能给人带来吉祥。在鄱阳湖人看来，鹤身上有灵气有仙气，鹤乃吉祥幸福之物。一个人生下来要是遇上鹤，那就要交好运了。要是出门做生意看见仙鹤向你飞来，你必定要发大财。这时再没有钱的人也要放上几挂炮仗接接喜气。要是哪家老了人，龙棺罩上还得放上一只纸扎的仙鹤表示主人永生的意思。许多商品、地名、厂名、街名更是争着以鹤命名，如鹤酒、鹤城、鹤乡食品厂等等，好像什么东西只要与鹤沾上一点边就特别容易成功。渐渐地，这种影响扩展到了国外。据说一位日本女士川寿美子结婚多年都不生育，夫妇俩到吴城观鹤不久便生下了一个胖小子，这件事被鄱阳湖人传为佳话。更令人震撼的是，当地一个潘姓农民死了，由他饲养的家鹤竟哀恸不止，不见主人不吃东西，活活饿死了，结果农民们硬是把鹤与主人合葬一块。在鄱阳湖畔有一句古训叫"牛尽忠，（鸟）鱼尽孝，雁尽节，狗尽义"，这种儒家文化影响了一代又一代的鄱阳湖人。逢年过节，他们不杀这些有灵性的动物。

这位把自家私人诊所改成候鸟救治中心的夏候鸟主人叫李春如，他是都昌县多宝乡李洞林村村民，像中国千千万万乡村农民一样，李春如抱着鹤能生喜、鹤能生财这样一个朴素的道理，把家门口的这片林子变成了夏候鸟的天堂。

这个村子在清朝时还有六十户人家，后经多次战乱，只剩下李春如一家。二十世纪六十年代，李春如与父辈们通过不断开荒、种树，花了八年时间，在岛上栽了五百亩杉树。一座昔日的荒芜小岛变得郁郁葱葱。十多年前，先后有各种鹭鸟来这里越冬度夏，繁衍生息，而且鸟的数量逐年增多。每年三月，数以万计的夏候鸟聚集在这座小岛上，整个李洞林村几乎成了鸟的乐园。

作为都昌候鸟自然保护区义务护鸟员的李春如，一九六九年从九江卫校毕业，在从医的同时，渐渐迷上了救鸟护鸟这一行，久而久之，为鸟治病自然成了他的第二职业，一干就是十多年，他把自己的诊所干脆改造成候鸟救治康复中心，救治各种鸟类多达五千多只。李春如发现鸟多伤在翅膀及双腿，易造成折伤，是由撞击空中

147

障碍物及网猎等所致。对这种折伤，一般采取外用消毒药剂清洗伤口；如有大裂口，则需进行清创缝合；如有骨折，则进行接骨固定。大部分伤鸟经他精心诊治及调理一段时间后，都可以顺利康复，重回蓝天。李春如所做的这一切都是义务工，所有经费都是自己掏钱垫付。十多年来，李春如为此掏了七万多元。受父亲的影响，他儿子李华艳也成了一名专职护鸟员。二〇〇二年七月，李春如还自掏腰包将建立省级候鸟自然保护区的报告送到了省政府，很快这个愿望得到了上级组织批准。当地村民为他们父子编了一首顺口溜：李春如，学医不医人，专治鸟；爱鸟父子"兵"，护鸟十余年，救鸟五千只。几年来，他节衣缩食，尽心尽力，守护夏候鸟，终于把这个荒岛建成一个省级候鸟自然保护区。

更重要的是，这里还有一个长年累月不停运转的候鸟观察站。即使过年，他们都带着自己的家属、孩子在这里度过。这个站人不多，房子很小，却集中了国内外大量候鸟信息，许多中外专家纷至沓来，小小观察站俨然成了国际湿地研究的大窗口。前不久，俄罗斯卫星定位白鹤飞抵鄱阳湖越冬。一只在俄罗斯环志并携带卫星发射器的白鹤，最近在鄱阳湖收到了它的信号。鸟类专家说，这是自二〇〇五年鄱阳湖区的蚌湖发现俄罗斯繁殖的白鹤以来，世界上首次用环志加卫星定位法联合研究白鹤东部种群迁徙规律的国内首次记录。这项研究，对了解白鹤东部种群路线的中途停歇地，科学保护白鹤物种具有重要的意义。目前，这个观察站正密切关注着带俄罗斯环志号牌白鹤的迁飞动向，并加强了湖区其他越冬水鸟的监测工作。

这位深谙鹤语的正是江西省野生动植物白鹤专家刘运珍，人称"鹤王刘"。鹤王刘与鹤结缘是近十几年的事。一九九八年以前，鹤王刘还是省林业厅人事处的一个主任科员，靠着柜子里几本资料知道了鸟。后来到保护区工作，一干就是九年。现在退休了，每年他依然要在候鸟越冬时去鄱阳湖看看。他第一次见到鹤是一九八八年到保护区上班的第一天，那次一连刮了七天的风，鄱阳湖滴水成冰，船不能开，他就在大湖池一个水泥船上住下来。到了半夜风停了，听到了鸟鸣，是鹤的叫声。他一个人沿着湖走，快到五十米的地方，发现了一大片一大片。太阳升起，白鹤像停机坪上的飞机一样站了一排又一排。等水蒸气散去，白鹤飞进太阳，整个鹤影红得让人心醉。就在这一刻，他发现自己今生今世再也离不开白鹤了。

为什么中国这么多河流草滩，白鹤偏偏看中了鄱阳湖呢？我翻阅了数千种国内外资料，发现地球北纬三十度是一个很神秘的地带。很多沙漠和江河入口都在这个纬度上。密西西比河、尼罗河、幼发拉底河都在这个纬度上，中国最早发现的恐龙化石也在这里。鄱阳湖它是一个通江湖泊，中国唯一的一个通江湖泊，整个长江中下游全部都搞水闸了，就是鄱阳湖通江，它能够吞吐长江的水，因此能把鱼苗带进去，有鱼吃，所以能养得好多鹤、白鹤，有鱼，鱼就有大便，大便的营养有利于植物的生长，水生生态系统比较平衡，生物多样性比较高，其他地方找不到……

在鄱阳湖，像这样默默无闻工作在生态保护第一线的不少。生态立湖的理念正在这里逐渐转化成了生态立省的大理念。在这个理念下，鄱阳湖由接纳越冬动物扩大到夏候鸟乃至四季有鸟的状态；由最初的吴城候鸟保护区发展成为许许多多的自然保护区，江西已成为中国著名的生态大省。近年来，江西省政府投资三十亿资金打造"中国候鸟小镇"。

江西湿地在国内和国际上都有很大的影响，并且江西湿地的保护在国内外都有一席之地。主要原因是我们有鄱阳湖，它是中国面积最大的淡水湿地。与洞庭湖相比，鄱阳湖能够调出的水更多，吞沙量要少，对整个长江流域的调蓄作用更大。但从环境保护角度来看，对湿地影响发展最大的还是城市化建设和工业化进程，还有小水电开发也带来一些问题。在河流的上游修个坝，虽然可增加一些电能，但河流下游的生态系统就彻底地发生了变化。坝一修高，水位就要提高，湿地就会不同程度地受到破坏，物种消失和物种变异的现象就不可避免地会发生，这是值得我们高度警惕和深思的。

　　我们现在站的位置原来是乡政府办公的地点。为了适应鄱阳湖的生态经济建设，我们乡政府搬到一个村里办公去了。我们看到的后面这个就是我们鄱阳湖生态科技园的一个部分，用来对接游客服务工作的白沙洲乡政府。

长长的栈道……几个人对着远湖指指点点。

鹤园，"鸟司令"唤鸟的场面，一群群的鸟蜂拥而至，绕膝不去……这位被称作"天下第一鸟人"的刘武，在跑遍全国之后，决定把他的鹤园总部搬到江西鄱阳湖畔。

　　我开始也考察了很多地方，像青海湖，新疆的巴依布鲁克湖、波斯屯湖、堪纳斯湖，包括内蒙古的乌亮四海，还有呼伦湖这些地方的气候非常明显，特别是冬季的时间比较长，它冰封起来，很可能从今年的十月份、十一月份到明年四五月份。来到鄱阳湖以后，我感觉到这个地方环境相当优美，它一年四季一个不结冰，为这些动物觅食、生长、繁衍提供了一个良好的基础。还有这里农民保护意识相当强，有些动物，在觅食的过程中碰到受伤、生病等等这些，农民自发起来，把这些动物送到我们相应的救护中心或自然保护区进行治疗。还有当地政府非常重视环保。

　　这种鹤在一般情况下很难看到，说实话，只有来到鄱阳湖、候鸟的天堂才能看到这种鹤，并且它是相当聪明，它跟人只要你提供一个很小很细的空间给它。它的回报就是无限的，比如

（徐东林　插图）

说像这种鹤从小把它养起，它第一眼看到你的时候它就认你做父母，以后不管你是贫穷也好，富裕也好，它永远都跟着你，动物很记得这种东西。它迁徙的时候，它从这块石头起飞，飞到一两万公里以外，比如说飞到马来西亚，印度尼西亚、澳大利亚那一带，到第二年回来，它照样落在这块石头上。所以我们跟它相处起来就相当容易，跟它一起共同生存、共同一起来到这个地球上，度过一个个美好的时光，这是一件很快乐的事情。

151

无数鸟儿在世界各地的天空飞过，它们按照永远不变的线路迁徙，飞越海洋和高山，历尽难以想象的艰辛。没有什么能比这些壮观的迁徙更能唤起我们的想象，激发我们对空间和自由的渴望。

俗话说，人有多少种，鸟就有多少种。乾坤宇宙总是先有鸟后有人，每个人身上其实都带着鸟的痕迹在大地上生存。也许有一天人没了，鸟还在天空继续着我们人类如歌似梦的行走……

风　情

报财报喜，
报陈谷腊米。
报前仓满，
报后仓沉，
报中间仓里装金银。

——《鄱湖谣》

大自然变幻莫测，风雨雷电，神秘而又恐惧。从一开始，鄱阳湖在缔造人类家园的同时，也给予这个家园周期性的洪水泛滥。在农业文明时期，这个过水性的湖泊年年发大水，常常成为生活在湖边人的心头大患。远古的鄱阳湖人为祈祷平安，留下了诸多乡风民俗、宗教仪式和图腾禁忌。

像这样群众性的河祭是自发的、热烈的，到老爷庙烧香似乎已成了鄱阳湖船民的一种习惯，一种必不可少的图腾与禁忌。

这片水域位于鄱阳湖区的江西省都昌县，南起松门山，北至星子县城，全长二十四公里。谁也说不清这庙建立的确切年代。传说元末年间，朱元璋与陈友谅在鄱阳湖展开决战。一次，朱元璋遭遇困顿逃亡，遇上一老神仙。老神仙便派遣一只乌龟将朱元璋救至老爷庙。朱元璋从此时来运转，终于打败了陈友谅，当上了皇帝。为了感谢救他一命的乌龟，便在湖岸边高地建起一座庙宇，称"老爷庙"，水域由此得名。

当地人敬畏神仙的威力，船经此地便站在船头，遥望着老爷庙，用鸡血祭祀乌龟。如不宰杀公鸡或不烧香拜佛者，将遭到船没人亡之灾。然而任凭渔民、船工们怎样祭祀，他们总也逃不掉被湖水吞噬的阴影。民国年间，在都昌县的老爷庙就有一种专门用来水上救生的船只。为了醒目和有别于其他过往船只，其桅杆被漆成红色，这就是红船。还有一个管理机构叫红船局，是由当地乡绅发起的一种民间慈善机构，并设有董事会。其主要经济来源是以募捐为主，后来也有田产和店铺，所有的收入都用于红船的开支。新中国成立后，虽然航运条件有了很大改善，但沉船事故仍时有发生。仅从二十世纪六十年代到八十年代这二十年间，这里就沉没了大大小小的船只几百艘。谁也不知道究竟是什么力量让这里变成谈虎色变的"百慕大三角"。

一起意外事件引起了人们的注意。二十世纪七十年代中期，有人在黄昏时目睹鄱阳湖西部天空有一块呈圆盘状的发光体在游动，长达八九分钟之久。当地老百姓将此情况报告上级有关部门，而有关部门亦未做出清楚的解释。

153

有人猜测，是因为"飞碟"降临了老爷庙水域，像幽灵般在湖底运动，导致沉船不断。

问题似乎越变越令人不可捉摸。然而，"魔鬼三角"之谜究竟是什么？湖水底下到底有何鬼蜮出没呢？

千百年来，已经没有人说得清在这片水域翻沉了多少船，淹没了多少无辜的生命。能为后人证明它无情的昨天的，是地方史志和有关资料上记录的一长串而又很不全面的数字。

（徐东林　插图）

宋建炎三年（一一二九），宋隆裕太后乘船避难到洪州（南昌），过星子落星寺舟覆，溺死宫人数十，惟太后舟存，此地便属"魔鬼三角"西部水面。

一一五五年，老爷庙水域刮起飓风，水涌如山，覆舟数十艘，溺死者众。

一九四五年四月十六日，两千吨级日军"神户丸"货轮从鄱阳湖腹地向长江进发，当行驶到老爷庙水域时，被一阵旋风包裹，继而神秘消失，船上两百余人无一逃生。船上装载的从各地掠夺来的金银珠宝和文物以及护船日军，无一漂浮于水面。日军驻长江海军部队得知消息，迅速派出一支潜水小分队来到现场，八个潜水员下水老半天，只有一名叫山下堤昭的潜水员生还，其余都不知去向。而山下堤昭脱下潜水服后，精神极度恐惧，接着就精神失常了。

抗战胜利后，美国著名的潜水专家爱德华·波尔一行人来到鄱阳湖，历经数月的打捞仍一无所获，除爱德华·波尔外，几名美国潜水员也在这里同时失踪。

四十年后，爱德华·波尔终于向世人首次披露了他在鄱阳湖底失魂落魄的经历。他说："几天内，我和三个伙伴在水下几公里的水域内搜寻'神户丸'号，没有发现一点踪迹。这一宠然大物究竟在哪里？正当我们沿着湖底继续向西北方向寻去时，忽然不远处闪出一道耀眼的白光，飞快地向我们射来。顿时平静的湖底出现了剧烈震动，耳边呼啸如雷的巨响隆隆滚来，一股强大的吸引力将我们紧紧吸住。我头晕眼花，白光在湖底翻卷滚动，我的三个潜水伙伴随着白光的吸引逐流而去，我挣扎着出了水面……"

这是一片神奇的水域，现在看来十分宁静，但是船老大都知道，这里时时刻刻都暗藏着杀机。

一九七三年十月十四日，星子船舶修造厂机动货船在老爷庙水域沉没，死亡十三人。

一九八五年初，气象科技人员组成了专门的科研小组，在老爷庙附近设立了三座气象观察站，对该水域的气象进行了为期一年的观察研究。从搜集到的二十多万个原始气象数据看：老爷庙水域是鄱阳湖乃至江西省的一个少有的大风区，最大风力达十六级，风速可达每小时二百公里，全年平均两天中就有一天属大风日，也就是说每两天就有一天风力达到六级，这里的大风是怎样形成的呢？

一九八五年八月三日，进贤县两艘各为二十吨的货船，在老爷庙水域葬身湖底。同一天中，在此遭受厄运的还有十二条船。

一九九八年，一位地下水开发高级工程师勘察发现，都昌镇、吉山、老爷庙到湖口一带地下均为石灰岩，其岩性钙质多，易溶，有形成地下暗河的自然条件，而每个溶洞、每个暗河的正上方都有自己形成的奇变电磁场。洪水期间，工程师用电磁技术测试老爷庙南边五公里处，发现奇变的电磁场杂乱无章，难道是磁场的紊乱引起"船翻人亡"？

二〇〇一年十一月九日，安徽省怀远县一条运沙船在老爷庙水域翻沉，死亡三人。

二十世纪八十年代初，我国海军潜水员深入老爷庙水域考察。一个潜水员下去，岸上人员守了一两天也不见他上岸。后在距这片湖面十多公里的一口水塘里，当地渔民见到了这个潜水员的尸体，而水塘与湖水被山地阻隔，毫不相干。

老爷庙水域的神秘，在人们心中结成一团团迷雾，大家都把目光投向这片湖水，想从中得出破解谜团的答案。近几年来，中央电视台、香港凤凰卫视、福建东南台、台湾高雄台等多家媒体的记者先后来到处于鄱阳湖咽喉的"魔鬼三角"，捕捉凶险瞬间，破解沉船之谜。许多有志于探索老爷庙水域诡秘的专家、学者也云集老爷庙，想从科学的角度给予人们正面解释：鄱阳湖就像一个葫芦，而老爷庙水域就是葫芦的颈部，往北便是狭长的水道。庐山的耸峻使这里成了一个少有的大风区，无论南风或北风，到达这里就开始迂回，使风向变得异常复杂，并对行船造成不小的影响。同时，江西五大河流注入鄱阳湖后在老爷庙水域交汇，强大而紊乱，使船只严重失去平衡。加上水底暗藏的沙丘和溶洞，产生强有力的水下漩涡，这些都成了船民挥之不去的恐惧和阴影。

这些小庙看上去都不扎眼，它只是由几块简简单单的砖垒成，草率粗糙，似乎有点畏畏缩缩，可它并不自惭形秽，也不讲究天方地圆，只要有一块小小的立足之地，它就成天默默地守护那里的一方平安。其实，这些香客自己也不知道究竟谁是自己的信主，他们只是无处倾诉，无处求告，才抱着虔诚之心，把自己心底的一点美好愿望寄托在这香火间。

鄱阳湖由于历史时期的沧桑巨变，有一个由无到有、由小到大的演变过程。根据湖盘地质、地貌和历史演变情况，大致可以今永

156

修松门山为界，分为南北两部分，北鄱阳湖形成较早，南鄱阳湖形成较晚。上古时期——西汉，彭蠡湖范围很广，跨越长江南北，既包括江北宿松、望江境内的太白、龙感、大官湖，又包括江南松门山以北的北鄱阳湖。一九五九年，南京大学地理系在今长江之北找到了一条古江道，从近湖北武穴市直至安徽安庆市长达九十公里，其间正穿过今龙感和大官湖，此古江道为更新世中期长江主泓所经，漫长历史一直分流长江之水，直到明朝中叶江北大堤建成以后，与今长江干流的联系始被最后割断，而今九江市以下长江干流本系岔流，至更新世后期长江主泓始南移于此。

自清代后期以来，鄱阳湖区在地质构造上，总的趋势由下沉转为上升。根据地质资料分析，从一千多年前开始，由地壳变动，湖区曾出现幅度较大的下降，沉积了一层灰黑色肥黏土层，滨湖海昏县的故城至罩鸡一带即下沉入湖，民间有"沉了海昏，起了吴城"之说。但近代湖区又以每年六至十毫米的速度急剧上升，至今肥粘土层已高出湖面五米左右，罩鸡一带原沉降时被淹没的建筑物废墟，又重新露出湖面六至七米。近年来，湖的南部仍处于缓慢上升之中，湖心有逐渐北移的趋向。

以赣江为主的入湖诸水挟带泥沙不断淤积，使湖底日益抬高，并在河流入口处形成洲地。据江西省水利厅推算，每年修、赣、抚、信、鄱五河挟带的泥沙，在湖内的沉积量达一千一百二十万吨，发展成鸟足状三角洲，使鄱阳湖南湖西南部日趋萎缩。一九五四年鄱阳湖洪水期湖面是五千零五十平方公里，一九五七年为四千九百平方公里，到一九七六年急遽缩小到三千八百四十一平方公里。在短短的二十二年间，洪水期湖面就以惊人的速度缩小了一千二百多平方公里。

在赣东北，关于鄱阳湖扩张引起地方信仰变化最大的是老爷庙的崇拜，老爷庙位于江西省都昌县多宝乡龙头山首，与星子县隔江相望。旧为龙王庙，建庙久远。当地群众把王爷称老爷，故后人一

157

直称此庙为老爷庙。鄱阳湖的北部，有一块以老爷庙命名的水域，南起松门山，北至星子县城，全长二十四公里，老爷庙水域处于星子和都昌交界处。老爷庙在很早就得到当地土著的崇拜，属于民间的祭祀活动，到了清朝老爷庙成为官方祭祀范围，在这段时期民间仍然祭祀老爷庙，形成官方和民间共同祭祀的神庙，一直到近代。

老爷庙起初是彭蠡湖默默无闻的小庙，随着湖水南浸，老爷庙成为鄱阳湖和长江相连重要的关口，老爷庙水域至今无法解释的怪异现象，使它披上神秘的色彩。老爷庙神是鼋龟，属于蛟的同类，是许逊治水的对象，但一则传说完全改变老爷庙神的形象，随着官府承认和不断地追封，老爷庙神逐渐成为鄱阳湖神。

起初当地土著对老爷庙的崇拜，可能是小范围的水神崇拜，但当湖水南浸，老爷庙成为鄱阳湖入江的关口，而且老爷庙也是整个鄱阳湖最险的地方，过往的人们出于畏惧，不得不祭祀兴风作浪的鼋精，以求得平安，并且重建老爷庙。

老爷庙建于七米多高的石台上，负山临湖，依势而构，为江南祠堂式建筑，上下两层，有王爷大殿、万年台及两侧游楼，庙内两边墙壁嵌有《加封显应元将军庙记》和《鼎建左蠡元将军庙书》石碑，正中是一只巨型石鼋，背驮立碑，上书"加封显应元将军"。庙后有朱元璋点将难兄难弟、插剑池和亲书"水面天心"题刻等遗迹。大殿里供奉着三尊元将军泥塑，分别称为大将军、二将军和三将军，泥塑都是水族神灵的模样。

老爷庙除了官府例行的祭祀外，最重要的活动是老爷庙的庙会了，每年农历六月初六是元将军生日，这天就是老爷庙的高潮，都昌的多宝乡的人们每年都要演戏娱神，从星子过来参加庙会的人也很多，还有从波阳、永修赶来的，一般要举行几天，形成一个集市。老爷庙元将军生日本是老爷庙庙会的高潮。每到那天，他们便在晚上九点唱戏给老爷做寿。

江西人心中的神——许逊。许逊，也就是民间所说的福主菩萨。万寿宫是用来敬奉许逊的，是江西人精神信仰的神灵所在。

许逊出生于南昌县长定秀益塘坡。五岁入学读书，十岁知经书大意，此后立志为学，精通经、史、天文、地理和阴阳五行学说，尤好道有修炼术。他潜心修炼，不求闻达，成为道教"净明宗孝"派的创始人，后来宋代还封他为神功妙济真君，他以孝、悌、忠、信教化乡里，深得乡人尊敬。晋武帝太康元年，终因"朝廷屡加礼命，难以推辞"，前往四川就任旌阳县令。在任十年，居官清正，去贪鄙，减刑罚，重教化。有一年瘟疫流行，许逊用秘方救治除病，求医者日以千计。

道教形成宗教实体始于东汉。公元九〇年，道教创始人张道陵携弟子王长、赵升等人，绕开洛阳，坐船进入鄱阳湖，据说在两只白鹤的引导下，上溯信江，抵达云锦山炼丹修道，传说龙虎大丹炼成后，山显龙虎之形的瑞应，从此，云锦山被称为龙虎山。后世尊张道陵为"正一天师"。

历代天师世居龙虎山，一姓传承，至今六十多代，一千九百多年，这在中国宗教史上除了儒教孔子世家外，是绝无仅有的。龙虎山是中国道教祖庭所在地，向以"中国道教第一山"而闻名天下。

就在赣鄱大地孕育道教文化的百年之后，佛教也渐渐传入江西。两晋南北朝时期，佛教在鄱阳湖流域得到迅速发展。当时，慧远在庐山建东林寺传教，组织译经，开展佛学研究，著书立说，首创净土宗，结莲社，深得朝野和高僧们的敬重。慧远最大的功德就是把佛教中国化、平民化。他出生在官宦书香门第，对儒、道、老庄诸家学说最为精通，同时他又接受了魏晋时期的玄学，把难念难懂的梵文佛经翻译成了汉文。这样就使得从汉代传入中国的佛教，经过四百年迟缓的传播，一下子变得通俗易懂起来。于是信众陡增，庐山寺庙像雨后春笋出现。这时，慧远发现佛经还不够完备，于是派两个徒弟法净、法领前往西域取经，历时十四年，取回两百多部佛经，比唐僧取经还早两百多年。这一举动推动了东晋时代中国出现的第一次全国性的翻译佛经高潮。一时东林寺慧远座前求法的弟子多达三千，庐山由此成为当时与长安遥相呼应的全国佛教南方交流中心，慧远也成了万众景仰的一代宗师。

这里是中国净土宗的发祥地，是慧远大师创立的净宗初祖祖庭之所在。传很早以前，东林寺很大，大到有三扇大门。关门时，僧值骑着骡子一扇一扇地关，得走一炷香的工夫。早年慧远专心修行，送客不过虎溪桥，过桥后山上的神虎就会吼叫。一天，慧远与诗人陶渊明、山南"简寂观"道士陆修静谈儒论道出来，乐而忘返，不觉过了虎溪桥。谁知才走几步，山上神虎便吼叫不止，三人相视而笑。历史上流传甚广的"虎溪三笑"，正是对慧远大师"影不出山，迹不入俗"的生动写照。

公元七四九年，鉴真和尚第五次东渡日本，因海风受阻，中途折回，由广州、韶关、赣州到吉安，住净居寺，与日本随行僧会普照和尚拜谒"七祖塔"。随后下赣江，过鄱阳湖。当船经过鄱阳湖时，智恩法师为了给东渡失败双目失明的鉴真大师解闷，望着鄱阳湖西岸远处平地拔起云封雾罩的庐山，娓娓讲述了他过去在庐山东林寺受戒的情况。博学多才的鉴真对东林寺在佛教中的地位和影响深有了解，特别是对那里藏经之多甚为倾慕，早就渴望朝拜东林，披览经书。现在他又听到了这个与弟子有关的传说，感到特别亲切，与众弟子商议，先朝拜东林寺，暂缓回扬州。众弟子无不喜允，于是，他们舍舟登陆，冒着夏日的骄阳，步行五十余里，来到庐山东林寺。

鉴真大师由弟子们搀扶着登上了流水潺潺的"虎溪桥"，沿着古树苍天的林荫大道，跨进一栋又一栋的殿堂，最后来到神运宝殿焚香礼佛。鉴真大师由于双目失明，看不见这里宏大的殿宇、众多的佛像和壮观的气势。但他从该寺僧侣为欢迎他而举行隆重法会的一片虔诚诵佛声中感觉到了这座古寺规模宏大，香火旺盛。面对三百多年前慧远法师创建的净土宗古寺一片兴旺景象，他深深感到佛法无边，众生可度，更坚定了踏破瀛海千层浪的决心。

就在鉴真大师到东林寺三百年后，日本岐阜县美浓市的觉阿和尚又到中国取经。他先去杭州灵隐寺，后在庐山隐寺修身，一住就是几年。回到美浓，他深感美浓的山很像庐山，为纪念这次庐山之行，竟将这座日本的山改名为"庐山"。现在，觉阿大师亲手建成的"庐山观音堂"等佛教设施，已是日本的重点文物保护单位。美浓市立花小学，将这段历史作为传统教育永远放入教材。至今日本东林教拜庐山东林寺为净土宗始祖。日本寺庙还规定："任何人如果没有在东林寺等三个大寺受戒，便不能成为僧籍。"

在日本，不管家境如何，每家都有一个很像样的佛龛。一九八七年，江西果喜集团制作的集雕刻、漆艺、莳绘、铜雕、金饰、镶嵌等工艺于一体的佛龛东渡海外，再次受到日本人民的喜爱。历史与现实往往有着惊人的相似之处。鉴真的佛教东渡和一千多年后果喜佛龛的东渡不是一个简单巧合，而是在两种不同文化的碰撞下所产生的耀眼光芒。东渡之路，是沟通交融之路，也是中国文化海外普及之路，更是中日合作续写友谊新篇之路。

隋唐宋时期，鄱阳湖流域的佛教达到了鼎盛。禅宗三祖僧璨、四祖道信、五祖弘忍、六祖慧能相继入赣。当时流传着这样一句话：

做官到长安，拜佛到江西。

禅宗四祖道信游学南方二十年。一天告诉大众说，我游庐山望绝顶峰，望向破头山，见到紫云如盖，下有白气，向横分成六道，你们知道代表了什么吗？大众皆默然，唯独弘忍说道，难道是大师日后会产生一支清脉吗？四祖说，对。四祖道信返回破头山（即双峰山）终老，建塔于东山黄梅寺。禅宗五祖弘忍大师延生黄梅东山，世人称其"东山法门"。

　　禅宗虽不在江西肇始，但赣鄱大地同样有其养育之功。在庐山的历史文化旅程上，最早开拓者是司马迁，他游庐山撰写《南登庐山》并记在《史记》上。司马迁使庐山的文化历程获得了从高端起步的资格和准入证。在两晋南北朝时期，庐山的文化重量位列于全国名山之首。庐山的东林寺和简寂观先后成为中国传统文化的两个重要栖息地。事实上，六祖慧能以后，中国才正式形成禅宗，而此时都是在鄱阳湖流域形成的。禅宗在赣鄱大地发扬光大，源自传道的青原行思；禅宗又有"一花开五叶""五家七宗"之大兴盛景，则主要源自马祖道一。道一禅师生于公元七〇九年，俗姓马，因为他在中国佛教史上进行过一次重要改革，使得禅宗在佛教界发扬光大，几乎占据了佛教界的半壁江山。发展史上的独特地位，后世尊称为"马祖"或"马祖道一"。马祖道一的灵骨归葬于江西靖安宝峰寺，宝峰寺因而被称为"马祖道场"。今天的江西佛学院就设在宝峰寺。

　　中国禅宗史上有"马祖建丛林，百丈立清规"之说。怀海禅师又称"百丈禅师"，他所倡导的"农禅并重"之宗风，千百年来为中国寺庙所宗法。在云居山真如寺，至今仍奉行"一日不作，一日不食"的古训。这里是禅宗曹洞宗的发祥地，也是出佛教领袖的地方。

　　这里的丛林规则比任何寺庙都严。凡是已经受戒，持有度牒，而且是常住的大众，身份与生活便一律平等，上至住持和尚，下至执劳役的僧众，都是一样。平时，普遍都穿唐、宋时代遗制的长袍，习禅打坐也是如此。作劳役时便穿短褂，这些就是流传到现在的僧衣。遇有礼貌上的必要时便穿大袍，现在僧众们叫它为"海青"。上殿念经、礼佛，或听经、说法的时候，便披上袈裟。中国僧众们的袈裟都已经过唐、宋时代的改制并非印度原来的样式。到了现在，只有在僧众的长袍大褂上可以看到中国传统文化雍容博大的气息。僧众们的穿衣、折叠都是训练有素，即使千人行路，也难得听到衣角飘忽的风声。

依照佛教的戒律，每日只有早晨、中午两餐。食时使用钵盂，以匙挑饭，并不像印度人用手抓饭来吃。但到了中国，已经改用碗筷，一律终身素食，而且是过午不食的。大众食时都有一定的规矩，虽有千僧或更多的人，一听云板报响，便知已到食时。大家穿上大袍，顺序排列，鱼贯无声地走入膳堂，一一依次坐好。碗筷菜盘，都有一定次序放置。各人端容正坐，不可随便俯伏桌上。左手端碗，右手持箸，不得有饮啜嚼吃之声。添饭上菜，另有执役僧众侍候，不得说话呼喊。斋堂中间上首便是住持和尚的座位，住持开始取碗举箸，大家便也同时开始吃饭了。等到全体饭毕，又同时寂然鱼贯回寮。

在禅堂专志修习禅定的僧众便名为"清众"，旦暮起居，都在禅堂。各人行走，或随众排列，必须依照戒律规矩，两手当胸平放，安详徐步，垂脸缄默，不得左顾右盼，不得高视阔步。

总之，真正的丛林集团生活绝对是做到处处平等，事事有规矩。由一日而到千百年，由管理自己的身心开始，并及大众，都是循规蹈矩。至于详细细则还不止此。所以宋代大儒程伊川看了丛林的僧众生活，便叹说："三代礼乐，尽在是矣。"

在这里，曾经住着中国当代佛学界的泰斗。这位"坐阅五帝四朝不觉沧桑几度，受尽九磨十难了知世事无常"的虚云老和尚，在走过一百二十年的人生长旅之后，圆寂在云居山他一生所喜爱的茅棚之中。这位大师一生无论冬夏，长坐不卧，至终不移。五十六岁时，虚云和尚在扬州高旻寺打禅七期间，开水溅手，茶杯落地，虚空破碎，疑根顿断，豁然贯通！因云居山真如寺是中国佛教协会第一届名誉会长虚云老和尚的归寂之地，他在海外的许多弟子每年都要到云居山拜塔礼祖。继虚云之后，被韩国佛教界尊为"活马祖"的一诚大师，管理真如寺近半个世纪，一九八九年，真如寺被誉为全国三个"样板丛林"之一，二〇〇二年，一诚大师接任中国佛教协会会长，

163

一诚走后，由大和尚上传下印长老继续接任。至此，一个真如禅寺就出了三位新中国的佛教协会会长。久而久之，云居山真如寺的禅宗思想蜚声海外，渐渐影响了整个东南亚及北美大地。

而道教文化诞生在赣鄱大地，之所以能很快得到广泛传播，又与民众对许逊的崇敬有很大关系。

古鄱阳湖离西方万寿宫一百平方公里，相传是大禹曾经进贡给舜的彭蠡地区。当时的鄱阳湖地跨豫章、饶州、南康三郡，方圆数百里。每年春夏季节，靠近鄱阳湖的新建县东部地区就会涨大水，附近的礁石、桃花铺等地相继都会被湖水淹没，变为湖泊。在科学和生产力并不发达的时期，鄱阳湖一带水漫家园是很自然的事。听天由命、逆来顺受是那个时代比较普遍的一种人生态度。

后来，有个人站了出来，敢于抵挡鄱阳湖洪水的侵袭，他叫许真君。传说当年许真君曾经追逐孽龙到鄱阳湖，孽龙被许真君追得无路可逃，只好遁入湖中。许真君当即画下一道符，抛入鄱阳湖中，以截断孽龙的归路，用符镇住孽龙，为当地百姓除去了一大祸害，许真君从此在鄱阳湖一带声名大振。

西山当地的乡民为了纪念许真君，感谢他的大恩大德，就在许真君拔宅升天的地方建起了一座小祠堂，作为祭祀、朝拜许真君的场所，这就是西山万寿宫的最早来历。

毁了家园的鄱阳湖人，只好出门做生意。那时不叫打工，就叫做手艺，也就是时下的经商。长期在灾难中生活惯了的鄱阳湖人，吃得了大苦，耐得了大劳，生意自然做得红红火火。那时，"经商莫如江右，江右莫如抚州"，这是出生于富庶之乡浙江且见多识广的王士性的感慨；"今天下财货聚于京师，而半产于东南，故百工技艺之人亦多出于东南，江右为夥"。这是张瀚《松窗梦语·百工记》对江西极盛的记载："一个包袱一把伞，跑到湖南当老板"。这是中国文学大师沈从文所描绘的江西草根商人的真实形象。

　　江右同帮的兴起是移民的作用，江右商人都是小本起家，最小的资本只有五十文钱。赣商几百年来虽然形成了人数多、行业广、讲信誉、能吃苦、善筹算及渗透力强等优势，但存在着以商脱贫、资本分散、小本经营、难成规模等先天不足。相比徽商以垄断盐业发家，相比晋商以垄断边贸业发达，江右商人最大的产业是矿业，比如铜矿。但是政府对矿业是限制的，怕大量的铜会冲击货币市场，这是限制江右商帮做大做强的一个原因。此外，江右商人绝大多数是因家境所迫而负债经商的，借贷起家成为他们的特点。他们的经商活动一般是以贩卖本地土特产品为起点，因浓厚的传统观念和小农意识而影响到他们的资本走向，只求广度，不求深度，安于现状。因此，江右商帮资本分散，小商小贾众多，往往在竞争中容易丧失市场。在政治权力与商业资本关系密切的中国社会，赣商借助于"朝士半江西"的优势，得以壮大和发展。到清朝末年，朝廷为官者赣人日渐稀少，缺乏以特权为依托的赣商难以与晋商、徽商相抗衡而日益衰落。但是，也正因为是小本经营、人数众多、发掘本地土特产，所以对当地经济发展、社会开发特别是西南地区开发起到重大作用，这是别的商帮所不具备的。

　　"细伢子不要懒，大了可以做老板"。这是一句至今流传在赣鄱一带的口头禅。从大漠孤烟直的塞外边陲到烟柳画桥的江南古镇，从茶马古道上的铃声叮当到出海航船边的波涛声声，到处都闪动着江右商人的身影。东乡商人"牵车者遍都大邑，远逾黔滇不惮"；丰城商人"无论秦蜀齐楚闽粤，视若比邻"；临川商人"行旅达四裔，有弃妻子老不归者"。因此，抚州人艾英南不无自豪地说："随阳之雁犹不能至，而吾乡之人都成聚于其所。"名列中国"十大商帮"的江右商人，以其"积极活跃，不避艰险"及"重贾道、讲诚信"的良好声誉，开创了从元代至清代五百多年的辉煌，并最终确立了江右帮在中国商帮中的重要地位。那时浮梁在清朝茶叶的税收是全国茶叶税收的一半以上，这都是"江右帮"的功劳。

几乎无一例外的是，这些流布四方的江右商人，只要完成了一定的原始积累，不约而同做起的第一件事便是建造万寿宫。在他们的眼里，无论大富还是"小康"，无论是团伙还是独步于江湖，都忘不了赣人的人格神——许真君。从某种意义上讲，许真君已成为赣商的精神文化偶像，而遍布全国各地的万寿宫是赣商财富与实力的象征。雄伟的万寿宫也因此而成为旅外乡人开展亲善友好、祭祀活动的场所，更是商人、侍仕或者文人墨客们议事之地。据不完全统计，目前仍有一千多座万寿宫分布在全国各地，云南省由北向南，直抵滇缅边境，比比皆是的都是江西万寿宫。由于江右商强大的渗透力，万寿宫甚至修到了东南亚各国。至今，在新加坡、马来西亚等地仍有万寿宫留存。美国著名的唐人街一家公司也以象征财源茂盛的"万寿宫"命名。

每年农历正月二十八许真君诞辰日，西山万寿宫都要举行祭祀活动，称为开朝，又叫小朝。平时当地乡民到万寿宫朝拜，有用酒祭祀的、有赛灯的、有接驾迎銮的、有提着灯笼漫游田野的，祭祀的人遍布万寿宫周围数十里。到了祭祀期间，那种热闹更是不可思议，由各村组织大大小小的朝觐香会，举着自己香会的标志性黄色旗帜，敲锣打鼓，燃放鞭炮，一路闹进宫中。到了殿上，便齐刷刷地跪下来，特别是在功德箱前，那些想成正果、完成念想、祈福求财、脱祸消灾的男女，全不计较功德簿上的记载，一个劲地将自己的念想钱放进功德箱中。午夜时分，是宫中祭祀的高潮时刻，在为许真君换上新装后，每个村、每个朝觐会都会将自己的贡幔张挂，大家都为能在福主许真君的正殿献上自己的一份礼物倍感欣慰。

许真君之所以成为赣商文化偶像，实际正是当地的精神文化对经济巨大影响的结果，许真君把客家人集合在他的旗下，成为全球客家人赖以生存的精神偶像。无论是在水患成灾时，还是山清水秀五谷丰登时，许真君都是鄱阳湖人心中无处不在的神明和共同的虔诚。

　　鄱阳湖有很多关于康字的地名，例如庐山被称为康山，庐山有康王谷，波阳有康郎山，还有南康府，随着年岁的推移，康王崇拜渐渐出现有关当地的传说，把康王崇拜逐渐本地化。

　　在近代关于康王庙会记载：庙会，旧时县城每逢四月初八朝康王，县城坛石山（今扎花场）原有康王庙，每年四月初八，县城要举行盛会，请戏班子唱戏，抬康王菩萨游县城十一坊，群众扎各种戏文随后，叫"迎儿郎"，远远近近的人都赶来，做买卖的，卖艺的，人山人海，热闹异常。

　　县城四月初八朝拜"康王"，是一年中最热闹的一天，据传说，康王是宋朝人，他在进贤做官，尽心为民。有一年天旱，居民没有水喝，民和镇有口井，井水有毒，他怕群众饮水中毒，自己先喝，饮后脸色发黑，中毒死了，群众很感动，立庙塑像祀之。四月初八是康王的生日，全镇举行盛大集会，朝拜康王。

　　"王姓康，曾主镇钟陵，宋神宗时，迎敌瀛州，孤军堕重围，不屈战死，谕四方立庙祀之。"

　　在这里的康王庙会，人们每年都要娱神和游神，形成一种风俗，完全没有重建康王庙时的沉重，康王还在进贤县为官，人们是为了纪念康王这种为民献身的精神，把康王地方化，是民间意识的兴起，人们需要康王的精神保护。

　　康王的崇拜从没有大范围地实现过，更重要的是康王在近几百年没有进入官府祭祀名单，更没有得到封敕，使它的权威性大为降低，完全是地方性的，因此对于社会变迁的适应性不强，康王崇拜在进贤真正成为历史。

　　至今，每年正月初七，南鄱阳湖渔民还时兴挨家挨户"赶野猫"的习俗。传说赶走了野猫，船家就可安康太平，顺风顺水到天边。

　　　赶野猫一开始，先到新婚夫妇洞房要来脂粉，当地人叫讨

167

喜气，然后用这种脂粉给五猖兵马画脸。

不一会，由一群十二三岁的小男孩组成的五猖兵马威风凛凛，开始满村满户抄赶了。他们手持钢叉铮铮作响，口中"嗬嗬"有声，前门进，后门出，一户不漏。所到之处，锣鼓夹道，鞭炮齐鸣。

黄昏时分，一声铳响，五猖兵马身背扎好的"茅人"飞快向村外跑去，这时从祖堂门直到村口，路边，赶猫者人头攒动，喧嚣一片，欢呼声和助威声夹杂在鞭炮声中如骤雷滚滚。他们轮番接替，一口气把"茅人"送到河边。然后大火中将"茅人"化为灰烬。一场激战过后，他们就着塘边洗尽脸上花彩，然后锣不鸣，鼓不响，铁叉夹在腋下，悄然潜回村里。据说只有这样，鬼气才不会随人返回家中。到了晚上，渔人家家燃放鞭炮，并将爆竹扣于木盆底下，阖家欢腾，庆贺胜利，由年长的老人频频喝彩："报财报喜，报陈谷腊米，报前仓满，报后仓沉，报中间仓里装金银。"至此赶野猫最终结束，渔民们便可以放下心中的担忧和惊吓，一心一意下湖捕鱼了。

在我印象中，吴城镇是湖边所有古镇中变动最大的地方。据当地一位年逾古稀的罗伟先生回忆：

我打自新建县昌邑山社林周家后山背郝家山的一个茅草棚中下地，方圆五里外没出去过。和其他农村孩子一样，放牛、打柴、玩泥巴、跳房子、踢毽子，打几只苍蝇引蚂蚁出洞，在月光下"躲盘"（捉迷藏），钻在禾草堆里，满头大汗，妈妈拿着梢俚（树枝）才被赶回家。农村的孩子自有一番玩耍的游戏。

偶尔随父母去趟吴城街，那便是大开眼界的花花世界。虽说只三十里之距，却有百里之遥的感觉。唯一的交通工具就是两人划桨的小木船，要么靠两条腿走路。自赣江而下，须花上大半天，去一次谈何容易，要不是爷爷家在那，恐怕就没机会

168

去逛那热闹、繁华的吴城街了。

吴城，地处赣江和修河流入鄱阳湖的交汇口，三面环水，前河即赣江，后河便是修河。每年大水季节，它就成了湖中半岛，水淹到了岸边，远远望去，街铺和水面连成一片，天主堂的钟楼是全街最高建筑，显得尤为突出。每隔一个时辰，清脆的嗒嗒钟声从水面传出，整个吴城街都能听见，人们起居作息，习惯以它为准。

爷爷的"同裕木行"坐落在后河边，是一幢三重进的砖木楼房，造型古朴，琉璃绿瓦，屋角龙凤呈祥，坐南朝北，一对石刻雄狮伏卧大门两侧，硕大的厅堂，大红木柱，雕龙画凤，装饰考究。大厅里人头攒动，应接不暇，南北客人，进出匆匆。木行经营由修河上游武宁、修水一带水运下来的小木排，在后河码头扎成大木排，由小汽轮拖至湖口往长江下游，生意兴隆，在同行业中首屈一指。伙计们川流不息，各自忙碌，奶奶穿着"三寸金莲"，摇着蒲扇，爷爷在厢房里和商贾沏茶议事，不时发出阵阵笑声。

大门外靠近码头，河边堆积如山的木材，水中漂浮着刚扎好的大木排。江上没有任何机械设备，全凭工人繁重的体力劳动。粗大的木材，沉重的双肩，必须要有众多的工人齐心协力完成。劳动号子便成了工人协调一致的号令。领号的"头领"随机应变，遇到起步、过沟、上坡、下坡都会变换不同的言辞，众人用"嗨哟、嗬哟"来统一步伐。有时领号的吆喝一些风趣、诙谐的词语，甚至有些是"不雅"的话，引起一片笑声，以缓解疲劳，减轻体力消耗，起到鼓劲、放松的作用。扎排工、搬运工、装卸工，各种高亢的号子声此起彼伏，响彻码头上空。

"嘿哟嗬、嘿哟、嗨嗨哟"，组成了一部热情的交响曲。汽轮穿梭而过，掀起阵阵波浪。河岸、水中呈现一派忙碌景象。

169

清晨，天刚蒙蒙亮，眼睛还没睁开，街上的各种叫卖声便不绝于耳。肩挑担子的各种蔬菜瓜果，手推的装满鱼肉的独轮车，挎着小木桶用毛巾盖着还冒热气的红薯，刚出锅的油香、二来子油条、大肉包子、茶蛋，走街串巷叫卖。有的唱，有的喊，还有的编成快板。都有自己独特的音调，旋律委婉，十分动听！充斥满街的各式叫卖，源源不断。人们日常吃的、用的、穿的，都会有担子挑上门来，就是日常用水，也有专门人到河里挑水卖，只要打个招呼，花点小钱，水直接送到你家水缸里。五花八门的叫卖声形成了吴城的独特风景。

吴城的街道不宽，全是用石板铺成，路中间是用两三米长的麻石条横向铺成的，底下是湍流的下水道，路过的手推车不时会发出咚咚的响声，人来人往，熙熙攘攘。街道弯弯曲曲，高低不平，两边店铺都有石板台阶，通常两三层，只有各地修建的会馆，牌楼造得气魄，高耸，看不到机动车，也没宽敞的大马路，货物的搬运，全靠人力肩挑、背扛。南扎北货的店铺，琳琅满目，张灯结彩，五颜六色的广告、糕点、糖果店，满街飘香。伙计们站在店铺门口招揽生意，热情为路过客人介绍商品，川流不息的人群，拥挤的街道，繁华的店铺，来自各地的商人，操着不同的方言（那时还没有普通话）。人们过着各自的世俗节日，据史料记载，光各地在吴城的商会就有四十八所，东、南、西、北的商品应有尽有，南扎、北货丰富。号称"装不尽的吴城，卸不完的汉口"，可见当时商业的发达程度。

太阳还没下山，店里的伙计们早早把汽灯点亮，这种烧煤油的汽灯光亮炽白，打足气后，会发出嘶嘶的响声，一家店点一两盏，全街全镇的铺面都点亮了，那是一番什么景象？满街亮如白昼，针掉在地上都能看见。全镇一片汽灯嘶嘶声，其夜色之美，唯吴城才有！

　　享誉商埠重镇，得益于身处两江一湖的水运枢纽中心位置。地理环境优越，吴城本身和周边虽无拳头产业，但水运却成为集各地物产流通、交换的中心，推动了商业的发达兴旺，促进了吴城的经济繁荣昌盛。据有关资料记载，吴城从嘉庆至咸丰为鼎盛时期，至日寇轰炸，持续了数百年的繁荣。

　　随着经济发展，文化、宗教随之而来，祠堂、庙宇、教堂、道观、清真寺，信徒教友发展迅速，其中天主教影响颇大。吴城天主堂坐落街中心，地势略高，出大门的右侧是一条坡度很大的石头巷，正对门是教堂的"女学堂"，左手一条小道直通街上，紫红色的大门，两米多高的围墙，院中苍松翠柏，特大的青花道缸，栽种了多种果树花卉，板栗、桂花、蜜橘，开花季节，香气袭人。大门左侧是幢古罗马风格的经堂，它是教堂的主体建筑，进行宗教仪式的场所。西式尖顶钟楼上装有十字架，并悬挂铜合金大钟一口，一根粗长的麻绳从圆洞口穿出，系在铁环上。经堂扇形大门两边各栽一株百年月季花，粗壮的花藤经过修剪，长得和大门一样的形状，恰似一道彩门。每月花开时，一片清香扑鼻，醉人心肺。经堂上吊有十多盏深色木制宫灯，加上墙壁、木柱上长长短短的白蜡烛，一片肃穆。屋顶和四周，巨幅耶稣、约瑟、圣母玛利亚的肖像和长着翅膀的小天使，闪闪发光。星期天的早上，教堂钟声响过后，做礼拜的教徒从四面八方陆续赶来，跪在长条椅上，合掌祈祷，以求"世代安康"。神父徐赓和在两位举着十字架、穿着白褂的小天使簇拥下，慢步走上神台，点亮神灯，然后走下，向每位教徒嘴中施块饼干，或糖果，以取得天主的恩典与宽容。徐赓和神父蓝眼睛、白皮肤、大胡子，荷兰国人，比利时神学院毕业，二十六岁偕同其弟来中国青岛传教，同年来江西九江天主堂，主事五年，购置了烟水亭边上的赓和里房产，创办育婴堂（原

歌舞团院内木板楼）。三十一岁任吴城天主堂神父，主持教堂事务，直至一九五二年回国，在吴城四十一年。据老一辈教友回忆，他在吴城创办了孤儿院、育婴堂、养老院、教会医院，收养遗弃婴儿，孤寡老人。免费为痫痫、冬瓜脚、大肚子病治疗。兴办"崇文学堂"，为吴城百姓做了很多救弱济贫，赈灾治病的善事。

天地更迭，沧桑巨变，随着修河木材陆路运输，南浔铁路的升级，吴城中转码头功能消失，云集的商铺陆续外迁，常住人口急剧下降，往日的景象已不复存在，许多船都烧了，渔民纷纷洗脚上岸。热闹非凡的老吴城街荡然无存，只留下一个"候鸟小镇"名扬天下。

裂　变

今朝有酒今朝醉，双脚踩在石头上。

——《鄱湖谣》

帆的消失是鄱阳湖进入后现代一个很重要的标识。一部鄱阳湖的历史，从来就是一部"白帆点点、渔歌唱晚"的历史。在这之前，每年到了涨水季节，我们常常可以看到江上的白帆，几乎是贴着快要接近街道地面的西门口缓缓驶过。远远看上去，那帆就像在大街小巷内移动。要是起大风，一只只扯满风帆的船，便急急地在这里落帆靠岸，驶进龙开河避风港内，躲过风暴后再走。那时，鄱阳湖留给我们这代人的印象是"诗思浮沉樯影里，梦魂摇曳橹声中"。自从二十世纪八十年代中叶，也就是从一九七八年至一九八五年这么三五年之间，鄱阳湖上的白帆仿佛一夜之间从我们生活中隐退了、消失了，代之而起的是一片啪啪啪的机器声。帆的消失，不仅仅是一个简单的生产工具变动，它传达了一个不为人所注意的重要信息，标志着中国最大的淡水湖鄱阳湖从此进入了一个异乎寻常的后鄱阳湖时代。

与前鄱阳湖相比，后鄱阳湖时代发生了许多与过去迥然不同的变动。

173

（吴东双　摄）

一、由"渔歌唱晚"到"渔歌不唱晚"

在原始农业文明时，渔民"一支桨一条橹一片帆"，摇出了港湾，就和天地融为一体了。那时，渔民对大自然是顶礼膜拜的。他们抬头望天，一眼就能知道什么时候要"打风暴"，什么时候该张网捕鱼。而进入后时代之后，和城里人一样，靠看报纸得到信息，靠听"天气预报"了解气象变化。船过老爷庙，也不再"杀鸡祭神打炮仗"了；渔民再也不用"朱元璋大战鄱阳湖"的传奇来开导孩子的智商了。

二、由水上到坡上、由漂泊到安定、由流动中的静止到静止中的流动

九八抗洪后，几十万鄱阳湖人通过退田还湖、移民建镇，由水

患区搬到高地乃至山里，经历着人生中一场刻骨铭心的历史大迁徙，从此他们结束了多少年来的漂泊生涯，开始在岸上定居。船家的后代也由水上转到了陆地，和许许多多老百姓的孩子一样，有了一个相对安稳的童年。过去渔民的孩子很少与陆地通婚，如今水陆不分。船家孩子同样有不少人考入大学进入城市。一些外乡人在打工中和他们相识，也开始渐渐进入渔家新一代的生活中来。风力发电、车载电话，大大打破了鄱阳湖人的自闭和自恋。

三、由人与自然的相互依傍到人与自然的冲突和分离，又从人与自然的冲突和分离到人与自然的重归于好

退田还湖使得湖区水面大大扩展，生态得到了疗伤和恢复，鸟立牛背、人鸟共存的局面开始形成，鄱阳湖成了世界候鸟的天堂。过去，人们把景德镇与瓷器等同起来叫"china 中国"；现在，我们完全可以把鄱阳湖与白鹤等同起来叫"white crane·中国"。

四、由田园牧歌式的诗意与怡静，到电子文明下的痉挛与躁动

开发商像一把双刃剑，一方面把一个贫穷的鄱阳湖改造成了富饶的鄱阳湖；另一方面也把一个田园牧歌式的鄱阳湖，变成了耸立在鄱阳湖畔的现代高楼，真正意义上的鄱湖渔村已经很难找到，就连过去非常典型的渔村模式犟山都快变成千篇一律的别墅村。面对这个"快速飞逝"的世界，鄱阳湖每时每刻都有一些东西将从我们生活中隐去。

渔业上正经历一个异常萧条期，丁字网星罗棋布，电网触鱼时有发生，鱼类生态遭到了前所未有的破坏，水上人家出现了新的生存迷茫与困惑。

最让人震撼的是，今天我们站在吴城，站在永修的松门山，看到的不再是"落霞与孤鹜齐飞，秋水共长天一色"的景象，一艘艘挖沙船如同鸦片战争时入侵者的舰队一样，正在对鄱阳湖水面进行地毯式的极其疯狂的生态掠夺。到了晚上，一只只"花船"在夜色掩护下，潜入湖心招摇过市，使鄱阳湖的物质生态和精神生态受到无以复加的重创。

后时代的鄱阳湖正处在从农业文明向工业文明、电子文明剧烈嬗变之中，后时代鄱阳湖人充满了危机与困惑。与前鄱阳湖相比，后鄱阳湖时代呈现给人们更多的是浮躁是无序是不确定。这场变动，不仅表现在生产工具、生产方式的变化上，而且导致生存方式、行为方式、风俗方式、情感方式的巨大变化。在这场巨大的变动中，童年的鄱阳湖与后时代鄱阳湖发生着激烈碰撞，鄱湖渔歌成了人们心中永恒的定格和记忆；哪里有船哪里的船民都会碰到市场经济下的欺蒙拐骗，人们的心里引起一阵阵疼挛与震颤；湖区特色日渐破坏，以永修吴城为例，二十世纪八十年代还存有八栋会馆，到今天只剩下一个吉安会馆的门楼。如果不是这种毁灭性的破坏，这里白天可以观鹤，晚上可以逛游古镇，那么"水镇周庄"的桂冠就要让位于吴城了。鄱阳湖地域文化在全球一体化经济中变得如同许多都市一样顿失个性。其实，这种痛苦也是人类的痛苦；这种危机同样也是人类的危机。一个不确定的时代带给水上人家的将是天长地久的感叹。正是这种危机和痛苦孕育了后鄱阳湖时代新的文学命题、文学形象和文学典型。总之，河床移动了，人们的心灵也跟着一起移动。我们要立足于鄱阳湖，更要超越鄱阳湖，像托那斯·沃尔夫说的："寻找到故乡的办法，是到自己心中去找它、到自己的头脑中、自己的记忆中、自己的精神中以及到一个异乡去找它。"一个好的作家总是站在历史的拐弯处迎候大家。

一九二五年，福克纳在新奥尔良请教老作家安德森时，安德森对他语重心长地说：

　　你必须要有一个地方作为开始的起点，然后你就可以开始学着写。是什么地方关系不大，只要你能记住它也不为这个地方感到害羞就行了。因为，有一个地方作为起点是极端重要的。你是一个乡下小伙子；你所知道的一切也就是你开始你的事业的密西西比州的那一小块地方。不过这也可以了。它也是美国；把它抽出来，虽然它那么小，那么不为人所知，你可以牵一发而动全身，就像拿掉一块砖整面墙会坍塌一样。

　　福克纳听从了老作家安德森的劝导，把笔锋从神话、从"迷惘的一代"、从半瓶醋艺术家那里转回到被人们称作"血地"的家乡，果真营造出了一块别人无法替代的永恒天地——一块真正属于自己的天地。

　　今天，安德森的话依然没有过时。

　　外来力量总是缓慢而持续地改变着景德镇的面貌，就像候鸟迁徙带来新的种子。

　　一千年前，一个叫殷绪弘的传教士对景德镇开始长久的思考。他不停地采用书信的方式，向西方输入大量的关于景德镇的信息。随着督陶官唐英的到来，景德镇的御窑瓷得到了长足的发展。

　　唐英生活的康雍乾时代，中华瓷器既处于中国瓷器史上的高峰，也处于世界瓷器史上的顶端。唐英是中国陶瓷史上一个空前绝后独一无二的人物。

　　雍正六年（1728），雍正帝命"唐英着内务府员外郎衔，驻景德镇御窑厂，佐理陶务，充驻御窑厂协理官"。这一年，他四十七岁。唐英初到御窑厂，如自己所说："茫然不晓，日唯诺于工匠之意，惴惴焉，惟辱命误公之是惧。"唐英用杜门，谢交游，聚精会神，苦心竭力，与工匠同其食息者三年。

"纸上得来终觉浅，绝知此事要躬行"。唐英躬下身来，向工匠学习，变外行为内行，实在难得，实为可贵。其精神，其践行，堪称榜样，百世可鉴。

"未能随俗惟求己，除却读书都让人。"这是唐英人生观的写照。

"真清真白阶前雪，奇富奇贫架上书。"唐英既有论著又懂工艺，既长文史又善书画，既敏于学又笃于行，既为官员又做工匠。"浮梁城下水，清照使臣心"，其清廉情操，其敬业精神，其理论著述，其"唐窑"精品，可以说，御窑千年史，唐英第一人。

一千年后，中西方艺术家重又走到一起，组成了一个景德镇新的"地球村"。"三宝"就是其中一个。三宝村老板个子小，眼睛也小。戴一顶像那条马路一样普通的红檐口毛线帽子，一脸的风尘与温柔。他几乎跑遍了大半个地球。"除了非洲和南极，世界各地，我基本上都去过了。"回来后，他问自己拿什么去与西方对话呢？

"我现在的一个项目就是做一百只壶，一千个杯子，一万只碗，取名《日复一日》。什么意思？没什么意思。生命的可贵，正在于它是活的，吃喝拉撒，日复一日。"他决定在三宝村买一块十几亩的地，做一件属于人都会基本做的事——安个家。当时的想法就是，"东边造村，西边烧陶。我不论走到哪里我都要带上自己的壶、自己的杯、自己的茶，哪怕一小块天地，便有了家的感觉。"

这是一个口子——一个江和湖的口子——一个中国最大的长江和中国最大的淡水湖鄱阳湖交汇的口子。长天下的鄱阳湖口。水分两色，清浊分明。

沿着江湖岸线往东走，不到二十分钟的车，有个牛脚湖。

一三六三年，这一带曾经是朱元璋与陈友谅大战鄱阳湖的地方。争战结束，留下一个美丽的传说。传说朱元璋得胜之后，天边现出一排马的影子，从此人们称这为"马影"。

一九八二年，这里出了一个名人，一个用"乡情三部曲"敲开中国电影大门的电影剧作家王一民。那年，他带着电影《乡音》出席西安举行的金鸡奖颁奖大会。胡炳榴导演说他是珠影的，而王一民竟脱口而出："我是马影的！"

二〇〇六年八月十八日，就在"马影"这片沿江土地上，被人讥为只能"糊口"的鄱阳湖口人，终于集结起千军万马，打响了一场以彻底改变鄱阳湖贫困面貌为主旨的"金沙湾·银沙湾"的战斗。

现实与历史有着惊人的相似之处，那么这场战斗这次裂变是怎样发生的呢？

在前鄱阳湖时代，湖口无疑是鄱阳湖一个非常重要的地方。

那时，凭着鄱阳湖口这个"口子"的战略地位，这里是"江湖锁钥"、兵家必争之地。除了朱元璋与陈友谅在鄱阳湖持续八十多天的交战；还有太平军与清军的激烈鏖战；还有江西都督李烈钧武力讨伐袁世凯的"湖口起义"等等。这里战船林立，这里烽烟四起，引来无数英雄竞折腰。

战争结束后，这里又凭着长江和鄱阳湖的舟楫之便，是中国南北运输的大通道。那时，从湖口到吴城的水路，都是满满当当的木排、竹排和船。驰名中外的景德镇瓷器，正是从这里运往世界各地。

更有苏东坡的《石钟山记》，把鄱阳湖口渲染得淋漓尽致，让石钟山这块弹丸之地从古至今誉满天下。

但是，很长一段时期，这片水域和这个地方很平常，很安静。

终于在二十世纪的一九七六年六月三日，爆出"江西湖口发现大蟒蛇"的惊人消息，平静又被打破了！上海西郊公园立即派出捕蛇队赶到湖口，新华社记者也闻讯赶赴现场。据捕蛇队分析，此地可能藏有一种"长眠动物"，一旦遇到地壳震动、高水位的压力，或气候不正常，便会醒过来上岸活动。而这一年天象极为异常，唐山地震、吉林陨雨、龙蛇出洞……

（吴东双 摄）

又过了二十二年，这里遭遇百年未遇"九八大洪水"。离这不远的江州和九江长江城防堤决堤震惊中外。作为江湖汇流的湖口，既被江水所顶托，又为湖水所进逼，"鄱阳湖湖口水位"几乎成为中央电视台《新闻联播》节目中高频率播出的对象，这样的"亮相"何等苦涩！一时，襟江带湖的湖口县城成了水乡泽国，湖口县委会、湖口县人民政府的招牌淹到只剩下"湖口"二字。人们只好搭跳板、坐小划子上班。

洪水退后，县城依旧，被水浸泡的街道留下一片狼藉。

在这个县城的出口处，有个叫"大岭"的地方。那时出了大岭就是灰蓬蓬一片，是乡下；拐进大岭便进了县城。每天从景德镇过来的班车，鸣着响笛，爬上大岭，开进县城汽车站。一批又一批的旅客下车后，还得背着鼓鼓囊囊的行装，抄近路，爬成德岭，去赶班船。班船要走两个多小时才能到九江。从马影、流泗、凰村等乡下搭车来的老百姓，大多是出外做木工、泥工的湖口人。轮渡一班一班地渡。通往渡口的路上，卖毛花鱼的、卖盐茶蛋的，在凄厉的北风中吆喝来，吆喝去，依然叫不出几个价钱，但经过这里的汽车非过渡不可。遇到刮风下雪，渡口封渡，还得找家旅店住下，渡口经济曾经是这个县财政收入很大的一笔。

九八抗洪后，这个年年被淹从不设防的县城开始反思起来，能不能在沿湖一带建造一条防洪堤，以阻止洪涝灾害频繁袭击。从一九九八年下半年开始设计到跨世纪之初建成，湖口县终于告别水患，有了一座固若金汤的"双钟大堤"，成为鄱阳湖口一道亮丽的风景。

二〇〇八年十一月十八日，九景高速的建成，又为湖口注入了新的活力。他们告别轮渡，结束行将消失的河流文明；开通九景，连接水与火的世界。一夜之间，南昌、九江、景德镇这个江西发展的"金三角"，终于挺起了有力的臂膀。汽车通过湖口大桥，后来改为鄱阳湖大桥，这里的天更高地更阔，石钟山在这高远的视野下，反倒显得小了。长长的雁列山隧道像一只硕大无比的变焦镜头，把湖口拉近推远，完全置身在一个全新的现代化空间。随着鄱阳湖大桥的建成，湖口县的城市结构和框架都发生了根本性变化，人们来湖口投资的屏障消失了，湖口与九江、景德镇、南昌、武汉的距离一下变得触手可及。

历史的巨变，常常是从一些不太为人注意的地方开始的。这道由长江水天组成的地平线，是颇具象征意味的。按照经济学的分析，一个现代化城市主要产生于经济要素的集结，这种集结是某些特定的生活形态在短时间内产生了一种量到质的变化。

鄱阳湖大桥，一头连着历史，一头连着未来；响彻千年的石钟老人一头挑着金，一头挑着银。沿着江湖走，湖口终于发现了大海！

高高的山峁……

181

一个世外桃源般的半山村。

雾浓得化不开。

有人声，但看不见人，听得出是伢仔放学回家在唱着什么。

白云深处的桃源人家……

这个古老村庄的人，如今搬得只剩下康应山一家。据说，田园诗人"桃花源记"的创作原型就在这里。

一千八百多年前，一位渔夫来到这里。当他沿着溪边的小路走进一片茂密的桃花林里，迷失了方向。恍若梦中的他踏入一方天国乐土，这里的人们过着和谐恬淡的生活，没有战争，没有痛苦，甚至不知道时代的更替。

这是一个文人虚构的典型故事，而这个故事让这里在后来的两千年间名声大振——

这个文人叫陶渊明。

这个故事叫《桃花源记》。

二〇〇八年三月三日，在政协十一届全国委员会一次会议上，江西二十五位全国政协委员联名向大会递交了"地球只有一个鄱阳湖——关于支持江西省建设环鄱阳湖生态经济实验区的建议"。这个建议很快在网上，在大会传播开来。

五天后，出席全国人大会议的江西代表在人民大会堂新闻发布厅举办了"关于建立环鄱阳湖生态经济实验区构想"的记者招待会。一个"生态立省，绿色发展"的新思路开始逐渐和清晰起来。这次发布会不亚于一声惊雷，在全中国乃至全世界都引起了强烈反响。

二〇〇八年七月十一日，由江西省委宣传部、省人大教科文卫委、省政协教文卫体委、省文化厅举办的鄱阳湖生态经济区文化建设高峰论坛在南昌举行。全国政协副主席、中国文联主席孙家正作了《文化视角看江西》的演讲，高度赞扬实施鄱阳湖生态经济，是一个伟大的创意。

二〇〇八年十月十八日，在江西省与中国社会科学院合作签约仪式暨建设鄱阳湖生态经济区高层论坛上，国内顶级专家联袂助飞鄱阳湖生态经济区，鄱阳湖再次成为全中国、全世界关注的重点。

二〇〇四年八月十六日是 CCTV 二〇〇四年度"中国魅力城市展示"送片的最后期限。

凌晨两点多钟，打在片尾的一排画龙点睛的"魅力口号"仍在九江—南昌—北京三地电话中来回切磋。江西省著名播音大腕杨北江一次又一次地清了清嗓门，准备这段台词的最后录制，南昌大学英语翻译叶静也在临场待命。而"魅力口号"却像一个难产的婴儿在母腹中躁而不动，半天找不到出口。举办方一会提出以水带庐山推出结语；一会儿又主张借陶渊明古诗意境"家住长江边，悠然见庐山"引发现代城市理念。直到三点三十六分，在与三十二个提名城市反复比较下，魅力口号终于定了下来。于是，录音、合成、输母带，一切的一切都在熬过了四天四夜的匆忙间完成。刚刚迷糊一会天就亮了。一大早，九江电视台总编室傅东急着赶八点十分飞北京的班机，匆匆来到剪辑室，接力赛跑似的把"两片"母带送往昌北机场。当带着四百六十万人民心愿的申魅片飞向蓝天白云时，我站在候机大厅前默默祷告，但愿此去，能顺利通过，并在不久的时日，随着中央电视台强大的声波，再一次传向九江的千家万户……

时下，人们把这种诸如申奥、申博、申魅片统称申请片。这种用"浓缩中的浓缩，精华中的精华"来表现一座城市一个地域的变化，显然比平时拍一个大专题要难得多。据说，此次活动的策划人是"感动中国"栏目的倡导者，在反反复复的周折下，我们都在笑他"折腾中国"了。通知发出，应者如云。全国一百五十多座城市纷纷加盟，有的动用张艺谋申奥片班底；有的花数百万资金为之谋划。那阵营那架势，简直让身居小城的人不可思议。

　　我是七月二十日接受"两片"任务的。那天，刚刚改完一个鄱阳湖《心灵渡口》〔后易名《代课老师》〕的电影剧本，就接到市委常委、宣传部部长程来安一个电话，要我出马担纲申魅片创作。听得出任务急且重，来不及更多思考就应承下来。当天下午，电视台将我请到办公室，把刚从四川九寨沟央视召开的"二〇〇四年度中国魅力城市展示"会上带回的申魅资料厚厚一摞送到我手中，我觉着比山还重！一分钟和两分半钟的电视容量，放到平时，只要递一个话筒，让头们讲上几句就过去了，而现在却要纳须弥于芥子，螺蛳壳里做道场，承担起一座城市的表情叙述。

　　"魅力"自然是这个片子的主调调。那么九江的魅力在哪里？从接受创作那天起，我几乎问遍了所有在那些日子里与我有过接触的人。

　　夜深人静，喧嚣的市声渐渐隐去，我的大脑却浸泡在一片灵山秀水中。历史上，九江"人烟半在船，野水多于地"，"山头看候馆，水面问征途"。现实中庐山之水、修河之水、鄱湖之水、长江之水滔滔不绝奔涌而来，继写作《九江魂》金石文之后，"水城九江"几个字，又一次从我心中冉冉升起。面对全球性喊渴的水危机背景，九江"因水而灵，因水而秀，因水而滋润，因水而妩媚"。在台长办公室里，我坦率地讲了自己的最初想法，他们隐隐动心了。既然是全国性展示，那就不能只是站在九江说九江，而要跳出九江，站在"中国下的九江"的高度远远来看才对。七月二十三日下午，市委宣传部程部长亲自到会，由张延芳副部长主持，在一家典雅的茶座开了一个小范围专家座谈会，会上除赞同"水城九江"的想法，更提出了"山水文化"的命题，并就魅力大使、城市瑰宝、城市管理者、城市推荐人等几个问题纷纷作了海阔天空的设想，为日后的"两片创作"和"申魅工作"奠定了良好的基础。

接下来的日子，电视台带着一班人上北京"火力"侦察去了。为了在短时间内找到"两片"感觉，我与资深摄影家孔翔云赶了两个大早，带着车，在浔阳江头、甘棠湖畔登高爬下，寻寻觅觅，就连黄昏后的散步也变成了创作漫步。夕阳西下，我牵着乐乐，围绕南门湖来回徜徉，真是"梦里寻他千百度，那人却在灯火阑珊处"。看着倒影、柳丝、车灯、悠悠散步和竞走的人从我身边一一划过，我蓦然找到了城市速写片的灵感，就拍"浔阳江头的柔软时光"吧。联想研讨会上，有人提到《春江花月夜》是描写九江的神来之笔。我给音协主席小戈挂了个电话，希望他能查证一下《春江花月夜》与九江的渊源关系。当他在电话中激动地谈起《春江花月夜》的来龙去脉时，我也跟着一起激动起来。在这之前，我只知道《春江花月夜》与《梁祝》都属经典名曲，但并不十分清楚它所描绘的正是九江月夜景色。我利用一个下午，在一家音像城把所有有关《春江花月夜》音乐的 CD、VCD 和 DVD 都找了出来，一遍一遍闭上眼听。老板见我光听不买有些犯愁，而我"如听仙乐耳暂明"，美在其中醉在其中。我决定以《春江花月夜》作为本片音乐旋律，以"浔阳月夜"作为魅力浔城的典型瞬间，把九江人环水而聚、围水而居的生存环境，意识流样一波一折地表现出来。

不久，北京传回信息。央视说我们不是要在片中回答你有什么，而要表现中国城市未来的发展趋向，这个思路又上层楼。七月三十日，我们把江西电视台著名摄像兼导演的王玉锦请来九江，立即在一家五星级宾馆内闭关创作。先想采用点击的方式把九江巧妙展现。不经意间，董群讲了一件事，说到了星期天，九江人发疯似的带孩子、妻子、朋友到莲花洞爬庐山，成了一大景观，多时上万人。王导把这件事讲给我听，这个常态立刻在我脑中聚焦反馈，我觉得极富意味——因为它是蓄势的常态，绷着张力的常态，处于临界点的常态，也是体现时代裂变的常态，我们很快适时地不露痕迹地咬住这些常态。我们甚至琢磨过，类似这样的申请片，不少地方都会采用宏大叙事的方式，而我们不妨从小入手，用一个天真无邪的孩子的目光看待一切，兴许更显鲜活生动。入夜董群回家休息了，我和王导却异常亢奋，我们在一家叫"顶好饺子店"喝啤酒聊创作，一直聊到深夜四点多钟才回。王导说，有句歌词"我家就在岸上住"，我灵机一动，片子就叫《我家在九江》吧。视点找到了，旋律也有了，我关起门来，一头扎进了"两片"剧本的创作中。

八月四日至八月十二日，九江气温蹿到白热化程度，而我们的拍摄活动也渐入高潮。导演王玉锦、摄影陈益夫、照明周华荣、制片张惠、剧务刘皓带着大摇臂、升降机、轨道车，浩浩荡荡开到南湖边上。在现代化的设备和别样的镜头角度面前，九江两湖景观和城市风貌一改常态凸显出来。按照剧情要求，需要一个五岁的小女孩和一名天生丽质的拉小提琴的少女作为"两片"串线人物。冒着瓢泼大雨，我和黄国强副导演在各种"小画廊"和"小艺术家"店里搜索剧中的小女孩。在众多试镜的孩子中，一名叫陈卓卿的小女孩，一双天真的大大的眼睛吸引了所有在场观看录像效果的剧组人员，有些风霜感的老孔顺理成章成了孩子的"爷爷"。而拉琴少女呢，找了至少一打都不理想。不料第二天，王导在去医院看病的路上，发现一个导诊小姐气质不错，便当场拍板。这位名叫谢思琦的导诊小姐做梦也没想到，导演的这一偶然发现竟使她一下成了城市速写片《浔阳月夜》的领衔主演。

航拍一结束，九江电视台想宴请剧组以示慰问，王导婉言谢绝，把车直接开进了剪辑室。几十盘素材带足以剪出一个几集的片子，可央视的要求偏偏只要一分钟和两分半钟。这就逼得我们不得不走"以一当十，以一当百，以一当万"的极简之路。我们一遍一遍地倒素材，几乎把导演带来的两皮箱素材翻了个底朝天。过去讲究"大而全"，这回主张"少而多"。过去剪片以分为计时单位，这回却要一帧一帧地计算信息量。整个流程至精至简至纯，完全是一个大片的制法。初样剪出后，为进一步提升九江城市品位，我们连用什么字号、打什么字幕、上中英文对照、求天籁音效，拟胶片效果等都做了细微的推敲。市委副书记张华东第一次赴京前特地来到南昌剪辑室，审读了正在合成的《浔阳月夜》和《我家在九江》，走出门就说，没想到九江这么美！

"两片"从八月十六日制成专送北京，到九月十六日中央电视台《新闻频道》黄金时刻播出，正好一个月。送出当天，一下飞机，傅东被直接接到了中央电视台新闻节目中心编辑室，市委副书记张华东、市广电局副局长九江电视台台长董群、副台长刘琴、九江驻京办事处薛飞，还有央视此次申魅活动的策划都等候在那里。片子一到，央视活动总策划朱波戴上耳机，一边看一边听，连看两遍，放下耳机说，不错，这么短时间拍出来，难为你们。至此，他们才嘘了口气。九月十六日晚，当古典动听的《春江花月夜》旋律夹着"中国水岸，梦里九江"的旁白在中央电视台再次响起，作为"一剧之本"的编剧，我当知足了。

航拍下的甘棠湖、南门湖宛如城区的一双眼睛。一轮明月痴痴地望着望着：

［出《浔阳月夜》］

镜头透过薄幕看江南南岸的九江。

满湖流光溢彩，人流、车流绕湖而动……

一道道闪闪的水波中，"春江花月夜"的旋律起……

一位白裙拖曳的少女在忘情地拉着小提琴。

琴声悠扬动人，在湖两岸弥漫开来……

随着琴声此起彼伏画面闪过：

依依杨柳下的都市夜色……

露珠在荷叶上滚动……

十字街头，女警来来回回指挥都市车辆……

一位有点发福的中年男子在竞走锻炼，身后带出烟水亭、浔阳楼、锁江楼等古城背景……

湖两岸，踩跑步机的女人……

湖两岸，踏滑动板的小孩……

湖两岸，推婴儿车的年轻夫妇……

湖两岸，穿叽叽咔咔休闲运动鞋的儿童乐不可支……

湖两岸，提着水桶用大毛笔在地上神闲心定写字锻炼的老人……

湖两岸，遛狗的人、垂钓的人、扳罾的人……

［抓拍湖两岸各种闲适的生存状态，表现浔城人围水而居围水而生息的动人场景。］

夕阳中，被阳光染成金色的少女变成蓝衣少女。

"春江花月夜"的音乐依旧在湖心荡漾……

浔阳江广场，看浮雕的人不断、木兰扇翩翩起舞、各式各样的风筝在晚风中自由竞放……

浔阳楼上，老艺人在说书……

半月亭，唱青阳腔的人越聚越多、"夕阳红歌友会"的歌友们自由自在唱着跳着……

湖心，一对恋人在船上相拥相吻……

一只小船从镜前欢快地划过……

［从不同角度抓拍江边湖畔九江人对精神、文化、自由、爱的渴求。］

渐渐地，蓝衣少女化成月光下拉琴的少女……

拉琴的旋律越来越快，由刚才"小弦切切如私语"转为"大弦嘈嘈如急雨", 整个夜曲顿入高潮。

随着少女拉琴的手指在弦上用力一拨, 镜头迅速夸张变形, 出现一组极具震撼力的裂变九江的镜头:

骤雨般弹琴的手上, 跳动着齐刷刷一排现代电子计算键盘……

一辆婚车从小巷深处开了出来……

一位长发飘飘的现代女郎倚在老城的古墙上打手机……

一位盲人极端投入地拿着一支笔筒当话筒, 在唱"九妹, 九妹, 漂亮的妹"……

一群外国人走在幽静的石板路上……

一个乡下人背着一袋书走进一座现代化办公大楼, 用浓重的乡音推销"中国十大名著"……

几个乡下进城的打工仔, 在一家现代酒吧疯狂地蹦迪……

倒影。倒影。倒影。五光十色的倒影。

汽车车灯在缓缓移动……

人流、车流汇成一道道灯的河流……

月光中的人、月光中的水、月光中的烟水亭楚楚动人……

一轮水的月亮急剧变小, 变成湖上一对恋人的剪影。

画面隐去, "春江花月夜"的旋律仍在久久回荡……

"二〇〇四中国·国际形象片展"颁奖活动十二月十八日在云南昆明电视台演播大厅举行, 今夜今宵, 各界名流齐聚春城, 将"二〇〇四中国·国际形象片展"推向高潮。昆明电视台、天天在线网站对活动全程直播, 二十六家省级及地方台同时录播。

中国十大魅力城市评委、专家冯骥才撰写"九江——中国魅力城市"的颁奖词是:

众水汇聚的地方, 中国魅力城市九江! 一江、一湖、一山,

189

赋予它任何城市无法企及的灵秀。浔阳江头有春江花月的古雅，鄱阳湖边有长天秋水的豪迈。地处南北动脉和黄金水道的交叉点，承东启西，引南接北。新时代的九省通衢，九江！

《浔阳月夜》带给这座城市的是一道跃上层楼进入全国的全新风景。

二〇一九年，九江又开始了国家历史文化名城的申报，当时各式各样的口罩像一片片枫叶，将这座开放的城市与外部世界的联系重新隔断开来。而我却不声不响地在为这座城市的"升级版"默默奉献。

我一次又一次地查阅了档案馆里的许多资料，发现马可·波罗在他的游记中都有详细记载：

离开襄阳府这座城市，向东南继续走十五天的路程，便到达九江市。这座城市虽然不大，却是一个商业发达的地方。由于九江市濒临江边（长江），所以它的船舶非常之多。这条江是世界上最大的河流之一，有些地方的河面宽达十六公里，有些宽达十三公里，有的则十公里。它的长度，从发源地到入海口，需一百天以上的路程。它还有许多可以通航的支流。这些细川巨流发源于遥远的地区，汇入大江，这条江的水量之大，多赖于这些支流水量的注入。

无数的城市和村镇坐落在沿江的两岸，有十六个省份和二百多个城镇分享到大江航行的好处。

有一段时间，马可·波罗在九江市，看到的船只不下一万五千余艘。还有一些依江傍水的其他城镇，船舶数目就更多了。所有这些船只都是单桅船，船上铺有甲板。船的载重量，一般是威尼斯四千坎脱立（四十万公斤），有些甚至能载重一万二千坎脱立（五百吨）。它们除了在桅和帆上使用麻绳外，其余的地方不用麻绳，而是用我们前面说过的那种长十五步的竹子，把它们剖成纤细的竹篾，然后，把竹篾绞在一起，编成三百步长的缆绳。这种缆绳编制得十分精巧，牵引力和麻绳相等。

这些船由马拉着牵绳沿着河岸进行。一条船由十到十二匹马拉牵。沿江两岸的许多地方，丘陵起伏，连绵不绝。在山冈上，建有很多庙宇或其他高大的建筑物。并且，你还会接连不断地看到村庄和住宅。

十九世纪六十年代，随着资本主义国家侵略势力伸入内河，一批外国轮船公司纷纷侵入长江沿岸重要港口。侵入九江港第一家外国轮船公司是美商旗昌轮船公司。

一八六一年，美商旗昌洋行以四点五万元购得一艘四轮一百五十六吨的"惊异号"（Surprise）轮船，于当年七月投入长江营运。一八六二年三月，旗昌洋行在上海设立上海轮船公司通称旗昌轮船公司，拥有资本一百万两，由曾任美国驻上海副领事的金能享（E.Cunningham）担任公司经理。这一年，旗昌轮船公司在九江设立分公司，设置码头，停靠轮船。后来，其他一些外国洋行，如琼记、怡和与宝顺洋行等也在九江经营航业和贸易。六十年代末，在九江的外商轮船公司多达十几家。

在激烈的竞争中，美商旗昌轮船公司接连击败对手，从而独霸了包括九江在内的长江轮船航运业。但进入七十年代后，旗昌独霸长江的地位受到实力强大的英国太古轮船公司的挑战。一八七七年，旗昌轮船公司终因业务不振，不得不将全部财产转售给轮船招商局，结束了它在长江十五年的侵略活动。一八七九年，英商怡和洋行重组轮船公司跻身长江航运。

这一时期，进出九江港的轮船每年有一千余艘，外国船只超过百分之六十，其中英国船只处于绝对优势，占百分之九十以上，一八七九年九江港进出口中外船只情况见（见表一）。

表一：1879 年九江港进出口船只

船籍国别	进 口		出 口		合 计	
	艘 数	总 吨	艘 数	总 吨		总 吨
英国船	376	345495	376	345495	752	690990
中国船	256	244864	256	244864	512	489728
美国船	13	1772	13	1772	26	3544
西班牙船	7	818	7	818	14	1636
德国船	4	459	4	459	8	918
丹麦船	3	396	3	396	6	792
总 计	659	593804	659	598804	1318	1187608

依据上表分析，在中外各国船只中，英国进出口船只七百五十二艘，六十九万〇九百九十总吨，分别为全港总计一千三百一十八艘一百一十八万七千六百〇八总吨的百分之一十七点一和百分之五十八点二，名列第一。中国进出口船只五百一十二艘、四十八万九千七百二十八总吨，分别为全港的百分之三十八点八和百分之四十一点二，名列第二。但是，如按中国与外国船只分，外国船只进出口合计达八百〇六艘，六十九万七千八百八十总吨，分别为全港总计的百分之六十一点二和百分之五十八点八，则中国船只比重显得更低了。这些数字表明，九江开埠后，外商在港的势力迅速增加，很快占了主导地位，特别是英国船只到十九世纪的七八十年代在九江港已居垄断地位。

但是，日本、德国、法国等其他资本主义国家并不甘心长江被英国一家独霸，也相继侵入长江。一八九四年甲午战争后，更进一步加深了中国殖民化的程度，各帝国主义对中国的抢夺瓜分更为激烈。首先向英国在长江的垄断权发起挑战的是日本。一八九八年，在日本政府支持下，大阪商船株式会社开始派船航行于上海、汉口间，九江港是来往停靠的必经港口。接着，德商美最时、亨宝、瑞记、北德意志公司亦派船进入长江营运。法国则于一九○二年组织东方轮船公司加入了长江航路竞争的行列。一九○三年，日本邮船会社在买并英商麦边洋行船只后打入长江，加强了日本在长江航线的竞争力量。到一九○七年，在日本政府的支持下，日本四家在华航运企业合并组成日清汽船株式会社，使日本帝国主义在长江航线上占据强有力的竞争地位。此时，日本在九江港进出口船只显著增加，仅次于英国居于第二位。

侵入九江港的外国轮船公司，大多数都先后在九江港设立了分支机构，并安设了趸船，建立了货栈，以停靠轮船，上下客货。其时，九江港是长江中下游少数几个停靠的轮船的港口之一。在全国港口中也占相当地位（见表一）。但是，由于中国轮船业尚处于初创阶段，所以港口停靠的轮船以外轮为主，九江港仍然受着外国人的控制。一九○二年至一九一六年九江港进出口船只数量（见表二）。

表二：九江港进出口船只统计表（1902—1916）
（包括轮船及洋式帆船）

年　份	进口合计		出口合计		总　计	
	艘	总　吨	艘	总　吨	艘	总　吨
1902	1728	2116340	1755	2115779	3483	4232119
1903	1710	2099611	1715	2098265	3426	4197876
1904	1788	2283461	1828	2283419	3616	4566880
1905	1987	2704921	2014	2705792	4001	5410713

（接上表）

1906	2003	2849946	2071	2853925	4074	5703871
1907	1877	2972972	1929	2976212	3806	5949184
1908	1913	3151005	2001	3157499	3914	6308504
1909	1813	3052008	1958	3065264	3771	6117272
1910	1835	3105028	1973	3117178	3808	6222026
1911	1625	2795787	1727	2805135	3352	5600922
1912	1725	2886766	1792	2892896	3517	5779652
1913	1864	3130778	1925	3136069	3789	6266847
1914	1938	3229166	2039	3264506	3977	6493672
1915	2070	3461184	2065	3433195	4135	6894379
1916	2035	3360617	2052	3361832	4087	6722449

194

从表中可以看出，进入二十世纪之初，九江港进出口船只已由十九世纪末的一千余艘、一百余万总吨增加到三千五百至四千多艘、四百至六百多万总吨。以一八七九年一千三百一十八艘、一百一十八万七千六百〇八总吨为基数，一九一六年（南浔铁路通车前）与一八七九年比较：一九一六年九江港进出口船只四千〇八十七艘、六千七百七十二万二千四百四十九总吨，分别比一八七九年增长二点一倍和四点七倍。并且，船只载量也显著增加，一九一六年平均每艘船的总吨位达一千六百四十五吨，一八七九年不过九百〇一吨，一九一六年比一八七九年净增七点四十四总吨。

夏天的黄昏闷热如烤，住在江边的老人常常喜欢打着赤膊，用酸菜辣椒掺稀饭，再来上点小酒，喝得鼻梁冒起细细的汗，然后左手搁在方桌边，右脚跷在长凳上，端起那黑黝黝的茶杯，一个劲地把那些深褐色的水灌进肚皮里，再拍拍自己开心地笑笑。闲下来的时候，伏在江边的窗口往下看，中国的第一条大江，就从窗前打着转儿流过。江面，白帆移动，橹声咿呀，天光水波，风日悠悠，让人觉着累并没有什么只要累得开心。

这里，可采菊南山，寻梦桃源；这里，可听曲琵琶亭，泛舟石钟山。香炉峰下，飞流直下三千尺；濂溪河畔，茂叔池旁颂青莲。

这座城与山为友，与水为邻。这里是九江。

悠悠过往，这座城市有着漫长的历史承载和文明见证。

九江历史上亦曾称作柴桑、半洲、寻阳、浔城、浔阳、江州、德化。作为行政区划始于秦代，公元前二百二十一年秦始皇统一中国，九江属九江郡。六朝时期的江州，位于荆州、扬州之间，有着特殊的战略制衡地位，是长江中游乃至整个江南政治、经济、文化的汇集地。隐逸文化、山水文化、宗教文化在九江得以孕育和发展，涌现了一大批独具"魏晋风度"的重量级代表人物，如王羲之、顾恺之、慧远、陶渊明等，把中国传统文化推向一个新的高峰。

隋唐五代的江州城作为都会的地位进一步加强，在漕运、茶叶、瓷器等方面承担区域性国家功能。

唐武德四年（621）分浔城置浔阳县，江州治浔阳，宋朝在此设立了铸币机构广宁监及会子务。明景泰元年（1450），九江设立钞关，每年税银极为可观，至清代中期，九江关税已居全国内陆诸关之首，为我国著名的"三大茶市"和"四大米市"之一。

这座城见证了景德镇瓷器从这里走向世界的全过程，也是万里茶道的重要节点城市。

从明清延伸至今，这座古老城市的格局基本未变。

在时代前行的律动中，古城焕发出独特的人文内涵，在不经意间就能让你与历史文化来一次邂逅。

浪井传为西汉名将灌婴屯兵九江时所凿，向有"浪动灌婴井，寻阳江上风"之说。

能仁寺始建于南北朝梁武帝年间（503—528），能仁寺和大胜塔是九江千年历史的实物见证和古城内的标志性景观。

九派浔阳郡，分明似画图。甘棠湖无疑是浔阳城隽永画卷中最为抢眼的风景。烟水亭、思贤桥、天花宫、李公堤等名胜古迹辉映其中。

浔阳楼为中华名楼之一，韦应物、苏东坡等都曾登楼题咏，《水浒传》更是让它声名远播。

浔阳江头夜送客，枫叶荻花秋瑟瑟。江州司马白居易写下千古绝唱《琵琶行》，曾深深地触动过多少后世读者的心灵。

建于明万历十四年的锁江楼文峰塔，巍然屹立于浔阳江畔，看江流东去，听涛声悠长，塔影锁江，风雅微妙。

九江自古为兵家必争之地，血染惊涛的英雄壮举，留下数不尽的故事和传奇，留下对家国天下的记忆，留下对英雄豪情的景仰。

一条大江奔涌而来，融汇九川，奔流向海。所谓"落座三杯豪气在，出门一笑大江横"，正是九江人对长江感情的真实写照。九江城尽享通江达海的舟楫便利，作为沿江重要的商贸城市彰显蓬勃的经济动力。

鄱阳湖曾叫"彭蠡湖"，是古中国南北交通的主要水道，一度成为江西山水地理和地缘地理的代名词。湖汉九水，入彭蠡泽，既道出了九江一名的由来，也诠释了九江与鄱阳湖的关联。由鄱阳湖进出长江，九江则是唯一通道。

世界文化景观遗产庐山被誉为"人文圣山"。胡适先生曾指出，庐山有三处史迹代表中国的三大趋势：慧远的东林寺代表中国"佛教化"与佛教"中国化"的大趋势；白鹿洞代表中国近七百年宋学的大趋势；牯岭代表了西方文化侵入中国的大趋势。正是有了九江的开埠通商，才有了庐山牯岭的开发，千姿百态的庐山别墅形成了我国少见的高山别墅园林群体景观，被称为"万国建筑博览"。李白、白居易、苏东坡、黄庭坚、周敦颐、朱熹等文化名人在九江留下了深深的足印。一万多首描写九江和庐山的诗词歌赋成为中国传统文化的经典印记。九江成为我国中小学课本中选用率最多的"课本城市"。

　　人文学者蒙曼说过：九江是自然的九江；九江还是历史的九江；九江还是思想的九江；当然九江更是文化的九江。陶渊明"采菊东篱"、李太白"望庐山瀑布"、白居易"浔阳江头夜送客"、黄庭坚"江湖夜雨十年灯"。历朝历代名家各派，仿佛诗词的大观园。

　　一堵城墙、三尺古巷、几条老街，镌刻进九江人的日常生活，延续着九江历史文脉的重生和发展。

　　第二次鸦片战争后，九江被辟为通商口岸。一八六一年，中英签订《九江租地约》，九江英租界成为近代中国七个在华英租界之一。领事馆、教堂、学校、医院随之而起。

　　九江成为近代西方经济、文化进入江西的重要窗口，江西许多个"第一家"都在九江诞生，是江西近代实业和公共事业的发源地。

　　历史风云，波澜壮阔。二次革命湖口起义，九江收回英租界、南昌起义九江策划、秋收起义第一面军旗诞生、国共合作庐山抗战宣言、百万雄师过大江，九江城见证了一个个永载史册的光辉时刻。

　　山江湖城，互融共生，是这座城市最鲜明的特质；真儒过化，文章节义，让这座城市留在人们记忆中；三大茶市，四大米市，见证了这座城市灿烂的辉煌；军事重镇，红色故土，使这座城市焕发着英雄豪气。伴随着时代前行的脚步，一代又一代的九江人，正致力于让这座城市望得见山，看得见水，记得住乡愁。

　　历史文化名城的意义不仅在于历史，更在于未来。未来是什么样子呢？有山水如斯，有人文如斯，必定是文章留尔雅，江流九派通。

"有钱无钱，回家过年"是我们这些外乡人与父母、故乡沟通的最后通道。

长年在外，很少回去，一去就待了六日。

放下行囊后，第一件事我就急着想四周转转，看看一年中村里又多了点什么，又少了哪些人。

我出生的那间老屋已经拆掉了，只留下几只石墩几片瓦砾。至今我还记得，老屋里有两个"天井"，住过八代人。每逢冬天，经常有人把狗用绳子勒到门前树上，吊死，用生姜辣椒炖狗肉吃。乌龟常常仰起头，看着从天井射进的光。看够后，又一骨碌钻进石缝内，一动不动。到了涨大水的季节，突然一夜间，水就涨到了家门口，家里便搭起了一个接一个的跳板。门口的柳树浸泡在水里，挣扎着露出头，在夜空中就像一个蓬头垢面神经兮兮的女人，常常让人胆战心惊。移民建镇后，村口人家都往村后移，秩序打乱了，是抓阄择地，先前熟识的邻里人家也不知搬到哪里去了。不说是我，就连村上的人都弄不清楚。先前拜年，一个房族一个房族地拜。因为搬散了，今年干脆不拜了，自行走走，免得生人熟人尴尬。

村背后的坟山是我每年都要去看的地方，那里住着生我养我的父亲。天长日久，很多坟都瘪了，而父亲的坟却日渐见长。娘胸前吊着一把钥匙，走过来说，你爹那块地好，当时就挖出了两个蛋。三十祭祖那天，下雨，路难走，又冷，许多坟都没有去，唯独我父亲坟头的纸钱烧得最多。不知哪个侄儿祭祖时还放了一只大苹果在我父亲坟头，算是"加劲"的意思。我站在父亲坟头，仿佛听到了他生前的咳嗽声。父亲辛苦一生，积劳成疾，最后命终在肺气肿上，当时崩天裂地的感觉一直印在心里。直到今天我一听到有人咳嗽，就会想起我的父亲。

在我印象中，村上的人气极旺，满地跑的都是小孩。男孩子、女孩子、摇篮里哭着的孩子、鼻涕邋遢的孩子，一会儿冲进来，一会儿又扯起脚丫跑开了。见到我回来后先是好奇地看着，不知道叫我什么好，直到他的父母说，叫什么叫什么，他们就叫了，而且叫个不停。孩子的世界生机勃勃，一会儿哭一会儿闹，一会儿点上一支爆竹，往别人面前一丢，炸得你冷不防朝后缩。鞍前马后跟我跑的是我堂侄的儿子，村里人叫他"拉兹"。说他脑筋灵活，转身一下，就把你的东西掏走，然后埋在草堆里，人家找出来对质方不说话。又有一次，他悄悄把他妈妈一百块钱要来，跑到附近小镇上去买自己想要的东西。回来后非常神气，简直换了一个人，不仅穿了一件红红绿绿的球衣，还专门用染发剂把一头黑发给染黄了，像个洋娃回村，结果挨了一顿恶打，躲在后山的草堆里过了两夜。这孩子家里天天为他犯愁，而他跟着我，从不动我的东西。村里人说，你是当干部的，他是你的贴身保镖呢。说得不好意思时，"小拉兹"咧着嘴笑了。

村里大年三十那天最重要的事便是家家讨账户户还债。平时，村上人做各种买卖交易作兴赊账。就是当时不付钱，到了一年中最后一天便是讨账的日子。这一天，只要家里来了陌生人，不是还钱的，就是讨账的。有理发的工钱、裁缝的工钱、做篾的工钱、炸豆条的工钱，一个个都找上门要。讨账的方式也因每个人的性格不同而各不相同。有的三下五除二，一下结清，有的大喊大叫，有的甚至动手打人。大多数都要争上几句，才挤牙膏式地加上一点。有的几百块钱，讨了十几年还在讨。要是那欠债人见到我，总不太好意思，怕在生人面前失了面子和落个"赖账"的名分。总之，不好的事、怄气的事，拍桌子打板凳的事，都在这天了结。

与大年三十迥然不同的是初一这一天。乡下人一夜间换了个样，变得非常阔气大方起来，他们仿佛要把一年中的积蓄都用到这一天。

早晨"出日"，各家各户用肩扛着一面米筐大的几万响的花炮，到村口去打，我们家里人叫"摆脸"。一字排开，差不多排到一里路长。由第一个小伙子点着，后面山呼海啸般跟着响起，把个村口变成了"海湾战争"，噼噼啪啪的声音持续足有几十分钟，这时天被烟雾团团罩住，地上是一色炸开的爆竹屑，让人想起这个村庄的"混沌初开"。打完炮仗拜天拜地拜祖宗拜新灵，开口"新年好"，闭口"发大财"，一片喜气。这时家家都把最好的烟伸到每个前来拜年的人手上，把最好的米糖送到你嘴里。然后完成最后一个节目叫"上谱"。要是哪家生了一个红丁（男孩），那爆竹要打很长一阵。过去女孩不上谱，如今改革了，女孩也上。村里人也跟趋说，男女都一样嘛。上谱则是由村上最有文化的长者主持，每家派一个人参加。由长者把谱打开，放到神龛前供一下，再取过来，这时人人都来请我帮他家的孩子取个好名字，而我对许多家情况不知，名字很难取，便说，你们先说一个吧。我再帮着判断一下，就算了事了，于是鞭炮响起，两个鸡蛋，一碗酒糟，一包烟，分发到每个前来上谱的人手中。从正月初一开始到元宵日上，村里人便按亲戚疏近辈分高低往来密切程度，走亲访友的不断，吹吹打打迎亲嫁娶的不断，到镇上买东西的不断，路上尽是人。只要见到人不分彼此，先敬上一支烟，你再不抽也要放到手上，要不别人会说你看不起他呢。

村居几天，几乎没有在家吃过几餐饭，一家一家都排得很紧，有时是人陪我，有时是我陪人。村里有个人的外甥是县委副书记，听说他初三要来拜年。那家便郑重其事找到我，要我帮他陪客。他说，不是要吃个什么，要我一个面子，就说我赵家也有能人，也不比你差。碰到这种情况，你要是不去，那就真会得罪人，我也只好破例参加。客人走后，他千恩万谢，真难为你给了我一回面子。他说，你虽然在外面做事，但泰山不能压北斗，该赏的脸还是要赏。

闹腾几天后，我要回城了。那天晚上，我没睡好。睁着眼，听村外的声音，尽是狗叫。喧嚣一天的村民再无话可说，土地和人都乏了。此时狗声大作，声音在夜空飘来荡去，将团团近近的村庄连在一起。快天亮时，鸡又山鸣谷应啼个不停。我思前想后，该回城了，那里的妻子和女儿还在盼着我回岳父母家团聚呢。

　　第二天一大早，侄子帮我挑着一大摞东西上车。我和弟弟、弟媳、侄儿、侄女道别后就动身了。这时，娘堵到我面前，崽呀，你写个字条给我。我知道，留个电话号码。她怕一旦有事找不到人，好让别人打电话给我。我撕下一张纸，写上了我的手机号码。这时，娘便说，崽，要娘今年不死，下半年还回来……。上路后，最小侄儿的女儿追上来了，要送我到镇上。我越走越远，快看不见村口了。回头一望，发现娘拄着拐杖，站在路口，歪着身子，还在送我，我一下忍不住掉了眼泪。我知道，在这个世界上，娘把我看作她风烛残年中最重要的靠山和支撑，而我也把娘当作是我连接都市与乡村之间的唯一脐带。只要娘在，这根脐带就不会断。

　　如今五十三岁的爹走了，八十四岁的娘也跟着爹去了另一世界。这时每年过年便无处可去，心里空落落的。自从娘不在了，现在很少回，即使去也是开着车打个转就走了。正如许多人所感慨的，父母在，家还在；父母一走，人生就只剩下归途。

　　大自然并不总是青睐人类，她有时也会露出狰狞的面目。据统计，一八六二年至一九九〇年的一百二十八年间，江西水灾年份有一百二十二次，其中大水灾年份二十六次，特大水灾年份十五次！饱受水患之苦的现实，导致许逊降服孽龙的故事在鄱阳湖地区长期传播。

　　筑堤修圩，在鄱阳湖流域已有很长的历史。两千多年来以来，由于人口不断增多，古人以开拓水网、筑堤围湖、堰水塞湖为田，扩大了许多农田面积，逐步形成众多的内湖圩田。

在围湖造田的同时，人们还以抗汛防水患、消灭钉螺防治血吸虫等理由不断扩大围垦。用修建和加高圩堤的方法来与湖争田，新中国成立后围湖造田的面积多达六百二十万亩，两千多公里长的湖岸线被缩短了将近一半。从大自然夺得的土地固然生产了许多粮食，但"虎口夺食"终究是危险的游戏。后来的水灾一次比一次规模大，一次比一次范围广。

（徐东林　摄）

跳开"水利"看"生态"，大坝和圩岸对水质自我净化的影响是巨大的。它们隔断了水与大地的联系，致使丧失了湿地功能。在原生态下，湖水和大地间有一过渡地带，是一个低角度斜坡，宽度少则几十米几百米，多则上千米都有，主要生物为芦苇和耐湿的草类，习惯称之为芦苇荡，沼泽地。这些只要有风和阳光，每一秒都在净化水质。风力产生浪头，使水中的污秽物和可能产生蓝藻的菌类被冲进湿地，冲进芦苇丛中，经过太阳暴晒，封杀了这些细菌。然后芦苇可作燃料、编织物及造纸原料，由于构筑了防汛大堤，风浪面对的是一个呈垂直形的硬物，水泥和石头是不会吸收水中之污物的，其结果是每一个运动都是徒劳。

　　这个人叫李水堤，兄弟三人先后诞生在那个筑堤的年代，所以分别以"堤"命名。一九八五年八月高考落榜，找不到去处，一个人在家唉声叹气。一次偶然的机会，他的一个在深圳做金刚石研究的叔叔要家里帮他把外甥送去深圳玩。李水堤母亲灵机一动，让水堤去吧，顺便到深圳看看有没有事做。卖了一头猪攒了七十元钱，叔叔又凑了十元，到鹰潭去上火车。李水堤第一次出远门就搭不上车，加上所带的路费又被小偷偷去了。他被列车上的警察拽了下来，突然李水堤听到车上有一个婴孩的啼哭声，他急中生智，大声叫了起来，不得了，我儿子还在车上呀，警察毫不迟疑，又一把将他推上了车。

　　命运就在这一刹那发生了变化。李水堤到了深圳，很快找到了他叔叔李志华。此时，他所从事的金刚石一直处于理论探究阶段，他想办一家公司来实现他的梦，正好来了个李水堤。一个要锅补一个要补锅，加上当时中国的金刚石还处在最初开发阶段，李水是凭着自己一身力气和热情，很快把金刚石厂张罗了起来，一年下来净赚三十万元，这是多么迷人的事情。一个人的梦引发了千万个人的梦。接下来，李圩堤、李新堤、李河堤……总之以"堤"命名的兄弟手拉着手，一起去了深圳。以至李水堤所在的杨元村的百分之六十打工的人都被召了过去。正当的、不正当的，合法的、不合法的门路几乎都被发财致富的欲望开辟出来。在那里，他们大显身手，把金刚石生意越做越大、越做越精，渐渐成了中国金刚石的主力军和生力军。几年下来，这个村在金刚石上打拼过亿的竟有三四家，上千万元的有二十多家，上百万元的遍村都是，这个村被人叫作"鄱阳湖上的华西村"，也叫"中国金刚石第一村"。

他们的名字一个个叫得和这眼前的圩堤一样，原因就在他们几个人都前后出生在鄱阳湖围垦筑堤的那几年。只要看过鄱阳湖发大水的人，就知道圩堤对鄱阳湖人有多么重要。因为有了河，才有堤。因为有了河的隆起，才有堤的巍峨。虽然堤的伟岸和河的萎缩正好构成了一对荒诞的变化。但是，在原始农业文明时期，人们不能没有堤。

熟悉河流史的人都知道，最初的河恰恰是湍急的，没有堤防的。河流以自己的力量任意冲刷河床，选择最适合它的流路。

以前，康山是鄱阳湖上的一个孤岛，大水一来，水漫金山，汪洋一片。这一带的村子都淹光了，有的搬到楼上，有的临时搭个棚子对付一下，等水退了又搬回去。这一带有好几个村庄没有家谱的。为什么，大水来得猛时，人在外面做事，回到家，谱就淹了，这一页那一页不知漂到哪里去了。等水退之后，放牛的孩子在河滩上这里捡一张那里捡一张，一本被大水泡过的家谱弄得面目全非一派狼藉。

有了人，有了耕地，有了人的迅速繁殖和发展，堤成了人与河争夺空间的产物。随着大禹治水的成功，越来越多的人来到湖边筑堤围垦。

河堤的发展，体现了古老农业智慧，又深刻表现出难以逾越的文明。没有河，哪会有堤，而有了堤，河在人类面前也就拥有了更大的威猛。当人与自然的关系破灭到无以复加时，人们常用"镇水铁牛"来守护长江和鄱阳湖。他们顺从阴阳八卦的道理，铁为金，能治水；牛为丑，属土，土能克水。在这种万物相生相克的东方观念中，古人向洪水传递了一种卑微的征服意识。

一九九八年夏天，当长江的水摧枯拉朽侵入浔阳古城，在长江江堤上撕开了一道五十多米的口子之后，人们才在"人定胜天"的口号下开始沉默起来。"九八抗洪"精神，在一个新的千年到来之际被永恒地载入了历史；但它同时启示着人们：除了与自然血肉相搏之外，人还可以做些什么？于是始于唐宋的"与湖争田"宣告结束，顺应自然的"退田还湖"正式登场。实施"移民建镇"等工程以后，鄱阳湖的面积从三千九百平方公里增加到了五千一百平方公里。

这场世纪大水震惊了世界，也带来了人类家园又一次迁徙。于是，长江边上的三峡人含泪告别了故土，来到赣鄱大地。鄱阳湖"渔民"，转瞬间变成了武山脚下的"山民"。这种异质文化和本土文化的融合，大大打破了过去那种板结的超稳定结构，使赣鄱大地呈现出一种前所未有的激活和开放状态。

一九九八年，对这个有着五百年村史的鄱阳湖段家嘴人来说是刻骨铭心的一年。因为大水频频侵入这个村庄，国家下决心把他们彻底从湖边迁到了山里。

> 我们来到山里后，面临的头一件事就是由"渔耕"到"农耕"，用我们自己的话来说，叫作"双脚踩在石头上"。以前，今朝有酒今朝醉，不积钱，撒上几张网，收到几个钱，便买东西吃喝玩乐。现在却要实实在在过日子，学山里人省吃俭用。一双摇桨扳橹的手一夜间变成了扶犁拉耙的手……

野惯了的渔佬一下受到山地规范的约束，是他们生存中遇到的又一道难题。湖边待久了，他们养成了散漫的习惯，平时乱蓬蓬的脑袋枕着船尾的坐板，一双光着的大脚插进船头的板空里，就能呼呼睡个大觉，而今没有了大片水域，有的只是成片山林，他们蓦地感到了离水太远的恐慌，胸前好像塞了个什么。来到山里后，即使遇上个小小的新开的池塘，他们也忍不住要赤足往里浸上一会。水边的孩子赤条条，满地跑，爱打水仗是他们的天性和本能。他们走到哪家都喜欢像坐在船上一样盘起双腿。他们晒衣跟晒在船上一样，不搭什么衣架，只往小树蔸和草地上一放就完事了。搓衣板比山里的显得又长又大。尿桶、鸡埘放门角，就连厕所也是东挖一个坑西找一个洼，前一只后一只的，鸡猪不分，人畜混居。现在全部要他们进入山里人的规范，统统放在屋背后。他们知道这种规范无疑是一种文明和进步，对他们往后漫长的生活生存都有利。当地人说，这叫"上兜笼"呢。

最使他们难以接受的是他们与过去交往了几十年的亲戚朋友往来越来越难。以前他们交朋会友，只要划上一条船，一天就可能跑个遍。现在出门要走路，要等车。他们离乡里的车站还有几里路，有时搭车不方便，他们中有的人就干脆走着回老家。从凤岭新村到段家嘴要走满满一天的路。早上六点出发，走到深夜十一点到。尽管只要说是"搬迁的"，沿途都热情，但他们心里头却总是故乡难离故土难舍。临走时，丈母娘哭得最伤心，在脚下扯大的女儿要去那么远的地方，以后见面太难，常使他们割舍不下。接踵而来的是风俗习惯和繁衍生息上的变化。随着举村举家的大搬迁，清明祭祖是他们这代人所萦萦不下的。逢年过节，他们还得带着纸和香，开上车去凭吊自己死去的亲人。为此他们准备陆陆续续将自己的祖坟也迁过来。来凤岭不到一年，有人在这里出生，也有人在这里死去，他们一律按当地风俗做。眼下已有七八家当地人看上了凤岭新村的姑娘，他们也挺高兴。他们说：一代姑，二代表，三代了。日后呢，凤岭是一年亲一年，而段家嘴只会一年疏一年了。

他们渐渐懂得这次举村迁徙是他们村里的大事。去年正月初一全村上谱的那一天，六十四岁的段展在上好红丁谱之后，实实在在给大家说了一件事，他们准备在村头高高竖起一面"红旗"，让人远远就能看到这里是凤岭新村。同时要把凤岭搬迁这件大事写进村里的"谱头"上，让世世代代铭记从一九九九年起打了几十年鱼的凤岭人已是新时代地地道道的山民了！

那个先前几个叫"圩堤"名字的人家，也终于结束了洪水泛滥的历史而变成了童年的单纯记忆。改革开放后，鄱阳湖地区出外打工的人多达三百多万，仅鄱阳县就有四十万打工大军，其中双港镇三万建材大军还在杭州建起了"打工一条街"，成了杭州市一道独特风景线。以李水堤为首的许多普普通通的鄱阳湖人，终于在圩堤之外找到了更宽广的天地。

面对全国许多湖泊生态恶化，而鄱阳湖仍然保持"一湖清水"，这种情况引起许多人惊叹与议论。为什么"众湖皆浊鄱独清"？从排放角度说，江西工业化进程较慢是一个根本原因；而从环保角度看，二十世纪八十年代开始实施的"山江湖"工程发挥了重要作用。"山—江—湖"代表了一和科学的生态观：山是源，江是流，湖是库。

二十世纪八十年代，由于自然、社会、经济等原因，当时的江西森林锐减、水土流失、泥沙淤积，鄱阳湖湖体面积严重萎缩，一九八三年，江西省政府组织六百多名专家对鄱阳湖及赣江流域进行多学科综合考察后，提出把三面环山，一面临江，覆盖全省辖区面积百分之九十四的鄱阳湖流域视为整体、系统治理的理论，同时创造性地提出："治湖必须治江，治江必须治山，治山必须治穷"的治理理念，这就是山江湖工程。

一九九一年，江西省政府在北京国际会议中心主持召开了盛况空前的《江西省山江湖开发总体规划治理纲要国际研讨会》，应邀到会的有联合国所有在华机构的代表、十四国驻华使节、官员和数十位国际专家、学者以及十多位中国科学院学部委员（院士）。世界终于从山江湖看到了希望，而江西正是从山江湖走向了世界。

这个想法很快得到了鄱阳湖地区和全省人民的积极拥护和热烈响应。为了保护鄱阳湖一湖清水，统一规划当地的耕地，荣七村村民理事会动员家家户户按手印，第一次向社会提出保护乡村耕地的庄严承诺。

更为感人的事，发生在万载鲤陂民间——一个由农民自发组建的民间水利管理组织，从清朝同治十年（1871）起到现在，历经清朝、民国、新中国一百四十余年而长盛不衰。被国内水利专家称之为目前世界上寿龄最长的民间水利管理机构。当地老百姓把它们所管的水叫"神仙水"。在鲤陂民间水利协会管辖的范围内，涉及两个乡（镇）五个自然村的一千四百六十多亩稻田总是旱涝无忧，即使碰上百年难遇的大旱之年，这里也是流水潺潺。

二〇一一年四月，全国水利会议召开期间，时任中共中央总书记胡锦涛同志在听取江西鲤陂民间水利协会的情况汇报后非常高兴。称赞鲤陂的做法很好，值得推广。

鲤陂民间水利协会是典型的农民自治组织，实行民主管理制度。无特殊情况，协会每年都要在规定时间内召开三次会议。第一次在七月十五日召开，属小型会议，由协会成员参加，主要讨论抗旱问题以及双抢前渠系清淤问题；第二次开大会，九月二十五日召开，由全灌区的乡镇水利员、村支书、协会管理人员、村民小组和部分党员参加，主要公布上年的账目情况、确定当年的维修项目和水费计收标准、明确放水员及协会管理人员的报酬标准、评议协会会员工作，并民主选举产生新一届协会领导机构成员；第三次仍是开小会，定在十二月三十日召开，主要公布水利协会年终结算账目。

在用水管理上，协会实行分段包干、统一调度。用水高峰实行错峰用水，先灌溉下游再灌溉中游最后是上游。由清至今，这里没有发生过一起争水纠纷，也没干旱过一分田，当地群众非常满意。

二〇〇九年十二月十六日，一个更大的喜讯传遍了赣鄱大地，经国务院正式批准，鄱阳湖生态经济区建设上升为国家战略。

这大概是鄱阳湖上水域面积最大的一个县了。一片雄性的湖泊，而雄性历来总是与辽阔、率真和开朗连在一起的，是水激活了湖区人生命中最富于活力的基因。沿着都昌一路走过去，与遥遥相对的永修县和隔壁近邻的鄱阳县、新建县这段湖面荡开来，水阔天长，风华旖旎，鄱阳湖流到这里，已是水茫茫一片。苍茫的天宇下是大片的庄稼地和自然湿地，阡陌是横平竖直的大手笔，显出一种人与自然的天然和谐。

这就是鄱阳湖上都昌县赫赫有名的"珍珠大王"曹国新。一九六八年初中毕业后，曹国新在家务农，由于湖区土地少，便出外寻找出路。生意场中，他认识了一位卖珍珠的朋友，而他所在的家乡正好是盛产河蚌的地方。他斗着胆，凑了一万块钱，头一回开始了家庭作坊式的珍珠加工。没想到，这一做就是十来年。他的生意越做越大，从国内做到国外，他的珍珠核已销售到了日本、澳大利亚、法国及东南亚各国，他出售给外商的珍珠核，对方不看货，在外商中信誉度极高，他成了鄱阳湖流域最大的"珍珠大王"。他所处的家乡都昌县占了鄱阳湖水域面积的四分之一，慢慢地，他的事业很快在家乡推广开来，都昌县也由此变成了中国著名的"珍珠之乡"。

有时童年时代的一点爱好，经过发育成长，慢慢便长成一棵参天大树。这位号称"珍珠大王"的占良生，就是从童年的一点点爱好中出发，走出了一条属于他自己的人生之路。

我从小出生在鄱阳湖畔，对鄱阳湖有着一种特殊的感情。小时候爱玩水，爱打水仗，爱到湖边捡河蚌。没想到，我今天的一切竟和童年的爱好有关。一九九六年我去了深圳，一次情人节给朋友送纪念品，下意识选了一串珍珠。心想，这珍珠不

209

就是河蚌做的，老家鄱阳湖那么多河蚌，为什么不可以用来做点什么呢。从这里，我一下打开了思路，做起了珍珠生意。十几年来，我跑遍了国内外许多大河河岸，收集了几乎全世界各色各样的河蚌，堆了满满一仓库，我想要做就做最好吧，做一个鄱阳湖国际珍珠贝壳城。人生的梦有时往往就是从童年的梦开始的。现在我的家乡都昌县成了鄱阳湖上著名的"珍珠之乡"。人家也叫我为"珍珠大王"了。

这是鄱阳湖珠湖乡荣七渔村和内青渔村。红墙碧瓦的小洋楼高高矗立，平整干净的水泥路曲径通幽，各种漂亮的景观植物生机盎然，排列整齐的猪舍粉刷一新……以前那种污水横流、烂砖破瓦遍村、猪粪牛屎遍地的景象荡然无存。鄱阳县新近引进最新的厌氧人工湿地污水处理系统正在这里开始发挥作用。有了这个处理系统，每家每户的污水都汇集到一个池子，这肥水反过来又可以种上莲藕。污水经过沉淀发酵一阵，通过管道流入第二个池子，池内还可以种些莴苣，然后再往下进入一个池子，那个池子上又可种上各种水草，最后是个大草地，水从那个上面漫过去就是清水了。这种厌氧人工湿地污水处理系统，不需要投入其他化学药物，可以处理全村一千多户的生活污水，避免污水直接排放入湖。

山更绿了，水更清了，天更蓝了，空气更清新了……生活一下子变得让观念和意识成熟了的鄱阳湖人无法驾驭。在鄱阳湖流域，类似这样的生态渔村已经不少，有的还在湖边搭起了木屋，进一步发展生态旅游，吸引了不少来这里休闲观光的城里人。

我以前一直打鱼，夫妻俩放丝网，养五个孩子，年年债务不断。刚开始，县水产局要我们养闸蟹，有点怕，后来他们给我们打保票，我试着吃了第一只螃蟹。没想到，头一年就净赚了十多万元。后来昌万公路一通，我又做了一间"水上人家"休闲屋，去年光利润就四十二万元。人哪，有时是命，有时就是要咬紧牙关，敢于吃第一只螃蟹。

在鄱阳湖，人与自然、人与环境的关系改善了，人与人的关系也一天天走向和谐。这是发生在鄱阳湖上震动最大的一个真实故事。鄱阳县银宝湖鸣山村是一个有着六百八十多年历史的金姓村落，依山傍水，祖祖辈辈上岸种田，下湖捕鱼，在此生生不息，由一个当年寥寥数人的小村繁衍为一个拥有五千余人的大村，与相邻的都昌县南峰镇余晃村人口相近、经济实力相等，同畈种田、同湖捕鱼、同洲刈草，两个本应相依为命的兄弟村数百年来却刀枪相对、血案累累，到新中国成立前双方因械斗死亡达三百多人。双方发下毒咒，从此两村互斗愈演愈烈，"金家人不要脸，偷得余字打两点""有女不嫁余晃村，有儿不娶余家女"。

然而这世代的冤仇却被一对热恋中的打工仔打破了！鸣山村漂亮女孩金圆妹同余晃村一位才貌双全的靓哥余纯财产生了爱情。这门亲事很快遭到了双方家长的反对，金圆妹的父亲对女儿说：如果你真的要和余家人结亲，我们就断绝父女关系，从此不迈金家门。当时已有身孕的金圆妹和男方都感到了巨大压力。大队书记金坤才多次到圆妹家做工作，金圆妹的家人基本上被做通了，但是父亲还是一时不能接受，于是由村干部们代表金圆妹的娘家到余晃村参加了这场婚礼。他们的行为最后感动了双方的家人，两亲家终于握手言好。近几年来两村已有五六对男女幸福地结合了，二〇〇六年二月，鸣山村民金道想也和余晃村姑娘余美琴携手走进了婚姻的殿堂。

这位带着他的爱犬"看湖"一起走湖的汉子叫周志勇，厦门水产大学毕业后，没有去繁华的城市上班，而是打道回府来到家乡，在县政府办当起了一名普通工作人员。后来周志勇有机会选调市里任职，他也没有去，去的两个人现已提拔为厅级领导，很多人都问他是否后悔，周志勇说我从来就没有对自己的选择后悔过。

  我从小就是在这湖边上长大，对这个湖印象深刻，感情也很深。当时我们家庭条件也是不好，兄弟九姐妹，父母也管不着，白天上学，放了书包一扔，就到湖里去了。洗个澡回家吃饭，吃完饭又跑到湖里去抓鱼、玩。上学也要通过划船到对河上学，基本上讲每天跟这湖水紧密相连的。每天看着大人也是在湖里捕鱼，傍晚的时候我们就坐在湖边上等他们回来，看着那一舱一舱的鱼回来很高兴。大人把大鱼挑完，我们就捡小鱼小虾，带回去家里吃，喂鸡、喂鸭子，每天跟湖生活在一起。没事儿的时候大家都躺在湖边的草地上看着天上的鸟。那时候，到了冬天，成群的大雁、天鹅从头上飞过，小朋友大家在一起看到鸟来了，大家在一起喊，好像是想比赛讲"人"字，"一"字，对着天就喊，你喊一，我喊人。好像鸟也自然派成人字队，我们赢了，听我们的。

  有人问，你一个人住在这里你会不会很难过，会不会很孤独，我觉得我是享受孤独，这种很清静的生活也很舒畅。因为有人讲这是我个人愿意做的事情，我不觉得像有人说得那么辛苦。

  我弟弟在美国，他也很关注我，他说你一个人在家干什么，你要不来我这边，我也告诉他说一个人总归有一个根，去年我叫他把小孩全部带过来，让他们知道他们的家就在鄱阳湖，让他们要以鄱阳湖为自豪，像我女儿回答别人一样：你爸干什么，我爸是鄱阳湖的渔民。你家在哪里，在鄱阳湖，某高校德国在武大招生的时候，人家就问她家在哪里。我在中国的鄱阳湖，她就很自豪地回答那些外国老师。

周志勇的女儿在德国公费留学，老婆在广州中山医院是个年薪几十万的妇产科医生，一个弟弟在美国定居，一个弟弟在北京落户，都是博士毕业。周志勇从乡党委书记的位置上退下来以后，既没有选择进城当局长，也没有到德国、美国，北京、广州去探望亲人。
他老婆劝他去广州定居，并答应每个月给他三千元的生活费，但是
周志勇还是选择留了下来，守候在自己乡下的房子里，看着门前湖
心的鸟飞来飞去。

　　若干年后，也许科学会回过头来，更早地寻找一片野草和一条
真实河流的价值。

　　九江近代史，几乎就是中国近代史的一个缩影。长江、庐山和
鄱阳湖似乎是政治家和军事家指点江山、角逐智慧的最佳演武场；
历史的风云际会，波诡云谲，往往让这里成为历史的重要节点。

　　第二次鸦片战争后，软弱的清政府被迫与英、法、俄、美
等签订了丧权辱国的《天津条约》。根据《天津条约》的规定，
一八六一年三月二十五日，江西布政使张集馨奉命与英国领事官巴
夏礼签订了《九江租地约》。九江和沿江一带的汉口、南京、镇江
等城市一道辟为开埠通商的口岸。

　　西方列强之所以一眼看中了九江，首先是九江的地理位置优越。
它南倚庐山，北临长江，控三江之口，当四达之冲，向为兵家必争之地。
九江又是"七省通衢，商贾云集"，为长江中下游主要物资集散地之一。
加上九江港航道顺直，江面开阔，水深适宜，终年不冻。港内可靠
泊大小商船，上下客货，又可靠泊军用舰艇，这种良好的港口条件，
让西洋人垂涎三尺。

　　从一八五八年后，以英国为首的列强在九江开始了通商贸易活
动，并在此设置码头，圈占租界，控制海关，建立银行，垄断贸易，
一时九江境内到处充斥着洋商、洋行和洋货，领事馆、教堂、学校、
医院随之而起，九江几乎成了洋人的一统天下。英国领事馆、日本
台湾银行九江分行、九江美孚公司金鸡坡油栈、英租界外洋街、日
清公司码头、招商局、太古、怡和、亚细亚洋行、九江一等邮局、

生命活水医院、同文中学、儒励女子中学、天主堂、美国基督教勃兰地教堂雨后春笋般建立起来。江水、堤岸、栈桥、跳板、趸船、轮船、帆船、渔船……日夜奔流的浔阳江，向人们诉说着这座城市的盛衰荣辱。

上帝像风一样改变着这个世界。确切地说，是传教士像风一样改变着这个世界。一八八六年的冬天，一位英国传教士顶着凛冽的寒风登上了庐山，他中文名字叫李德立。他此行的目的，就是想在庐山找寻一块清凉之地，盖几栋房子，准备做起房地产的生意。这是他第一次登上庐山，谁也没有想到，正是这位传教士，不经意间改变了庐山。

很快，李德立得到了牯牛岭这一带的土地租借权，时间长达九十九年，每年交租费十二千纹银，这样便宜的租金价格就像是送给他一样。得到租地的李德立将牯牛岭改为"牯岭"。于是庐山的清静被打破了，变成了一个巨大的人声鼎沸的施工工地。来自西方的设计者，把庐山的别墅设计成与中国建筑风格迥然不同的样子，这使庐山瞬间变成一座格外有意思的山。一九〇七年，庐山已经有了五百六十栋别墅，居民多达几千人，分别来自英国、美国、法国等十六个国家，成为赫赫有名的"世界村"。

一七二三年，清政府在姑塘设立分关，专门征收江西内河与长江下游来往商船的税收。一九〇一年《辛丑条约》签订后，姑塘关被英国人掌控，姑塘成了洋人的海关。

一八六一年十月，继任全国海关总税务司的赫德前来长江，先后在汉口和九江两地设立江汉海关和九江海关。由于起初"往来纳税均由上海关征收，分拨湖北、江西"，经过赫德再次来长江策划和筹办，一八六二年十二月二十一日，九江海关开关征税，近代九江海关正式成立。外国侵略者操作下的海关，不仅总揽了海关行政管理权，而且掌握了港务、港政管理权。十九世纪七十年代，九江港进出口船只每年一千余艘，一百余万吨。进入二十世纪头二十年，九江港进出口船只猛增至每年四五千艘，六七百万吨。开埠之后，港口发展速度令人惊叹，江面上成千上百艘中外船只，如"英国船""美国船""西班牙船""德国船""丹麦船"等等。接下来洋教、洋学、洋医、洋货、洋街也在九江迅速勃兴。这时的九江俨然成了列强的后花园了。传统和现代在这里交织融合，中西文化在这里激烈碰撞，同时也把西方文明由九江传播影响到整个江西。

　　鄱阳湖运足力气，流到一个叫"南门头"的地方，仰面一看，一座高高的山立在眼前，那便是南山。从南山之巅向北远眺，万户人家，万家灯火，密匝匝连成一片。宋诗人苏轼登临于此，写过一首《过都昌》的诗，叫"鄱阳湖上都昌县，灯火楼台一万家。水隔南山人不渡，东风吹老碧桃花"。从此南山把都昌从浩瀚的鄱阳湖高高托起，都昌因南山而名满天下。

　　这是一片雄性的湖泊，也是鄱阳湖的重要腹地和最宽阔水面。而雄性历来都是与辽阔和开朗连在一起的，是水激活了湖区人生命中最富于活力的基因。

　　至今，没有人能完整地说出都昌、鄱阳湖从诞生到今日衍生了多少神奇和故事，但公元四二一年间的那场地震，对都昌来说，无疑是一场沧海桑田、惊天动地的特大裂变。

　　一千五百多年前，鄡阳水城下是一片河网交织的冲积平原，这儿曾经是东晋和南朝的粮仓。突然间山崩地裂，雷鸣电闪，位于鄡阳平原上的鄡阳县城立时像个摇篮颠簸不已。当劫后余生的人们从惊愕中镇定过来，去寻找那片灰色的城堞时，叮叮当当的打金街不见了，九曲盘缠的护城河不见了，气宇轩昂的红石山也不见了！一个美丽富饶的鄡阳古城就这样奇异地从地球上永远消失了。

　　也许文明的进步，正是在那次划破苍穹的瞬间完成的。古鄡阳

215

的沉没，并没有使波光帆影的鄱阳湖产生绝望和悲哀。在这片土地上，又一座新的城池——都昌县拔地而起！从此，一个充满远古想象的"沉鄡阳，滂都昌"的故事在民间口口相传。都昌的最初文明实际是一种受伤的文明，一种废墟下的文明，一种打碎与重构的文明。

到了明末，陈友谅与朱元璋在鄱阳湖上的一场大战，又一次风卷残云般席卷了都昌。作为水阔天长的鄱阳湖腹地，都昌自然成了这场战争决定胜败的主要战场。战争结束，朱元璋当了皇帝，成就了赫赫有名的大明王朝；同时也在都昌广袤的大地上，留下了诸多关于朱元璋的草根传说。更有不少人把朱元璋当作"草根英雄"传给后人。慢慢地，都昌的耕读之风和出外学手艺者日甚一日，得以萌发。

"十里长街尽窑户，迎来随路唤都昌。"当时，一批批因遭战乱和水患而无法生存的都昌人，从水的世界走向崇山峻岭的浮梁山区；从卖鱼贩虾跻身于冶陶烧瓷的火的世界。逢年过节，在通往景德镇的山路上，挑担子的一帮帮一群群，从早到晚都不缺人。见到他们，当地人就叫"镇巴佬下乡了"。我的一个二叔父就是在景德镇宇宙瓷厂干活，回到家经常把几张崭新的十元人民币露出口袋显摆自己。我妈还做过景德镇瓷业工人的奶妈，供养几年后孩子长大了，就跟亲妈一样舍不得离开。在我们家乡，光"南芗万"在景德镇做坯烧窑的就有几万人。经过一代一代的努力，都昌人从补窑进而挛窑，康熙年间又挤进了满窑行。以后又分别插入了匣砖行、画作行、成型行乃至窑厂行。他们亲帮亲，邻帮邻，老的磨料，女的画坯，小的学徒。至乾隆年间，已达七十余姓之广。在向景德镇迁徙的漫长岁月里，都昌人一方面带来了鄱阳湖的灵气和活力，使水与火血肉交融，把拙雅古朴的陶瓷器具变成了精美绝伦的艺术；另一方面，也把工业革命的最新信息带回到了故乡。许多人成功之后，在自己的家乡盖起了一栋又一栋雕龙画凤的徽派建筑。可惜这些古老建筑，后来又被一些精明的浙江人加以收买和改造，整幢整幢地被运往江南山水景地，成为那里的人们休闲观光的上好茶楼。

应该承认，地理环境对都昌人性格的影响是巨大的。这里的水被山阻隔，这里的山被水浸泡。处在原始农业文明时代，"世上只有三样苦，打鱼贩鲜磨豆腐"，"鱼死不闭眼，打鱼不富贵"。这种独特的生存方式，造就了都昌人独特的个性。他们质朴、内向、固执，也耐得住终日湖天的寂寞。在孤洲野水里生活的都昌人大多貌不惊人，他们说话"喉咙大"，有点野，有点犟，但他们路见不平一声吼，颇有江湖义气。有时内心常因说不出而屡屡受伤。他们做的永远比说的多，想的永远比做的多。都昌人对水有一种近乎特殊的敏感。平时，"三弯九曲随舵转，五湖四海任舟行"。每年秋冬，成千上万的都昌人放下打鱼，投入兴修水利中去。那个时代，时兴大兵团作战，都昌万人上阵修水利在远近是出了名的。直到一九九八年那场大水，都昌几乎陷入灭顶之灾。一些几十年生活在湖边的人不得不搬离故土，迁到离家乡很远的山里。也只有这时，他们才清醒地意识到，人最终还得顺应自然。在"退田还湖，平浣行洪"的方针指引下，鄱阳湖重新恢复了以往的青春和活力，生态和水系得到进一步改善，大批候鸟重又飞临鄱阳湖畔。成千上万的灾民纷纷告别水患走向未来。枕着波涛长大的灾民，头一次做起了恬静舒适安稳的梦。

改革开放后，都昌人的"不安分"再度表现出来。为了尽快摆脱贫困，先是一些手工工人挑着担子，外出镶牙；有的则去俄罗斯做瓷器生意，渐渐发展到二十多万人远走他乡，到温州、东莞等沿海城市打工。长久的贫穷，积累下更加强烈的欲望。一旦有了机会，每个人都被发财致富的欲望开发出来。几乎每个老实巴交的农民，都曾卷入这个近乎疯狂的过程。他们每年带回的钱，大大改善了家乡的贫困面貌；同时也把异质文化带进了村里乡里。有的打了几年工

217

后富了，又回到家乡做起老板，给都昌经济的发展注入了勃勃生机。

进入新世纪，都昌人重新调整了自己的发展思路，朝着现代化的道路迅跑。占鄱阳湖水面总面积三分之一的都昌，为全县水产养殖提供了得天独厚的条件，很快中国"珍珠之乡"的珍珠生意远销世界各地。世界粮食计划署援建"二七九九"项目的精养鱼池，集中连片蔚为壮观。在长达一百八十公里的湖岸线上，珍珠、螃蟹、青虾、银鱼等特种水产名扬天下。随着经济的发展，城市建设大步推进，迎宾大道、万里大道、东风大道一扫老县城的土气和暮气，大大拓宽了新县城的规模和气势。

二〇〇八年七月，一辆辆大型平板车装载着粗笨的钢筒、钢叶和状似弹头的机舱，隆隆驶进都昌县城。人们驻足观看，议论纷纷。当矶山湖和老爷庙电场的风机迎着太空飞转时，人们才回过神来，发现这竟是出现在都昌的一次风力革命！

接下来，都昌这片土地再度沸腾起来，鄱阳湖生态经济区建设使得这个山水大县如虎添翼。他们在南山滨水区启动了都昌史上最大的城建工程。他们开山辟岭，推倒了一切阻碍都昌人视野的陈规旧见，建起了东湖广场、游乐园、南山广场、集贤亭、灯火楼台、万里拱桥和鄱阳湖国际论坛，把南山滨湖新区点缀得如诗如画。入夜，沿着南山往前走，华灯初上，你几乎分不清哪儿是灯光哪儿是星星。灯光与星星交织，南山与县城连体，使得都昌真正变成了鄱阳湖上的璀璨明珠。

生活变了，变得让观念和意识成熟了的都昌人无法驾驭。过去炊烟缕缕鸡鸣狗叫的水乡，几年间已是机器轰鸣厂房林立；过去的水塘和荒地，似乎一个早晨诞生出一个不可思议的奇观和让你无法想象的天地。这些看上去老实巴结的鄱阳湖人，冒着风险走进富于挑战的市场竞争，上千年与几十年和近几年的历史合起来推动了都昌，这就是发生在"鄱阳湖上都昌县"一场最深刻的历史性裂变！

二〇一〇年十二月二十八日，对鄱阳湖畔的共青人来说，无疑是一个意义非凡的日子。从这一天开始，共青城将有一个新的称谓——共青城市。在经由五十多年的时间和不同空间的转换中，共青人终于涅槃成为一只凤凰——一只水中的凤凰。

以这一天为节点，隔五十六年的时光往回看，共青的每一步都不是平坦的。共青的裂变是鄱阳湖诸多裂变中的一个突出典型和杰出代表。正如共青人打造"微缩版鄱阳湖"一样，浓缩了鄱阳湖一段重要历史。

共青人一定记得，五十六年前这里只是一个连名字也没有的地方。因了陈家楼这个人，才有了以后一连串的故事和传奇。一九五五年的陈家楼只是上海市一名普普通通的青年团员，看了一部苏联电影《第一个春天》，别人看了也就看了，而陈家楼不，他热血沸腾，深受鼓舞。他要去做一件非凡的事，要去边疆跟电影上的人一样去开荒。

一九五五年冬天，陈家楼带着一支上海青年志愿垦荒队来到了江西鄱阳湖畔一个叫不出名的荒山野岭上。

就在垦荒队员到达那里的第四十天，也就是一九五五年十一月二十九日，时任共青团中央第一书记的胡耀邦，受党中央和毛泽东同志的委托，乘一辆铁路压道车来看望大家。就在这一天，耀邦书记用筷子缠着一坨药棉，饱蘸墨汁，写下了"共青社"几个遒劲的大字。

从"共青社"到"共青垦殖场"是他们裂变的第一步，这一段共青人主要是为温饱为生存为站稳脚跟而战。在那激情燃烧的岁月，共青人白手起家，没向国家要一分钱，开出了几百亩良田，建了砖瓦厂，让自己住上了砖瓦房。不久，一场"风暴"击碎了共青人最初的梦。一九六九年七月，共青社被撤销了。七百多共青人至死不肯离开共青社，他们含着泪拿着耀邦题写的"共青社"牌子，迁到了更加荒凉偏僻的南湖。不久，一场洪水席卷而来，把刚刚挑起的圩堤一下冲垮了，南湖成了白茫茫一片，连共青社的铁皮牌子都无处可挂，只好钉在露出水面的树梢上……

危难之中，来了一个"杀鸭子"的好汉，带领大家在新的共青社办起了一个腊味板鸭厂，十一万只板鸭不到一年盈利九万元，终于让快要压弯腰的共青人重新站立起来。接下来，他们又从卖板鸭到做鸭绒背心、做羽绒服，办起了共青第一家羽绒厂。还真神，全国各地来要货的汽车，竟然要在这里排队。"不管你我他，谁都爱鸭鸭"，旋即成为那个时候叫得最响的一句广告词。一九七八年九月二十六日，当共青派人向耀邦书记汇报共青建场以来的发展情况之后，他再一次欣然为共青题写场名——"共青垦殖场"。

共青人就像一头脾气很犟的牛，拖着犁铧一个劲地往前，即使撞倒了南墙也不肯回头。很难用一个词来界定"共青人"的性格，他们有点非驴非马非麒麟非羊。到外面办事时，共青人往往很牛："我们是共青的！"好像共青是一张天字招牌。而到了现实生活中呢，其实又很苦，有许多体制内很平常的事，到了共青就是一肚子故事。他们说，你们是农垦的？这些话常常深深刺痛着共青人的心；也时时提醒每一个共青人，农垦又怎么样？！没有厂，我们自己办厂；不能进城，我们自己造座城？！

时光又过去了二十九年。这时的共青由小到大，由弱变强，年产值已达六千多万元，拥有全国最大的鸭鸭羽绒厂和江南最大的低度饮料酒厂，产品远销三十多个国家和地区。胡耀邦同志高兴地对陪同视察的省委领导说："这叫'星星之火'。如果江西有一百个这样的点，就是六百亿呀！那就不是翻一番了！"就在这时，耀邦同志又为他们欣然题写了"共青城"三个大字。这一段共青人仍然在体制与机制间奔波闯荡，他们内扩规模，外连八方，风风火火，驰骋商场，为一座新兴城市的发展和诞生铺平道路！

　　那时的共青人开放、敢干，与外部世界打交道时衣着整洁，系上领带，挺起胸膛，嘿嘿地笑，甚至连他们拉货的车子都比当地的长。当地人说，这是我们在本地最早见到的深圳人。共青人向来不肯服输！一般常人认为办不到的事，共青人就能办到。你说戈尔巴乔夫跟他们有什么关系，共青人说我要的不是关系，要的是机会。共青人硬是想方设法，在全国竞选的三千多种礼品中，"鸭鸭"羽绒服被当作"国礼"送给了戈尔巴乔夫。昌九高速上没有共青，共青人自己修一条路和它对接，别人是国家拿钱，他们却自己掏，结果终于有了昌九"共青站"。到了规划大京九时又没有共青，共青人打听到京九铁路封盘设计组到了南昌，他们主动迎上前去，政府不能接待，企业总可以吧？共青人常常抱怨自己是"农垦的"，而这时他又把"农垦"的牌子举得高高，从而赢得了与大京九对接的机会。耀邦同志逝世后，共青人又把耀邦同志的墓安放在富华山上，如今这里成了人来人往的旅游热点。总之，许许多多的机会，共青人一个个都稳稳地接住了。

　　如果说从"共青垦殖场"到"共青城"是他们经历的第二次裂变；那么从"共青城"到"共青城市"则是他们经历的最重要的一次裂变。

　　一九九三年，中共中央提出要把共青城建设成为在海内外享有盛誉的现代化的社会主义开发区。二〇〇八年，江西省委、省政府联合团中央成立支持共青城发展领导小组，高位支持共青城的发展，共青城再一次迎来了千载难逢的历史性发展机遇。特别是二〇〇九年十二月十二日鄱阳湖生态经济区建设上升为国家战略，江西省委、省政府提出，要将共青城打造成鄱阳湖生态经济区建设的亮点，行政管理体制和运行机制改革探索的试验区，经济文明、社会文明和生态文明有机统一的样板区和展示区。一个建设"现代化、低碳化、国际化"的共青新城正呼之欲出，共青城全国青年创业基地大幕已大大开启，各种变化继续以惊人的力量影响着共青人的未来生活。

他们在"全国青年创业基地"建设孵化基地，设立一亿元的产业投资引导基金，建立全国首个"双新人才"培训基地。此外，共青城在大力发展生态文化旅游产业中，依托耀邦陵园所在地的富华山景区地和南昌大学鄱阳湖校区等现有资源，以打造青少年教育基地、运动养生基地、生态科普基地为目标，总设计规划九十洞的高尔夫球场已建成二十七洞，国家网球训练中心投入使用。还有超五星级的格兰云天国际大酒店、中国第一个大湖鄱阳湖物理模型试验研究基地、湿地研究科普展示中心、鄱阳湖生态经济区建设展览馆、全国生态示范点、中航文化产业园、奥特莱斯购物休闲旅游产业园、隧道滑雪场、中芬数字生态城……共青城将一张张发展的名片呈现在世人面前。

五十多年的辛勤奋斗，五十多年的开拓进取，共青人终于完成了从共青社到共青垦殖场到共青城再到共青城市的历史蜕变，实现了从艰苦创业到开拓创新、从农垦经济到工业经济生态经济、从农村城镇到新型城市的超常规跨越。在新一轮中国城市化进程中，共青城市被永远载入了中国城市化史册，成为共和国地图上又一新的坐标。如果说当年九十八名上海志愿垦荒队员在一片荒滩野岭上建立的"共青社"，印出的只是一张黑白名片；当鄱阳湖"一湖清水"在共青荡漾时，它已是一张绿色名片；当中芬数字生态城、中加绿色经贸合作开发区等国际合作项目纷纷落户共青时，这张名片已经不再是单色调了，而是一张五彩斑斓的金色名片！

今天，站在富华山上，年轻的共青城市尽收眼底：青山绿水，云蒸霞蔚；京九铁路、昌九高速、新型动车如光似电疾驰而过，犹如生命中的大动脉在强劲地搏动。"不论你望得多远，仍然有无限的空间在外边。"惠特曼的诗句是对共青城市未来发展的最好表达。对于共青城市而言，一切都还在路上，一切都还在铺开，一切都如日中天勇往直前……

朝阳下蜿蜒的大河。

晨光中，一群跳傩舞的人，从山崆那边奔跑而来。

傩舞神秘而有力度的舞姿。

当代长江公园，舞动的人群。

历史就是这样周而复始，旧的逝去了，新的又在诞生。

这就是最近发生在浔阳江头的故事。

铁牛镇江，如山如岳，波光粼粼的长江浔阳江段。

一座宝塔紧抱大江。

万里长江，千古奔流，流到浔阳江头，忽然间变得温柔多情起来。

这里曾经是六朝天空。

这里又是英租界重要遗址。

这里更是一个巧夺天工的绝版长江。

厚重的历史音乐中跳出"九流"：道家、墨家、儒家、法家、阴阳家、名家、农家、纵横家、杂家等动态呈现。

中国"上古史"的九个思想流派，共同推进中国历史朝着一个方向大步前行。

"九流"，加上汇聚九江的"九派"波澜，构成了大江两岸最壮丽的景色。

琵琶亭下，白居易雕塑楚楚动人。

游客们高举手机，纷纷在白居易像前拍照留念。

这个由唐走来的美丽传说迷恋过多少游人？

月夜、厮杀的战马、肃杀的唐代宫殿。

苍茫的烟雨中，一条孤独的命运之舟缓缓漂来。

唐元和十年（815）六月三日，京都长安爆发惊天血案，宰相武元衡被害。白居易身为谏官直言进谏，却遭五雷轰顶。像一片失落的树叶飘落江州。

加拿大相声演员大山朗诵《琵琶行》。

"浔阳江头夜送客，枫叶荻花秋瑟瑟。"

……

著名演员濮存昕留在浔阳江头的声音。

"醉不成欢惨将别，别时茫茫江浸月。"

"同是天涯沦落人，相逢何必曾相识。"

濮老的泪水夺眶而出。

急促的琵琶弹奏，大珠小珠落玉盘。

这里是净土宗的发源地，理想中的家园。古人相信那是好人灵魂居住的地方。

林间鸟声唧唧，打破了山的沉静。

古木参天，白鹿洞教规渐渐展开……

一个高大的石雕门楼气宇轩然耸天立地。

千年前，朱熹迎送生徒的枕流桥依然卧伏溪上……

这里站立着理学开山始祖周敦颐。他从湖南转道九江，把整个家都搬到了这里。

一朵花开了千载，一个人走了千年，漫漫人生风雨路，且把他乡当故乡！

浔阳江上一声汽笛长鸣，抗洪广场，纪念碑耸立。

历史仿佛是风雨中飘来荡去的孤舟，在一九九八再次掀起惊天大浪。

九江就是这片汪洋大海中敢为人先者和勇敢前行者。

清浊分明的鄱湖长江在这里携手东去，流入长江，奔向大海。城市广场上，《你只是个传说》的歌声飞扬：

"不要疯狂地迷恋我，我只是个传说。咱们的世界这样大，事情如此多，你我都说完全明白事实的真相，其实听到的也就是个传说。"

　　"不要疯狂地迷恋我，我只是太寂寞。红红的太阳东边起，月亮西边落，你我都是这条路上匆匆的过客。"

　　长江国家公园挤满了前来参观游览的人，仿佛天下所有的英雄好汉都集中到了这里。

　　在江西，人们终于发现，生态兴则文明兴；生态衰则文明衰。随着鄱阳湖生态经济区建设上升为国家战略的实施，这一意味深长的转折，将进一步开启一道美丽而遥远的水天地平线。

　　这道由水天组成的地平线，向来是一个让人产生联想的话题。当我们站在城市的边缘向远处眺望时，地平线就在不远的水天交汇处。这个距离是很有意义的。按照经济学的分析，一个现代化的城市主要产生于经济要素的聚集，这种聚集是某些特定的地方的生活形态在短时间内产生了一种前所未有的变化：现代技术与人口爆发性地增长，都市生活迅速地兴起。而与此同时，人们也发现了一种曾经十分熟悉的生活也正在离我们渐行渐远……

　　我们就生活在这样的现代都市里。

汇 流

哎，太阳一出三声叫，

大叫一声把船摇，

把船摇啊把船摇，

把船摇到鄱湖口。

——《鄱湖谣》

水流倦了，便会睡成湖泊，因此江西五河便曲曲折折地交汇，在一夕残阳的见证下，将那一身浩渺的波光，托付与这个中国最大的淡水湖——鄱阳湖。然而，五河入湖的水量都会随着季节的转变而明显地增减，即使远在太虚之上的人造卫星，也把江西北部大地上的这一幕看在眼里。春天以后，五河河水汇流涌出湖内，形成大水一片，面积达三千九百一十四平方公里；入秋后旱季来临，则枯水一线，湖面面积只及夏季时的八分之一，连四周的土地颜色也变成黄土地一样灰黄沉寂。

鄱阳湖作为中国的第一大淡水湖，为江西、为长江流域、为中国水资源和水生态以及世界国际湿地所做出的贡献是不可低估的。整个地球上，耕地每分钟损失四十公顷，每年损失二千一百万公顷；

森林每分钟损失二十公顷，每年消失约一千一百公顷；沙漠化每分钟十一公顷，每年约六百万公顷；污水每分钟八十五万吨排入江河大海，每年排放量约四千五百亿吨；人每分钟二十八个死于环境污染，每年约一千五百万人在环境污染中消逝；物种以每年二十四种的速度灭绝。在维护生物多样性、调蓄长江洪水中，鄱阳湖发挥的重要作用是国内任何湖泊所不能替代的。

在漫长的历史进程中，历史和土地都被人类切割成无数碎片。而大自然却千秋万代地永远浑然一体。鄱阳湖这条汩汩奔涌的宏大血脉，裹挟着无数人间的悲欢，经历了一场场脱胎换骨的变动，从古彭蠡泽到今天的鄱阳湖；从广义的鄱阳湖到狭义的鄱阳湖；从前鄱阳湖时代向后鄱阳湖时代转变，包括改革开放后"上环"和"下环"的鄱阳湖，几经周折几经变更，经过千回百折的撞崖碰壁，战胜无数惊涛骇浪，风尘仆仆走过了极其艰难的岁月，终于在湖口这个大江大河的交汇处找到了它的出口。在这里，烟波浩渺的鄱阳湖与奔腾而来的万里长江携手东去，投入长江，奔向大海。

　　鄱阳湖是一个非常重要的天然湖泊，它已经被中国政府列入国际重要湿地。

　　几乎世界上所有的白鹤，冬天都要到鄱阳湖来，也有很大比例的其他珍稀种类。

　　我们真的要依赖自然环境，我们必须有自然环境才能够生存。

　　要是我们对所有天然的资源不断地利用，无止境地利用的话，总有一天会没有的。

这个地方很小，仅有零点八平方公里，是鄱阳湖上的一个孤岛，叫棠荫岛。他们所做的那些事似乎也很平淡，每天早晚到湖中间测量一次水情。从五十年前的某个早晨开始，小岛上的水文人像"麦田的守望者"一样，一直守护着这一湖清水。两个普通的水文人，彼此之间以师徒相处，师傅待了二十六年，徒弟待了十八年。十二年前，当师傅带着一身的病痛离开小岛后，徒弟接过师傅的手，一直坚守在这里。

在许多人看来，我们棠荫站好像是"世外桃源"。实际上，"棠荫血吸虫窝，蚊子蛇又多，苍蝇抓一把，人来无处躲"。这一带水域位于四县交界处，都昌在北，鄱阳在东，东南是余干，西南是新建。赣、抚、信、饶、修五大河中，除修河和赣江西支外，河水都要在这里汇集。由于这里远离湖岸，水位、水质监测不易受周边环境影响。研究鄱阳湖，棠荫站的水文资料极有代表性。从某种意义上说，棠荫是鄱阳湖水质监测最灵敏的传感器。每次鄱阳湖涨大水，棠荫站收集的水文资料又成为水利部准确决策的一杆重要标尺。一九九八年发大水，棠荫受淹，但一个小时一次的水情监测，我们从来没有中断过。这里的雾气很重，有时到湖心测量，回来找不到北，只好敲着脸盆向岸边乡亲求救。

今年秋天的水位是二千年以来最好的一年。本来我们所处的地球经纬度应该是沙漠地带，但江西属亚热带温湿季风区，雨量丰富，水汽充足，全年降雨量排全国第四。江西五河的水质几乎可达到饮用的程度。在现在许多地方出现水污染的背景下，鄱阳湖仍能保持今天"一湖清水"，这是非常了不起的事情。

湖口是我生命的出发点，我童年中的许多记忆都留在这里。我现在还经常去湖口老家看看，每次去都有不同的感受。作为鄱阳湖的儿子，我为有这样的母亲湖感到骄傲。我们不仅要让我们这一代人保持"一湖清水"，而且要让世世代代都要做到这一点，创造一个人水共生的世界，让鄱阳湖一年四季永远清水长流。

二〇〇八年三月三日，在政协十一届全国委员会一次会议上，全国政协委员王东林先生发言说，鄱阳湖一旦发生"病变"，长江中下游就可能"半身不遂"，要得"尿毒症"了。

（吴东双　摄）

一石激起千层浪，这个想法非常大胆，立刻在网上、在大会引起了巨大反响。

这不是危言耸听！

鄱阳湖在为国家做出巨大贡献的同时，与国内其他湖泊一样，也同样面临着巨大的环境压力。

鄱阳湖旱象日趋严重，变得有点喜怒无常。近年来受气候变化等因素的影响，枯水期长，鄱阳湖水位持续偏低，蓄水量少，逐渐丧失天然蓄水泄洪等调节功能，严重影响了鄱阳湖生态环境和生态平衡。二〇〇七年受降雨持续偏少影响，五河入鄱阳湖水量减少，鄱阳湖水位和面积急剧下降，滨湖地区发生不同程度的旱情，城乡居民饮水受到影响，近十万人出现临时性饮水困难。

鄱阳湖水域面积从最高五千多平方公里一度减少到不足五十平方公里，碧波千里的浩瀚水面消失了，周边城市的干旱危机逐步显现，并导致湖区植被动态改变异常，生物量下降，湿地面积缩小。生物及越冬候鸟的数量也在减少。二〇〇六年底至二〇〇七年初，越冬候鸟为四十六万羽，比上年同期减少二十七万羽。

除了沿湖地区持久干旱、上游来水少等不可抗拒的因素以外，还有围湖造堰大大隔断了水与土地的联系。由于水与地的关系被阻隔，湿地的功能随即消失；还有速生杨吞食鄱阳湖湿地；还有无序采砂加剧湖底沙漠化。特别让人震撼的是，今天，我们站在吴城、站在松门山、站在屏峰港和蛤蟆石之间，看到的不再是"秋水共长天一色"，而是一艘接一艘的挖沙船，如同鸦片战争时入侵的舰队一样，正在对着鄱阳湖水底进行地毯式的极其疯狂的生态掠夺。渔业资源变得日趋匮乏，比如鲥鱼已经找不到了，银鱼也越来越少，先前如河马在三江口上下翻滚的白鳍豚，更是处于濒临灭绝状态。

鄱阳湖水质也有所下降。二十世纪九十年代，鄱阳湖 III 类水质以上湖水达百分之九十七。随着工业化、城市化快速发展，鄱阳湖水质也日渐营养化，造成湖泊所承受的生态压力不断加大，与其密切相关的区域面临严重的水生态安全威胁。到二〇〇七年，III 类水质以上的水仅有百分之八十，事实上，鄱阳湖原水生态已不复存在。

一度灭绝的血吸虫在鄱阳湖重新复活。鄱阳湖还属于湖沼型血吸虫病疫区，仍然严重威胁着湖区群众的生产生活，制约环鄱阳湖地区居民的生存与发展。

受伤的不再是鸟，还有人、湖，河流中的鱼、水滴、雨、植物、整个生物链。总之，气候、季节、声音、颜色、昏暗、亮光、风雨、食物、嘈杂、捕杀、暴力、安全，全都影响人类身体的机能因而也影响人类的心灵。

现在有河无域的现象，也开始出现了。许多自然生境演变成了人工环境。在自然生境遭到破坏人工环境刚刚形成的过程中，一些生物会通过自身调整以逐步适应新的环境；但另一些生物也会因不适应新的生境而发生退化或消亡。由于河流是一个完整的生态系统，其中各种生物都有其特定的地位与作用，不同生物之间相互依存，因此一个物种的消亡，必然会影响其他生物的存亡和生态系统的完整性。到那时，也许鄱阳湖不再叫湖啦，而应改名"鄱阳湖水库"。

一切生命都是神圣的，河流同样是有生命的。鄱阳湖和人类一样渴求幸福、承受痛苦和畏惧死亡。随着河流健康越来越受到重视，人们通过对以工程为主的治水思路进行反思，提出了"为河流让出空间""为湖泊让出空间""为洪水让出空间""建立河流绿色走廊"等理念。这些理念正被越来越多的国家和流域所接受，并进一步由理念转化为实际行动。人们越来越明白一个基本的现实：那就是地球上只有一个鄱阳湖。

这位身背"地球"的人叫蒋桂山，是都昌县左里乡蒋家村人，一九六八年出生。由于家乡紧邻著名的鄱阳湖，他祖祖辈辈都是水上人家，靠打鱼为生。当他长大懂事后，蒋桂山发现，老家鄱阳湖原先清澈的湖水变了样，被废水污染的湖里再不像小时候那样湖水清澈、鱼虾成群。无奈中，十五六岁的蒋桂山便和当地许多渔民一样，洗脚上岸，背井离乡，自谋出路。他到过九江，又去了温州，卖过菜、到停车场打过工、当过厨师，多年的摸爬滚打后，他在温州经营了一家餐厅，每天的营业额有两千多元，一年能赚个十多万，事业上小有收获。为了保护鄱阳湖"一湖清水"，他每天背着八公斤重的自制地球模型，徒步全国义务宣传环保，足迹遍布十六个城市，他想以一种特殊的方式，唤醒人们对绿色家园的关注。

二〇〇七年过年后的一天，我在温州经营餐厅，从一上门兜售的小摊贩手上收来一只乌龟，准备放生，没想到几天后，乌龟莫名其妙死了，剖开乌龟一看，原来乌龟的胃道被误食的塑料袋给堵满了。不久后，在看电视时，中央二套播放的一组环保问题系列报道又深深触痛了我的心，镜头中一只百年海龟生病后被人救助，多方医治确定不了病因，最后无力回天。事后科研人员解剖其内脏才发现，老海龟也是误食了黑塑料袋。电视主持人说，据海洋部门不完全统计，每年因误食塑料袋等白色垃圾而死亡的海龟竟多达数万只。还有那么多挖沙船在鄱阳湖狂开乱采，破坏了堤岸，破坏了河床。看着这些痛心的场面，我痛苦抉择后做出了一个惊人的决定：

放下工作，走遍全国，宣传环保。

因了绿茵茵的湖滩，才有了翩翩而至的白鹤和天鹅；因了这白鹤与天鹅，才打破了这草甸上亘古不变的古风民情；又因了这片土地和这土地上奇特的风俗民情，才使得如此众多的中外游客纷至沓来。他们到这里不为别的，就看那过往的船只摇橹扬帆；就看那落日与水鸟竞走齐飞；就看那成群的猪、牛和河麂在湖滩上追逐戏耍；就看那靠半个脑活动半个脑休息的江猪在三江口上时隐时现时沉时浮扑朔迷离上下翻滚；就看那水边的村姑在那里放牧纳鞋底；就看那细吹细打的迎亲船从湖上缓缓划过；就看那遍地长出的根部形似人参状的黄花萎陵菜在风雨中开开合合；就看那夜晚想吃露水的鱼虾争相跳出水面，几丝微波划乱了远山的倒影。这时，你只要在草地上躺下来，就是自然而然地沉醉在大自然的天籁里。而人一旦与大自然融为一体，你就不能不哀怨有限的人生，仰慕无限的永恒，像游子投入母亲的怀抱一样，产生一种近乎撒娇的悲哀。

诗意地栖息，总是代表着人类永久的愿望。在社会发展越来越都市化的今天，人们对山水的依恋越来越高；依水而居，仍然是人们追求的一个重要价值目标，它重构了我们的现代生活。而一个好的湖泊必然是"山青青，水凌凌"的。处在这种巨大的变动之中，人们不得不问自己：鄱阳湖曾经给了我们那么多，而我们又给了鄱阳湖什么呢？

世界河流会议通过《长良川宣言》，提醒世界注意人类活动与河流相协调，呼吁各国将流域作为处理地球问题的最小单元，为实现流域的可持续性发展而努力。二〇〇六年，世界河流会议又一次通过了"携起手来，努力实现鄱阳湖可持续利用"的《鄱阳湖宣言》。

早在一九七二年，联合国第一次环境与发展大会就指出："石油危机之后，下一个危机是水"，二十一世纪将是水的世纪。一九七七年，联合国大会进一步强调："水，不久将成为一个深刻的社会危机"。缺水已是一个世界性的现象，有的国家已经靠买水过日子。德国从瑞士买水，美国从加拿大买水，而阿拉伯联合酋长国从一九八四年起，每年从日本进口雨水二千万立方米，日本只要花一百吨水就可换得一吨石油。现在，传统意义上的难民全世界仅为二千二百万人，而由于缺水所造成的"环境难民"多达二千五百万人，到二〇二五年，这一数字将多达一亿人。在地球水资源全面告急的情况下，鄱阳湖还拥有如此丰富的淡水资源，这不能说不是一件幸事。

二〇一〇年十一月二十日，中国鄱阳湖首届国际生态文化节在"落霞与孤鹜齐飞，秋水共长天一色"的赣江之滨举行。鄱阳湖这个中国最大的淡水湖，带着与生俱来的生命活力，第一次出现在世界各国人民面前。

鄱阳湖瑞洪镇湖湾停满了各式各样的船，有钩船、网船，还有虾船、鸬鹚船，这里好像是正在举行船只博览会。

突然，三声锣响，鞭炮不断，渔民们像离弦的箭一样直取湖心。几乎在同一时刻同一瞬间，各色各样的网同时张开。

开湖是渔民们一年中最盛大的节日。每年冬天，"寒露霜降水退沙，鱼归长江客归家"，积蓄了一年、禁捕了一年的渔民到了开湖这一天，显得异常活跃。开湖前几天，渔民们就挨家挨户奔走相告。开湖那天，三声锣响，渔民们便争先恐后，一齐出动。

这里凝聚着渔民生活中的亮点和血液中蕴藏的男子汉的勇猛。在这里，渔民们体会着难得的相聚和竞争。在这儿获得的欢乐和喜悦，将使他们久久难忘……

鄱阳湖边，一群赤裸着身子的孩子，迎着初升的太阳，在水中追逐着，奔向湖边……

一大群穿着游泳衣的少女，飞快地抖去裹在身上的"披风"，

（李龙岗　摄）

　　笑着叫着，搂着一个花花绿绿的救生圈，在水边欢快地凫动……

　　远处传来一阵阵轻盈跳跃的电子琴音乐：

>　　假如时光能倒流，
>
>　　我愿回到小时候，
>
>　　走在青山坡，
>
>　　唱着小放牛。
>
>　　折只小船儿，
>
>　　那个盛满了小蝌蚪。
>
>　　童年天天盼长大，
>
>　　长大又想小时候。
>
>　　哎啰哎，哎啰哎……
>
>　　童年是天天盼长大，
>
>　　长大又想小时候！

　　宽宽的湖面沸沸扬扬。人在大自然面前，显得空前的自由和洒脱，仿佛儿时的天真、浪漫、放纵和骄矜重又回到了鄱阳湖畔。

　　水、天、人融为一体……

　　一排又一排的"人"字雁阵横贯长空……

　　太阳、河流、男人和女人。

跋：

想想那日子

饶丽华

　　赵青老师上一本书出版时，正逢我手头四份工作，在时间里天昏地暗，面对着他已经初具雏形的样书，只等我一篇小文奉上，不限字数不限主题，寥寥数语即可，以他对文学的热爱和对文章要求的苛刻，我知道这是一分荣耀一分看重，爽然答应，但到底错过落空。当他把《在下沉的世界里上升》一书付梓送到我手上，扉页上留着他亲笔题写的一段话："丽华先生存念，众生喧嚷之世，一个真正独立的女人总是愿意远远地，一个人⋯⋯"这是一种很高级的褒奖，像在纷扰的街头迎面撞上老朋友，彼此懂得而相认。

　　共事十一载，赵青老师从一个被我们尊敬的主编、仰望的文学师长到良师益友，以时间的加冕，我和编辑部的同伴们青春被燃的炉火锻造，《周末世界》和赵青老师就是那个炼丹炉。

　　这次他的新书出版，再次嘱我写一些话，那些纷纷的碎片又涌上来。

　　新公园十七号，二十世纪九十年代初，那栋十四层高外嵌红色色块、类似于风中旗帜的《九江日报》办公大楼，在一片平地上挺拔，八楼最里边那间房，聚集了一批十年面壁图破壁的青年，他们通过笔试、面试在激烈的竞争中留了下来，我是其中之一。

235

　　《周末世界》成立之初，通过权力部门或用一大摞作品想敲开编辑部大门的人跃跃欲试，赵青主编一再告诫我们："一切来之不易，要懂得珍惜！"

　　在忙着试刊号那些日子，青涩的团队被赵青主编"水要烧到一百度，做事要做到极致"的工作作风鼓舞着推动着，年轻的心都憋着一股劲，"只要给我一个支点，我就能撬动地球"。当时，《九江日报》还是一张对开四版的小报，《周末世界》是改革开放后九江第一张大报，他带领大家雄心勃勃拓荒开垦，上午研究报纸语言造型，下午推翻重新再来，晚上又开始新一轮肯定之否定。

　　打碎与重构，加大信息量，中西文化比较和冲撞，地域性与全国性；写作的生门与死门，编辑要学会在平静中敲响一面锣……主编的话让大家耳朵磨起了茧。

　　如何做到剃头修面式的减法，追求清风朗月秀目蔚然的面貌，报纸不是那么好侍候的。我们踩地雷般走了好长一段路，文章不断地惹麻烦，总是在红黄线边缘游走。春节来临，为了版面热闹，取标题为"恭喜发钱"，于是被戴上资产阶级帽子，挨批或者被告状。赵老师到处灭火，大事化小，化了，纠错改错，我们这些初生牛犊刚对办报有点感性认识，以为可以在陀螺式的日常中喘息一下，新的问题又兜头一盆冷水。

　　采访、约稿、编辑拿出栏目设想，建立广告客户网络发行，办广告许可证等等，事情多而杂。我负责一个版面的编辑、采写、办公室事务、财务等，身兼数职，分配我个人的广告指标比其他同伴高，也不知道赵青老师是如何掂量。偏偏我不知斤两，肩挑手扛，赵老师怎么吩咐就怎么做。从小外婆的好家教，到了职场听话配合乖到了天际线，做什么事都认真对待以性命博之。

　　报纸的社会效益与经济效益要上去，周末世界编辑部兵分两组，南下广州，北上北京组稿，其他的人留守在家穿街走巷四处化缘。

每周一期的报纸，三五个人，几把枪，像驴拉磨周而复始。有一位刚从大学毕业的小伙子调侃："妈的，总有一天，我这根弦会断。"

那时激光照排还未完善，我们剪刀、胶水、尺手工操作，常常在暮色时分，其他科室都下班回家，漆黑的大楼里只有我们仍在八楼办公室里望着冬夜渐渐亮起的灯光，不知何时结束手上的工作。

"今天又要搞通宵。"只要加班，赵老师就像过狂欢节，永远兴奋永远热血永远挑剔。我们的方案推翻再推翻，有些来稿哪怕作者名望再大，如果不入他的法眼，他马上撕得七零八落，把他认为的平庸稿件枪杀在摇篮中。他坚持他办的《周末世界》要用自己的风格为圆心，以世界上先进文化为半径画圆。

九十年代初，赵青老师正是日照正午干事业的大好年龄，一股心气和锋利掩也掩不住，他说没有难办的报纸，只有难办的人、难办的观念和难办的惰性和陋习。他既希望"周末世界有原始的生命力，摆脱时间和空间的压抑，又试图用中医温补的方式，滋阴壮阳培植元气"，他追求大雅大俗，我们总是学着他的口气怪腔怪调地说"雅得多么俗啊，俗得多么雅啊"。

我不问目标不问前程低头赶路，负责"凹凸"版面，都是男女情感生活类表达。刚刚改革开放，天窗漏下亮光，一切还是冰雪初融，版面口碑也是两极分化，年轻人喜欢居多。

人世间，爱情的话题细水长流，永远嚼不烂。版面做得好，大家心上荡漾，热点流传，脸上流光；版面遭闲言碎语，个别老朽大放厥词，说革命运动一来，保不准会打成右派。仿佛雷电一般的启示，感觉办报如刀尖上起舞。

一次，报社的朋友偷偷告诉我，某领导挑刺我的版面，正在审读准备向上打小报告，我一时激动，瞒着赵青主编，电话打过去追问："难道需要我刊登表扬稿才是正确伟大的生活和爱情？"自此，再没有类似的事发生。

237

因为在编辑部身兼多重任务，有时我也怀疑赵老师的洞察力和判断力。我做几个人的事，拿一份工资，难道他看不见，怎么派我的工作越来越多。尤其外界喜欢把年轻的女性视作花瓶，我最不屑农耕社会遗留的对女性的消费和轻慢，一改逆来顺受的韧劲，不再苛求自己，与赵青老师的某些观点对垒。

《周末世界》成立五周年，我白天忙碌研讨会会前一切琐碎事务，晚上要把这五年来的历程温习后择要写出几千字的报告文学，第二天还要开会、编稿、出刊，两天两夜没合眼，我说，如果再叫我做事，我要发脾气了，我就事论事冒犯回敬赵老师，他过后就忘，也不生气，委婉批评我是"绵里藏针"。我性格缓做事慢，他拿我没办法，"饶丽华，我不说你慢，我说你从容"。等我明白自己的弱点时，才知道赵青老师对我的批评多么厚道多么包容。

赵青老师每次来办公室，腋下总夹着一大摞报纸图书，编辑们蜂拥而上，像孩子抓糖果拿了立即散开，他急忙喊道，哎呀，我还没来得及看呢，看完还给我呀，一群"土匪"。

看到谁的字结构不好，他表情认真发表高见："你的字怎么跟国民党的残兵败将撤退一样，你搭着我，我搭着你。"

他在办公楼上看到一个人走路异常，马上一句"他的脚在大地上画满了问号"。

他时常蹦出一句话，一语中的，对人对事精准总结；有时，某个下意识的字句，藏着他的人生惊醒。

赵青老师才华不全在文章里，他说起事情批评起人爆笑的金句不断，大家相互感染，各种幽默怼来怼去笑翻了天。

我们编辑部平均年龄二十五岁，因为初生牛犊不知世事，赵老师曾自嘲"我像是一个拖板车的人"。

有一年写新年寄语，编辑们惯常从喜庆处落笔，他却用墨笔勾了几根线，画了一个人弓着背踽踽独行，画面右下方写着："不立文字"，发现他还有无师自通的才艺，大家惊奇捧腹，却不明白他四野茫茫独立荒丘之无力感。

多少个黄昏和昼夜，他一次次面临着尴尬的两难境地，对自我的坚持与忠贞；读书人的洁身自好和孤高清醒，"你不可改变我"，同时，社会如洪流，"你别无选择"，仿佛吞噬的网，他在看不见的网中突奔。

闲暇，他站在八楼的窗口眺望匡庐山水，仿佛要穿过世界，雄踞在最高峰，繁衍文字，再造希腊小庙。他暗暗发誓，我要把我的生命和才华全部注入这物欲横流的世界。

在《周末世界》那些日子，我们这帮另类，一同经历现实击打后的沮丧，被质疑时另眼相看，天文地理聊天的快感，四处追风追雨的乐趣，奇思异想的碰撞。

一介书生办报，轰轰烈烈的乌托邦绝响。

试水市场经济，赵青老师的短板，使财务数字羞愧，一个亦愚亦智的读书人，究竟难抵现实的窘迫。如果他善经营，正是时来运来，大道通天，赚个盆满钵满，但胜地不常，盛筵难再。

五十四岁赵青老师被政策"一刀切"，退居二线，报社人员调整，刊物半年后改名。我因多次被朋友批评"太幼稚、不食人间烟火"而困惑，每天时间消耗在看书、编稿、写稿上，不知自己幼稚在哪，怎样才能摆脱幼稚的毛病。此时晚报广告部负责人调到省里，由于我在专刊编采选题策划上动了一下脑筋，版面一度大受好评。此时报社为了加强晚报广告部专版文化力量，征询我的意见，我想打开另一扇门，走出象牙塔重新看世界。

退休后赵青老师躲在他别墅书房"望庐邨"里，享受着"千峰顶上一间屋，老僧半间云半间。夜来云随风雨去，到头不及老僧闲"的悠然自得，偶尔来报社闲坐，看见我不是在审阅广告公司及部门业务员的广告稿，就是电话不停谈合作、签合同等，他苦笑道"你

239

这个地方已经不适合聊文学创作了"。偶尔我也抱歉似的陪他聊一会天。基本上见面第一句话就是最近又写了什么，在看什么书。

以赵青老师的声名两旺，文字功力在江西堪称中流砥柱。所以他也没闲着。电视片《魅力九江》要参加央视评选魅力城市，他把写好的《魅力九江》剧本初稿《浔阳月夜》带给我看，让我提提建议。

我从小就有个电影梦，死亡对于我就是看不到好看的电影了。看完赵青老师的初稿，感觉云淡风轻的岁月静好还少点什么，是不是要增加一点张力，便提出老城区西园与新城的镜头链接（老城与新城、快与慢）以及其他场景应用，此时办公室财务人员正在用计算器敲打记账，她修长的手指在数字上灵活游走，敲打的声音令我想起"大珠小珠落玉盘"的诗句，脑子灵光一闪，联想起"春江花月夜"名曲开头的琵琶声响，我建议用此曲听觉先入为主，托底加持城市印象，配上赵青老师文字妙章，他欣然接受。第二天，他兴冲冲告诉我，他请教了音乐界小戈老师，证实这首曲子跟浔阳月夜有关。

九江成功入选魅力城市，这首名曲也在工业转速中耳熟能详。等我回到后"周末世界"时代负责《长江周刊》运营，"春江花月夜"演出首场，为了文化暖场兼顾客户需求我也剑走偏锋策划了十六个版面的"倾城之欢"特刊，我咬定青山，赵青老师牺牲业余时间为版面贡献作品加班撰稿校对修改。

首演结束，赵青老师打电话迫不及待地问，你先说说你的观感。他是晚会专家组成员，因为工作上的平易近人，与人相处真诚不欺，我们都习惯了口无遮拦，于是，我子丑寅卯挑拣软肋。

有时我也感到气馁，因为跟他交流，他总是心有猛虎长篇大论，你好不容易接上话，他就夺走了你的话语权，他似乎不善接人话题，自顾自絮絮叨叨，使更深的聊天乐趣丢失，谈话基本上是浅池起涟漪，久了，便有点失了耐心，但沉下来一想，赵青老师有夸大的梦境和不坠的青云之志，转念也就原谅了。

有一次，他用古文写诗词铭文让我看看随便修改，我也来者不拒，大胆把他写的那篇全部拆掉，留核心内容再重新组合文字秩序。

我之所以有今天的成长，赵青老师和《周末世界》就是一个炼丹炉，他完成了对他人的熏染改造，如今才可以一路同行，互生互长。同时《九江日报》从对开四版的小报到《周末世界》大报的诞生，他对九江报业的贡献不可小觑。

离开主编岗位，赵青老师又找到新的发力点。各种命题电视片和刊物撰稿邀约纷至沓来，他精气神十足，雄心似灯塔，在我看来很棘手的宏大主题，他有一套又一套的组合拳，大脑像水龙头开关，拧开，文字的水汩汩地流，一切水到渠成，我们认为最头疼的稿件，他出来的成品根基扎实，字字饱满挺立。

由于《魅力九江》的影响力，九江申报国家历史文化名城解说词的撰稿任务最后花落赵青老师，这类题材资料庞杂，关口众多，仿佛他最能掂量，轻轻一抓就起来。其实赵青老师四两拨千斤的背后是他日日累积的杂学旁收，比如，他忽然花近千元买一张门票跑到南方去看一场舞剧，说不定就是这一点点不被他人看重的日常行为成为他文字中的灵魂一笔。

赵青老师关于庐山名人别墅大拍卖撰写的《牵动全球的庐山风云》；关于庐山申遗撰写的《匡庐对话》；关于一系列撰写的电视纪录片《静静的鄱阳湖》《景德镇》《红云》《天音》等作品，篇篇都是重头戏，他的文章像打桩一样，里面的精密度闲不容发，国内国外播放，国内国际得奖。他有种志得意满舍我其谁的成就与骄傲。

凡这城市有重大新闻重要稿件也只有他拿得稳，他锚定的任务，不会让人落空，他也爱接这样的活。一支笔像指挥家手中棒，空中起落掀起交响，那样的轰鸣、气氛、叙述与节奏，整个体系都是赵青式样。形而上的形而下，在北京鲁院的学习经历对他是一场及时的精神骤雨，浇灌出一沓沓的纲领和理论，架构宏大，还有许多观

241

念性的钢木结构，在他日日阅读的累积、口口声声的传播和字字句句的耕种里落地生根，成为他的旗帜、招牌与符号。

"历史是在河边长大的，是水孕育了人类文明……"

这本《千帆过尽：鄱阳湖别传》封面题记从水开始点睛。他让我这次一定抽出时间写点什么，放在这本书里，弥补上次的遗憾，记录曾经共事的过往。

我从小在城市生活，哪里知道他生于斯长于斯的鄱阳湖风生雾起，书籍里埋藏的地理知识只是扁平的纸上记载，对于我没有那种热乎乎的情感牵连。记得有次采风，我坐在突突的机动船中，由于不谙水性，外面无边无际的波涛仿佛充满了杀机，我和同伴待在船舱里，梦游似的说起缥缈的理想，而他几乎用了生命的三分之一时间浸泡在那里。他的初始、魂魄、冲动竟丢在了那片山水间。

为了这次如愿完成他交代的任务，我临时抱佛脚把赵青老师的文章重新择篇翻看，进入其文字内部，这次咀嚼使我深陷其中，我在他心心念念的鄱阳湖"体验水边哀乐人事、儿时的梦幻、青春的碎影、飘忽的风帆、远去的橹声"，发现了他和著名作家沈从文先生精神上的靠近，风格上单纯而厚实的慕拜。

沈从文先生说过"我只造希腊小庙，选小地作基础，用坚硬石头堆砌它。精致，结实，对称，形体虽小而不纤巧，是我理想的建筑，这庙供奉的是'人性'"。

二十世纪九十年代末，我们随作家采风团去凤凰参观沈从文先生故居，我只走眼不走心，而赵青老师后来却花三千八百元买了《沈从文全集》回家傍身。沈从文先生一生"不折不从，星斗其文；亦慈亦让，赤子其人"。赵青老师追随他像一个虔诚的教徒。

"一切人类的起点都是动人的时刻"。

以前我蛮同情在农村长大的孩子，现在我同情自己跟大自然的疏离。

赵青老师家乡和沈从文先生家乡都在美丽的山水间，鄱阳湖和湘西山水静静地流，他们的故事从自然山水开始。

在赵青老师的记忆里，河边，水涨水落，"搬不完的家，过不完的渡"。儿时的伙伴、母亲伫立村头的身影、乡间习俗杂事、人情往来……历历在目。

他一个农家子弟，赤手空拳，历经仕途的跌宕，命运的摔打，误入歧途，靠手中的笔获救站立，走到今天。

二〇二三年，他集中精力花了几个月工夫，《千帆过尽：鄱阳湖别传》一书成型。我看过他的手稿，条分缕析，每日围绕这本书的推进有条不紊，他用新闻的眼、文学的元素、纵深的历史厚重、新奇的视觉转换、诗意的笔墨调性、撒网收网开合自如，事情就这样成了。

我能说点什么呢？写作对他是一以贯之的精神返乡，是肉体生命的灵魂救赎，是痛苦中的热爱，是梦想之光。

少时求学，赵青老师离开故乡，在渡口，送他的人说，像你这种眼睛亮亮的人是不会回来的。

他是鄱阳湖赤子，时隔四十五年，胸中有丘壑，腹内有乾坤，携带着《千帆过尽：鄱阳湖别传》归来。

梦中的天地（代后记）

　　我从小生活在鄱阳湖畔，童年印象中给我影响最大最深的莫过于水。家门横着一条河，出外回家都要过渡。枯水时，河被寒风吹得缩成一条港，只要丢上几块石头，踮起脚尖就可跨过去。到了涨大水，便是"搬不完的家，过不完的渡"。上小学四年级，学校离家五里路，就要过两道河。家在"里岸"住，学校却在"河对岸"，所以喊河成了我童年最雄壮最嘹亮最有出息的声音。

天黑了放学回家，有时渡船不在，我们结伴而行的同学，对着河对岸一齐猛喊："撑船过来哟！"这时，对方听到了，便"噢"地应答一声。不管是谁，都会放下手中的活计，赶忙把船撑过去，于是我们便在月光夜色中听到一下一下有节奏的摇桨声。到了岸边，大人抓起三爪锚纵身一跃，船便稳稳靠了岸。我们抱着书包用力跳上船，然后轻轻一推，船又开了，我们便把小腿肚靠在船帮上，任黑黝黝的水草和白生生的浪花荡来荡去，水溅到脚背上，上上下下一股透心的凉！如此对水的快感和直觉一直影响到我以后的生活。即使后来到了鄱阳湖畔的另一处石钟山工作时，每逢夏天，我唯一独特的散步方式，就是要到湖边浸浸腿肚，打湿一下，尽情满足之后方肯离去。

七岁时，我放的一头水牛吃足水草后突然狂奔着向河边冲去。之前父母一再叮嘱我，放牛要牵住，不要让牛跑到河里去了。我一时不知所措，用力拽着牛绳，怎么也拽不住，只好跟着牛下到水中。当时水很大，漫过了我家门口的红石台阶，我一步步被牛拖着越走越深，直到身子猛地一下漂了起来，慌乱后一张嘴呛了一大口水，脸涨得红红的转而一片惨白，我才赶紧松开手，放走牛，爬回岸边。而此时牛早已凫到河心，只剩下一个上下浮动的小黑点。

仍是涨大水那一年，我的一位同年老庚撑篙失足不慎落水，这件事在村里算得上是一件惊天动地人命关天的事！一听有人落水了，全村几百号人都慌乱地向河边跑去。当时正是水天暮色，河显得特别特别地宽，水也显得特别特别地深。远处被淹在水中的树枝像蓬头垢面的女人的乱发挣扎着一上一下，更添了岸上几分紧张和不安的气氛。这时只见几个被乡人称作胆大"火焰高"的男子不顾一切跳到河里，一上一下来来回回钻到水底，四处打捞死者的尸体。岸上便是家里亲人一阵阵凄凄惨惨撕心裂肺的"我儿，我儿回来哟"

245

的哭喊声。尸体被滚钩套住后，缓缓推向岸边，乡亲们便从家里弄来一口大锅，倒扣着，就在河边把死者伏在锅底上，让水从死者口里慢慢流出来。许多双眼睛一动不动地盯着，指望此间会有一丝一毫的转机和变化，直到不见任何动静才把死者抬回家。这时全村上下男女老少立即忙乱起来。平时黑灯瞎火的水村，此时在屋梁上和门口道场上挂起了一盏盏大汽灯，呼呼地喘着粗气，照得全村每个角落都通亮通亮，照得河边尽是波光闪闪。于是一场对亡灵从水下到岸上的超度一直要持续三天三夜。折纸钱的，做寿衣的，赶做棺材的，放炮仗的，打铳的，看地的，叮叮当当念经的，缠缠绵绵散花叹亡的，搅得满屋场像烧沸了的开水。入殡后的超度，则要用一块长长的白布从岸上一直拖在河沿，像是给水鬼搭起一块从水里上岸的长长的跳板。然后由道士举着招魂幡领着亲属绕死者亡灵来来回回以叶洒净叩磬引灵，发出一种谁都听不懂的冥冥之音，常常弄得我毛骨悚然乃至成年好久都不敢凫水。父母告诉我，像这样死去的水鬼，不做超度，日后就会变成恶鬼，时常出来害人拖人下水。做了超度，就把对方的阴魂从水下度到了岸上，就算回了家。

建筑大师路易·康说过："我爱起点，一切人类的起点是其最为动人的时刻"。小时候，在灰蓬蓬的道场乘凉，经常听乡亲们讲朱洪武大战鄱湖十八年；听他们唱老家的土情歌："秧缠手来手缠秧，钥匙开锁锁开箱。钥匙打开哈西锁，娇姐打开少年郎。"在我们家乡，什么事扯不完就说你话到鄱阳湖里去啦。什么事冤了人没有理就说鄱阳湖都干得啊！总之，鄱阳湖对我生命的浸润和影响太大太深。

在农耕文明时期，鄱阳湖曾叫"彭蠡湖"，一度成为江西山水地理和地缘地理的代名词。在古代绘制的《帝喾九州图》《唐一行山河两戒图》《天象分野图》和《中国三大干图》中，"彭蠡"和"鄱湖"二字曾是那样引人瞩目那样让人不可忽视。那时，整个地理形胜图全是以诸如"彭蠡、歙、饶、信、衢、洪、抚"等山水为点来划分的，而"彭蠡""鄱湖"自然成了我们这方水土唯一的标志性符号。

英国作家萨尔曼·拉什迪说:"我们都是两头没有着落的漂泊者,只能依靠写作来创造,或虚构出脚下一方实土"。其实,人常常是在世界抛弃他的一刹那得救的。改革开放后,不少人跑到外地打工,长久的贫穷,积累下更加强烈的欲望,一旦有了机会,每个人都被发财致富的欲望开发出来。几乎每个老实巴交的农民,都曾卷入这个近乎疯狂的过程。靠近野水孤洲生活的都昌人大多貌不惊人,他们说话"喉咙大",有点野、有点犟,但他们路见不平一声吼,颇有江湖义气和血性性格。

今天,如果还能够将我们涉及的范围称之为一个完整世界的话,可以说它的精神特征就是分裂和变异。多重语系、多重标准、多重价值,已经最大可能地动摇了人类的传统美感。今天的精神世界正是需要新的美学判断和价值,如同荷塘在等待另一场骤雨。已有的旧体系是那样虚伪和无效、那样枯燥和不可能,而新的可能性真实地说出了我们的样子。人们在经历了千年的磨难和荣耀,跨越过一个个必然王国的障碍之后,终于换来"腰圆体胖,东张西望;钱包鼓鼓,六神无主"。为了生存,他们挥汗如雨,能断金钢。按照"物质第一、精神第二"的唯物主义观点,有了新生意,必然会点燃新生活,有了新生活,又必然会激活新生命。反过来,新生命又会引发新生意和新生活,带来生命的一次又一次飞跃。

在我几十年的文字生涯中,我几乎用了生命三分之一的时间在跑鄱阳湖。从二十世纪八十年代起,我几乎一刻都没有停止过。先是坐船跑,坐班车跑,后是坐私家车跑,由简单到复杂,又由复杂到简单。到二〇一一年,当江西电视台和中央电视台《纪录频道》决定上《鄱阳湖》时,我这种无休无止的攀岩式运动终于有了一个长足的进展。

二〇一一年十二月二十六日,我推着一个沉甸甸的拉杆包去了

247

北京，里面装的全是鄱阳湖的资料。当我穿越《纪录频道》"真实的力量"长廊，看到"长江""黄河""长城""敦煌"被一一呈现于此，我心里暗暗下定决心，这次我一定要把家乡《鄱阳湖》放到这个序列中去。

那天，我记得很清楚，是十二月二十八日。《纪录频道》几个"台柱子"都来了，总监制刘文、副总监周艳，还有曾经拍过轰动一时的《舌尖上的中国》导演、策划总监陈晓卿先生也来了。他说，上午一个小时给江西谈《鄱阳湖》，一个小时和文化部说《故宫》一百集。他们推我先说，我说了大概不到五分钟，一是讲拍《鄱阳湖》是我一生的初始和冲动，讲了湖的命运、人的命运和人类的命运；讲了鄱阳湖如同"长江""黄河"一样长久占据和生长在我的心灵空间。二是越大越小的观点，越是大片越要把细节写深写活。三是在人类失去故乡的今天，拍《鄱阳湖》俨然是一次集体的精神返乡。我的话音刚落，刘文总监马上补充四个强大："内心要强大、细节要强大、人物要强大、故事要强大。"如果这些不强大，只是某些个体的强大，这片子就没法看了。陈晓卿先生还要我加大鄱阳湖在全球格局中的背景和认知，并确定一个星期的播出期。"四个强大"和全球格局一下奠定了我修改《鄱阳湖》的方向。

回江西后，省台开了一个全省专家和中央台副台长参与讨论的研讨会，我的文字和专家评论被做成喷绘广告占满了公司的全部空间。剧本《鄱阳湖》最早是江西电视台国际部主任王维佳先生请我出山担任总撰稿，曾在央视《纪录频道》工作十几年的电视朋友李军参与下完成的，后被江西电视台北京公司作为向央视申报的题材。我一个人从跑鄱阳湖到剧本成形到全省研讨时得到专家一致好评。如同西西弗斯搬石头上山，此时刚刚推上去的石头又滚下了山，面对这条生我养我的母亲湖，我深深叹了一口气。

这样一搁又是三年。到二〇一四年七月二十九日新的转机再一次出现，我的电视朋友李军叫我不要灰心，下一个准备搞《景德镇》，要我继续当策划当总撰。不久，我用了一个多月的时间，和李军在景德镇的大街小巷来来回回地跑，终于弄出故事大纲，送到中央台立刻受到《瓷路》导演董浩珉先生的重视与肯定。他认为，《景德镇》是中国从农业时代向工业化时代转变的先锋，是研究社会进化的活标本。它不应该是一个国内一般性的纪录片选题，而是一个具备全球视野的作品。不仅要有自己的观点，且具备世界通行的剧本结构、语言逻辑、画面信息和影片节奏。这把火一下给烧起来了，很快剧情组、微摄组、航拍组、动漫组、大型摇臂组纷纷进驻景德镇。真是有意栽花花不发，无心插柳柳成荫，片子出来后立刻风靡海内外。

长期以来，鄱阳湖一直成为我人生中的最爱，鄱阳湖点点滴滴都刻骨铭心进入我的写作之中。这些充满"西西弗斯"般的神话，让我下决心将这些年积累的影视素材转化为叙事文字。趁着三年大疫转阴成功，重新恢复精气神后，我决计把这段文字整理出来。

萨特在《文字生涯》中说道，"我赤手空拳，身无分文，唯一感兴趣的是用劳动和信念拯救自己。这种纯粹的自我选择使我升华而不凌驾于他人之上。既无装备、又无工具，我全心全意投身于使我彻底获救的事业。如果我把不现实的救世观念束之高阁，还剩什么呢？赤条条的一个人，无别于任何人，具有任何人的价值，不比任何人高明。"

这段话深深触动了我。

回顾这些琐琐碎碎而又富有冲动的创作历程，最大的困难出现在它的春末夏初，一场一阳二阳更大的疫情席卷了世界。

人生最好的相爱，其实是你我相忘于江湖。彼此深爱，却从未失去自己。彼此深爱，却从不妄求永远。还是自自然然的好。随意、简单、舒服的状态，最好的还是相忘于江湖。"腰间酒一壶，仗剑天涯路。莫笑少年痴，相忘于江湖。"我在书中写得最多的也是江

249

湖以及江湖上走动的人群。有时跳出江湖看江湖，有时又保持一段距离，相忘于江湖。

这个江湖让我十分地迷恋，又让我十分地痛苦。坦白地说，十几年后重读以前这些行走江湖的文字，居然一个个活泼泼跑到你的面前，这是一种很古怪的感觉。究其原因，它的的确确真实记录了我们这代人所走过的那个时代印迹。

一个沙堆在我们手中筑起，我们任凭沙粒从手缝中流淌下去。沙堆越筑越高。突然间一粒沙子所添加的重量使得积聚起来的结构不堪重负，沙堆塌了，一个新的现实世界诞生了。

转折时刻并非凭空出现，力量是逐渐积聚的，如同一座快要撑不住的水坝后面的水。说明问题的迹象出现，然后危急关头来临、压断骆驼背的最后一根稻草被添加。本来处于核心的东西突然变成了边缘，本来可以忽略不计的东西忽然成了核心。在风味星球上，有一种味道吸引人们深入险境，这种味道穿过舌尖，给全身心传递着安全、美好的信号，它藏身大千世界，也牵动滋味江湖，我们在日常点滴的欢愉中，缥缈世事的况味里，一次又一次地相知、相忘、相逢。

古彭蠡泽，与烟波浩渺的鄱阳湖有时在做着同一个梦。让千万人聚集在一起的是生计、利益和账单，但支撑茫茫人海的只有一样东西，那就是人生的江湖和江湖上的爱。就像甜食发端于唇齿，在口舌处搅得风生水起，即在心头落得百转千回。所有的勇气、力量以及漫长的等待、悲喜与起落，终成万千滋味。从第一个吃螃蟹的勇士到无数人跨越千年的创造，不管是经久不衰，还是昙花一现，湖的每次亮相，总惹得江湖多事、风云开阖。有时在干渴得像"火烧岛"上行走，有时在长满蓼子花的草滩上经过，有时在芦花与牛群之间时隐时现。骤雨初歇，渔人们照例收网。惊喜总是不期而遇。庙堂与江湖，婉约与豪放，幻化出无穷滋味。大多数只能一时兴盛，但也有些历经千年而不衰。每天，在祈祷声中，这座有着几千年历史文化的城市开始苏醒，跟随人的脚步，从一个地方到达另一个地方，有些骤然消失，有些慢慢沉淀，还有些依稀能追溯到最初的模样和最初的面容。多少倏忽而过的往事，鲜活如在眼前的笑靥，又悠长得仿佛几度轮回……

感谢中国文史出版社决定出版我的著作；也感谢责任编辑全秋生先生的大力支持；还有和我同事十一年的饶丽华写了那么多语重心长的话让我十分感动；还有著名作家丁伯刚先生定海神针般帮我敲定封面样式；还有我的同学赖风声热汗涔涔百忙生计中的鼎力相助。

最有意思的是，在本书出版过程中，偶遇一位久别三十多年之久的朋友，他就是天津南开大学教授、中国著名作家学者熊培云先生。

他说，我读中学的时候，一共出过三次远门。第一次是十五岁那年，我背着一本诗稿去《九江日报》投稿，接待我的文字编辑读了我几首诗，就对旁边的美术编辑说："他们这代人比我们还沉重啊！"

那文字编辑实际就是现在的我，生命中出现如此邂逅，是我所没有想到的。熊先生满口答应为本书作序，一是出自四十年前那场不期而遇对他人生的影响和触动；二是我们都是鄱阳湖的子孙，面对同一座泱泱大湖，有着共同的血脉相依和深厚的感情。

人生不可能两次踏进同一条河流，我们有幸在这条河流上再次相遇，真是上天有眼，缘分不浅。

251

2023 年 8 月 26 日于望庐邨